LES DRAGONS
ÉTOILÉS

Du même auteur

DANS LA COLLECTION LÉGENDAIRE

LA PIERRE DE TU-HADJ

Le Sang d'Arion (tome 1)
Les Voix de la mer (tome 2)
Celle-Qui-Dort (tome 3)

Les éditions MNEMOS

Alexandre MALAGOLI

LES DRAGONS ÉTOILÉS

La Pierre de Tu–Hadj
Tome IV

Sultanat de Thulé
Golfe d'Arazât
Le Worsh
Youbengrad
Domaine Impérial
Duché de Crombelech
Saint-Quernal
Vassalité du Baârn
Marais du Deuil
Baronnie de Greyhald
Cités-états des mille-colombes
La Terre d'Arion
Cité de Fraugield
Fael
Baronnie d'Arrucia

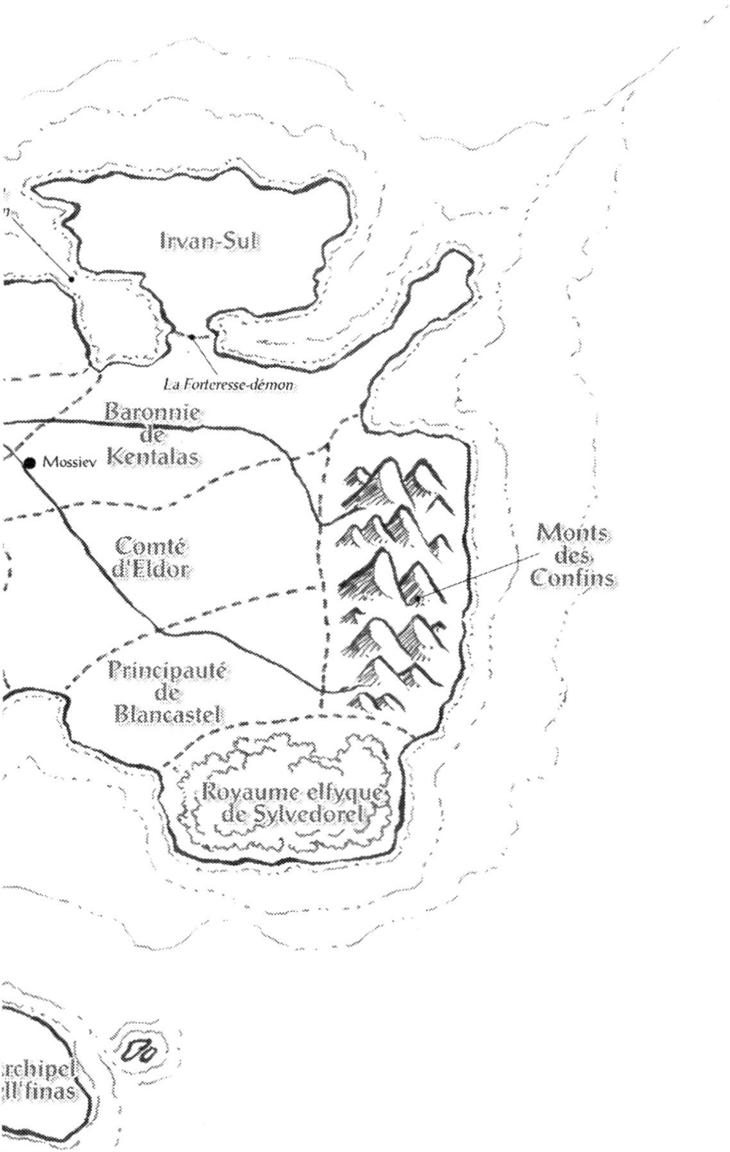
Irvan-Sul
La Forteresse-démon
Baronnie de Kentalas
Mossiev
Comté d'Eldor
Monts des Confins
Principauté de Blancastel
Royaume elfyque de Sylvedorel
rchipel
ll'finas

Les Dragons étoilés
est le soixante-dix-septième ouvrage
des Éditions Mnémos.

32, boulevard de Ménilmontant
75020 PARIS
info@mnemos.com
www.mnemos.com
✱
ISBN : 2-911618-74-2

Première partie

RÉBELLION

CHAPITRE 1

La nuit était encore jeune, mais le palais déjà silencieux. Un jeune homme aux cheveux noirs écoutait le bruit du ressac, ce grondement qui lui provenait du dehors. La musique des flots déchaînés le rendait presque toujours paisible...

À mi-hauteur de la forteresse, dans une salle que des vitraux bleutés ouvraient largement sur la mer, il s'était assis à l'extrémité d'une longue table de bois ciré. Seul. Il avait grand besoin de réfléchir, et ces dernières semaines ne lui en avaient guère laissé l'occasion.

Son long périple à travers les Provinces de l'ancien Empire l'avait mené jusque dans le royaume forestier des Elfyes. Là-bas, il avait dû livrer bataille pour s'approprier la Lame des Étoiles. Et là-bas, il avait été trahi par son amie elfye, avant de devoir abandonner à son sort la malheureuse Orosiane connue sous le nom de « Celle-Qui-Dort ».

La trahison de Siècle... l'image de Zarune la rebelle, scellée dans sa couche de pierre... il sentit son cœur se serrer à l'évocation de ces deux souvenirs. Mais aujourd'hui, Wilf, dernier héritier de la lignée des Rois-Magiciens, était de retour au castel de Fael.

Le palais côtier, qui l'avait accueilli autrefois, alors qu'il n'était encore qu'un jeune gredin, était devenu comme sa demeure. Au premier jour, le garçon était tombé amoureux de cette fière forteresse et de la cité qui l'entourait. Mais la beauté des lieux n'était pas la seule raison de son attachement à cet endroit. Ici, il était l'hôte de sa vieille amie, la duchesse Djulura, et chacune des personnes qui lui étaient chères finissait tôt ou tard par y faire halte. De plus, Fael était du Sud, et pas seulement par sa position géographique. Toujours, elle avait été le cœur de la rébellion contre l'Empire, puis contre la Théocratie. Les Gens de l'Étoile, restés fidèles aux Rois-Magiciens à travers les siècles, y vivaient en grand nombre. Fael vibrait à l'unisson du peuple de Wilf…

Peut-être, enfin, fallait-il voir dans cette affection une preuve supplémentaire des liens profonds qui unissaient la vie du jeune homme à celle du grand roi Arion. Le monarque était né à Fael, et la cité était toujours demeurée sa résidence favorite. Presque toute sa vie, le Roi-Magicien avait séjourné entre ces pierres que Wilf caressait à présent du regard. Arion, son ancêtre, dont il portait aujourd'hui l'épée éternelle…

Il toussota. Non, pas son ancêtre. Il le savait, même s'il lui était souvent plus confortable de ne pas y penser. Arion et lui-même ne faisaient qu'un… un autre lui-même, dans une autre vie oubliée. Avec un soupir, il chassa cela de son esprit.

D'autres préoccupations le tourmentaient. Sitôt ses bagages posés, le Ménestrel Andréas avait tenu à lui faire son rapport sur la situation politique. Il semblait que la Théocratie n'était pas demeurée inactive pendant leur voyage de retour… De nouvelles exactions avaient été commises dans toutes les Provinces. Plus que jamais, les troupes de Mazhel répandaient le sang et la famine. L'Orosian lui-même s'était fait sacrer pharaon par le Clergé Gris, et avait ordonné à tous qu'on l'adore en lieu et place de Pangéos, tel un dieu vivant. Les religieux qui avaient osé protester avaient été exécutés en place publique.

Le peuple ne respirait plus, ne pouvait plus en subir davantage : par dizaines, les cités affamées et meurtries élevaient des barricades, toujours réprimées avec une violence inhumaine. Pourtant, cela ne suffisait plus à dissuader les villes voisines d'en faire autant. Bain de sang après bain de sang, une colère vengeresse enflait dans les terres de la Théocratie, se propageant comme une traînée de poudre. La colère… ou bien l'instinct de survie, songea Wilf avec un sombre rictus. Bientôt, si la situation n'évoluait pas, il n'y aurait plus que les fidèles partisans de Mazhel à fouler le sol de ce pays...

Cette attitude amenait le jeune homme à s'interroger. Pourquoi ce zèle ? Quel bénéfice le seigneur orosian avait-il à pousser le peuple à la révolte ? Et pourquoi tous ces massacres, quand il aurait été si simple de réduire la population exténuée en esclavage, en lui accordant un minimum de nourriture et de sécurité ?

Wilf fit la moue. Hélas, Andréas devait avoir raison...

Car si le continent entier ployait sous les coups des Lanciers Saints, c'était maintenant les Provinces du Sud, avant tout, qui étaient visées. D'après le Ménestrel, Mazhel organisait cette tyrannie sciemment. Il espérait amener Wilf à se montrer.

Sans doute avait-il pris peur, apprenant que la Lame des Étoiles était dorénavant en sa possession. Si le jeune homme pouvait faire appel aux Dragons Etoilés, il n'était plus question de le considérer comme un simple détail...

À écouter Andréas, la sauvagerie redoublée des pillages perpétrés par ses Lanciers n'était donc qu'une ruse du pharaon pour faire sortir son ennemi de sa tanière. Cette idée laissait Wilf nauséeux : mille morts, mille viols, mille incendies, mille catastrophes... pour lui seul. Pourtant, il devait bien admettre la rationalité de la thèse du Ménestrel. Mazhel, ce fou arrogant, était certainement capable de fouler au pied tout un peuple pour retrouver un seul homme.

Le jeune héritier plaqua ses paumes sur le bois foncé de la table, pour cesser de serrer les poings.

— Tout ça à cause de moi... rugit-il. Pour me pousser au combat !

Une étincelle couvait dans son regard, où se disputaient la haine et la folie d'un homme acculé. Mais Wilf hésitait encore. Était-il prêt à mener une révolte ? Le peuple du Sud le suivrait-il comme prévu ? Les gens du Nord se résoudraient-il à s'allier avec leurs vieux rivaux pour échapper à la tyrannie de Mazhel ?

Il ne savait même pas si les troupes des Gens de l'Étoile étaient prêtes, et suffisamment armées. Sans elles, paysans et citadins n'auraient pas la moindre chance contre les Lanciers Saints. Les armées des Provinces avaient depuis longtemps été démantelées, ou bien servaient sous le commandement d'officiers acquis à la cause de la Théocratie.

Et, plus important que tout le reste : Wilf ignorait toujours où dormaient les Dragons. Dans quel lieu oublié, dans quelles ruines du bout du monde ?... Sans le soutien de ces bêtes fabuleuses, il ne pouvait espérer vaincre. Son dernier combat contre Mazhel lui en avait laissé l'amère certitude.

Quelqu'un frappa à la porte.

— Oui ? fit le jeune homme d'un ton irrité.

« J'avais pourtant demandé à ne pas être dérangé... râla-t-il à voix basse.

Mais la porte s'ouvrit sans autre forme de procès, révélant une silhouette haute et massive. Dès qu'il l'aperçut, Wilf se leva d'un bond :

— Pej ! s'exclama-t-il.

Le géant Tu-Hadji lui adressa un sourire tranquille, puis il écarta avec précaution sa lance gravée tandis que Wilf venait l'étreindre chaleureusement.

Les deux amis ne s'étaient pas revus depuis des mois. Sitôt arrivé à Fael, le jeune homme avait demandé des nouvelles de son fidèle compagnon, mais on lui avait répondu que les Tu-Hadji avaient préféré s'installer à l'extérieur de la cité.

— Le Duük ne pouvait supporter de vivre dans cette ruche d'abeilles, expliqua Pej. Nous avons dû le conduire à l'écart. Mais je suis venu dès que j'ai appris ton retour !

Une main énorme serrée sur son épaule, le Tu-Hadji observait son protégé d'un regard fier.

— Tu as encore grandi, nota-t-il. Tu es un homme, à présent...

Son regard descendit vers le fourreau qui pendait à la ceinture de Wilf.

— Et tu as réussi... Nous avons tous pu entendre le chant du ciel. C'est bien la Lame des Étoiles ?

Le jeune héritier acquiesça.

— Hélas, elle ne me servira à rien si je ne sais pas où trouver les Dragons... soupira-t-il, retrouvant sa mine morose.

Pendant un court moment, Wilf avait été tout à la joie de ces retrouvailles, mais ses préoccupations reprenaient vite le dessus...

Pej haussa les épaules.

— Pour le moment, je dois te conduire quelque part. Tu me raconteras tes aventures en chemin.

Wilf leva vers lui des yeux étonnés.

— Est-ce que nous allons loin ? soupira-il. Je viens à peine de rentrer...

— Ne te fais pas de souci, sourit le géant. Tu seras de retour pour déjeuner avec les autres *nedaks* !

Sans autre question, Wilf ramassa ses gants qui traînaient sur la table. Il songea avec mélancolie qu'il avait rêvé d'une bonne nuit de sommeil dans un lit confortable... Mais Pej devait avoir de bonnes raisons pour l'en priver. Agrafant sa cape noire sur ses épaules, il lui emboîta donc le pas.

Moins d'une heure plus tard, ils se trouvaient tous deux au cœur d'un petit bois de pins, comme on en comptait des dizaines le long de la côte arionite. Les grands conifères commençaient déjà à s'espacer, et Wilf devina qu'ils ne tarderaient pas à avoir traversé ce bosquet.

Parvenus à la lisière occidentale, le Tu-Hadji marqua un temps d'arrêt. Ils devaient être tout près de l'océan : on entendait le roulement des vagues charriées par le vent nocturne.

— Nous y sommes, dit Pej en se tournant vers le jeune homme. Ne te frappe pas de ce que tu vas voir...

Puis il se remit en marche.

Un peu perplexe quant à cette mise en garde, Wilf franchit le rideau d'arbres avec une circonspection mêlée de curiosité.

De l'autre côté, le spectacle qui s'offrait à eux parvint malgré tout à lui arracher un grognement de surprise.

Comme il l'avait soupçonné, ils se trouvaient au sommet d'une falaise. À perte de vue, l'océan remuait sous son drap bleu nuit, et on devinait à l'oreille l'écume qui bouillonnait dans la crique, en contrebas. Un paysage parfaitement typique de la Terre d'Arion.

Ce qui l'était moins, c'était le bâtiment érigé à la pointe de la falaise. Au cours de ses nombreux voyages, Wilf n'en avait jamais vu de semblable.

Un péristyle de très hautes colonnes ceignait un édifice plus bas, rectangulaire, lui-même surmonté en son centre d'un dôme ovale. Le tout était taillé dans une pierre bleu-gris, avec un art consommé qui rendait une impression d'harmonie et de perfection. Wilf sentit presque aussitôt un calme olympien l'envahir. Aux côtés de Pej, il s'avança instinctivement vers ce lieu qui invitait à la sérénité.

Les colonnes, hautes d'une quinzaine de mètres, dominaient le bâtiment central, élevé d'un unique étage. La roche, en dépit de sa teinte inhabituelle, semblait granitique. La pierre rêvée du bâtisseur, mais pas celle du sculpteur... Wilf renouvela en pensée son admiration envers celui qui avait su mettre à nu chapiteaux et cannelures à partir de cette matière coriace.

Alors qu'ils approchaient, le jeune homme remarqua qu'aucune porte ne scellait le bâtiment en lui-même. Une simple ouverture triangulaire était pratiquée sur l'un de ses côtés, laissant entrer la brise et sortir la lumière. Car l'intérieur était éclairé… mais pas par la lueur d'une torche ou d'une lampe. C'était autre chose : une lumière froide, blanche et pure, comme celle d'une étoile.

— De quoi s'agit-il ? demanda Wilf en désignant l'étrange monument.

Pej engloba la scène d'un geste de ses grands bras.

— C'est… notre campement, avoua-t-il. Jih'lod et le Duük t'expliqueront.

Le jeune homme hocha la tête sans être sûr d'avoir compris.

— Jih'lod ?… Je vais être ravi de le revoir, murmura-t-il d'un ton absent.

Puis, se tournant de nouveau vers Pej :

— Cet endroit… J'y suis bien, affirma-t-il.

Pej acquiesça et lui fit signe de le suivre.

Ils franchirent le péristyle qui entourait cet édifice de lignes claires, à l'architecture expurgée de tout mauvais goût. Il y avait dans ces formes savamment épurées quelque chose de frais et de reposant.

Ils pénétrèrent à l'intérieur.

Là, baignés par cette lumière douce, Jih'lod et le Premier Tu-Hadji attendaient. Jih'lod vint saluer Wilf, posant sur lui un regard plein de chaleur.

— Bonsoir, mon vieil ami… souffla le jeune homme en réponse.

Mais son attention était surtout concentrée sur le Duük, cet être mythique qui était si souvent apparu dans ses rêves. Jusqu'à cette nuit, il n'avait jamais été certain de croire à son existence... Mais, à présent, le doute n'était plus permis.

Le géant immaculé, assis en tailleur au centre de l'unique salle du bâtiment, était entouré d'une meute de loups blancs. Certains s'agitaient autour de lui, reniflant en direction des nouveaux venus, mais la plupart demeuraient paisiblement couchés à ses côtés.

L'homme en lui-même était tel que Wilf l'avait vu dans ses rêves. Des bois de cerf saillaient de ses tempes, recouverts à leur base de peau duveteuse. Ses andouillers affichaient une envergure majestueuse ; ils encadraient et surmontaient un visage non moins imposant. Pourtant, si une grave dignité habitait les traits de ce personnage fier, son regard trahissait également un brin de malice et de nonchalance. Son torse, son cou, étaient couverts de dessins blancs : volutes et entrelacs tribaux qui se disputaient chaque parcelle de sa peau.

Les tatouages rituels de Pej et de Jih'lod, comme ceux de tous les autres Tu-Hadji, étaient bleu marine. Mais la couleur de ceux portés par le Premier semblaient bien en adéquation avec sa nature. L'homme irradiait une pureté, une virginité des premiers jours du monde...

Pej s'inclina avant de s'asseoir à son tour, imitant Jih'lod qui avait regagné sa place auprès du Duük. Wilf resta encore une seconde immobile, scrutant le guerrier blanc.

Une lance ivoirine était posée au sol, à portée de main, mais - curieusement - le géant paraissait inoffensif. En dépit de la révérence que lui témoignaient les deux Tu-Hadji, Wilf ne parvenait pas à considérer ce personnage comme le chef de toute une race. Aucune autorité, aucune volonté de domination ne se dégageaient de lui. Uniquement de la quiétude... Le magnétisme indéniable qui l'habitait n'avait rien à voir avec celui, plus brutal, d'un roi ou d'un général.

Wilf se sentit soudain mal à l'aise, à dévisager ainsi son hôte. Mais celui-ci le fixait également, et ne semblait pas prendre ombrage de son attitude. Assis en face de Wilf, ses deux amis Tu-Hadji attendaient calmement.

— Bienvenue, dit alors le Premier.

Sa voix était paisible et profonde, telle que l'avait imaginée Wilf. Il lui fit signe de s'asseoir, et le jeune homme obéit.

Un loup fit cligner ses yeux jaunes et retroussa ses babines en matière d'avertissement, mais Wilf se sentait instinctivement en sécurité.

— Je savais que nous serions amenés à nous rencontrer, déclara-t-il. Avez-vous fait bon voyage depuis votre lointaine retraite ?

— Jih'lod m'a accompagné, répondit le Premier. C'est lui qui m'a montré le chemin jusqu'ici. Ces terres du Sud-Ouest ne sont pas si différentes de nos côtes orientales...

Son regard se perdit soudain à travers les lieues et les âges, si bien que Wilf crut que la conversation allait mourir à ce point.

Mais le voile quitta bientôt les yeux du Premier, qui se pencha imperceptiblement vers son invité :

— Alors, le voilà, celui qui guérira la Pierre de Tu-Hadj... Le roi des hommes annoncé par la prophétie...

Un sourire vint planer sur ses lèvres, à la fois complice et dépourvu d'illusions. Comme si le père de la race nomade se résignait, péniblement, à laisser le sort du monde se jouer sur le destin d'un seul *nedak*.

Wilf, embarrassé, changea de sujet :

— Quel est cet endroit ?... questionna-t-il. Il s'en dégage une atmosphère si bienveillante... Mais je connais bien la région, et je parierais qu'on n'a jamais bâti un tel édifice sur la côte arionite... Est-ce votre œuvre ?

Le Premier hocha affirmativement la tête.

— Je l'ai fait apparaître pour nous abriter en attendant ton retour. Vos cités humaines sont invivables pour un vieil ermite comme moi : je n'y aurais pas tenu une heure de plus... avoua-t-il, tandis qu'un sourire franc égayait son noble visage.

« Je l'ai bâti à l'image des forums qui occupaient le centre des Refuges... Du temps de la splendeur de nos royaumes côtiers, avant les Guerres Elfyques... (Il parut brièvement perdu, une fois encore.) Avant mon exil...

« Tu l'auras compris : cette demeure, tout comme la lumière qui l'inonde, sont d'origine magique. Ce sont des bienfaits de la Skah. Tu dois y être sensible, je suppose...

Wilf parut étonné :

— Mais les Tu-Hadji ne se servent plus de la Skah... Elle est souillée, plus encore pour eux que pour les humains ! protesta-t-il.

— Pas pour moi.

Un instant s'écoula tandis que Wilf quémandait une réponse dans le regard de Pej ou de Jih'lod. Mais les deux guerriers semblaient trouver cela tout à fait naturel.

— Si vous pouvez manipuler l'énergie magique sans risque, se récria le jeune homme, alors pourquoi toutes ces sornettes sur ma destinée ? Pourquoi ne soignez-vous pas vous-même la Skah de sa corruption ?

« Et surtout, pourquoi ne pas l'utiliser afin de lutter contre le Roi-Démon ?

Le Premier fit non de la tête.

— C'est hors de mon pouvoir, répondit-il d'une voix lasse. Si, pour moi, la Skah n'est pas souillée, c'est que je ne suis pas de cette époque salie... Les combats à mener aujourd'hui ne sont pas à ma portée, l'âme extérieure ne le permettrait pas !

Il soupira :

— Je n'appartiens pas à ton siècle, jeune Wilf, ni même à ton millénaire. Et il ne m'appartient pas de conduire l'histoire de cette ère à ta place.

L'incompréhension se peignit sur le visage de Wilf.

— Comment est-ce possible ? s'interrogea-t-il. Quelle créature êtes-vous pour vivre sans pouvoir agir sur le monde ?...

Les épaules du géant blanc s'affaissèrent imperceptiblement.

— C'est mon lot, dit-il.

« La fin de mon âge est venue avec les Guerres Elfyques. Je ne peux pas mourir, car la mort est une chose qui m'est étrangère... mais je n'ai, malgré tout, plus ma place dans le monde des vivants.

Par son expression perplexe, Wilf signifia au Premier qu'il était à mille lieues de concevoir les idées dont il l'entretenait. Celui-ci sourit tristement et poursuivit :

— Je suis le blanc cerf, dit-il, et sa voix se mit alors à vibrer comme un chant antique. Je suis le premier né de la Skah… J'ai fait bien plus que fonder la race des Tu-Hadji, car je suis le grand aîné ! Au matin du monde, mes andouillers frappèrent la roche vierge, tel un diapason.

« En heurtant le roc, ils le firent vibrer. Et par ce son originel, répercuté dans toute la planète, la Skah enfanta la vie. D'inerte, la matière devint alors vivante ! Les âmes des choses et des êtres furent éveillées.

Son expression s'assombrit :

— À présent, je suis l'intrus. Je suis celui qui erre… Je n'ai d'emprise sur rien. Et je pleure l'époque où le monde était nu…

Laissant ces derniers mots s'éteindre, le Premier baissa les yeux. Puis, tout bas, dans un murmure presque inaudible :

— Alors, jeune Wilf, respecte ma triste condition… Inutile de comprendre. Accepte simplement que je ne puisse pas intervenir…

Observant le masque douloureux qui avait recouvert le visage paisible du guerrier, Wilf se sentit coupable. Il n'avait pas voulu cette affliction.

— Je posais simplement la question… bredouilla-t-il.

Le Premier se leva dans le bruissement de fourrure des loups qui l'imitaient.

— Cela n'a pas d'importance, trancha l'antique Tu-Hadji. Tu viens de me rappeler combien ma place n'est pas ici.

« Accomplissons ce qui doit être, et finissons-en…

Sur ces paroles, Pej et Jih'lod se levèrent à leur tour, et se dirigèrent vers Wilf.

Fermement, ils lui saisirent chacun un bras. Wilf, après un réflexe un peu réticent, se laissa faire par ses amis. Il avait toute confiance en eux.

Tournant la tête à droite puis à gauche, il nota que Jih'lod lui adressait un coup d'œil rassurant, mais que Pej prenait soin de fuir son regard.

— Que voulez-vous ? demanda-t-il.

— Cesse de bouger, répondit simplement Jih'lod.

Et, avant même que Wilf ait eut le temps de répondre, le Premier s'avança vers lui pour plaquer ses immenses paumes contre son torse. D'un geste sec, Pej venait d'arracher la tunique de son protégé.

Sentant soudain la panique l'envahir, Wilf tenta de se débattre, mais les deux Tu-Hadji étaient bien trop forts pour lui. Très bientôt, il fut d'ailleurs incapable de penser à autre chose qu'à la décharge de magie pure qui le traversa.

Son âme lui parut s'embraser en une seconde. Chaque cellule de son corps s'anima d'une vie propre, à l'écoute du reste de l'univers. Il entendit, par chaque pore de sa peau, les cris du continent martyrisé. Il devint tour à tour chacun des êtres humains qui peuplaient la planète, puis chaque animal, chaque plante. Enfin, chaque poignée de terre qui constituait le sol et chaque goutte d'eau dans l'océan, chaque gorgée d'air dans les poumons des mortels. Il vécut tout cela, et bien plus, en un interminable battement de cœur. Pour la première fois, son union avec la Skah était vraiment totale.

Il goûtait de nouveau la sensation d'absolu qui lui avait tant manqué depuis qu'il s'était résigné à abandonner l'usage de la magie. La même sensation, mais avec mille fois plus d'intensité et de profondeur…

Pourtant, cette fusion inespérée ne pouvait le réjouir. Car, par-dessus tout, il savait qu'il conserverait le souvenir de la souffrance. Devenu le réceptacle de toutes choses, il était témoin de la douleur atroce du continent. Pas un être n'était en paix dans ces terres gouvernées par la Théocratie. Un million de drames personnels venaient de le frapper de plein fouet, et les émotions négatives l'avaient déchiré jusqu'au plus profond de lui-même. Aux frontières de sa conscience étendue, il sentait la Hargne se tapir, la corruption de l'âme universelle. Mais son humanité parlait pour lui : c'étaient les douleurs humaines qui le bouleversaient, plus que les périls mystiques.

Il avait vu le mal s'acharner sur les siens, et il se sentait lacéré, épuisé, comme vidé de son sang. Voilà le souvenir qu'il garderait de cet instant.

Il rouvrit les yeux.

Pej et Jih'lod se tenaient penchés au-dessus de lui, de l'inquiétude dans le regard. Le Premier avait quitté son champ de vision.

— Je savais que cela serait douloureux, avoua Pej d'une voix rauque. Mais à ce point, je l'ignorais…

— On a sans doute pu entendre tes hurlements jusqu'à Fael… renchérit Jih'lod, l'air misérable. Mais il fallait en passer par là, ajouta-t-il comme pour se convaincre.

D'un geste agacé, Wilf se libéra de leur étreinte.

— Je ne me souviens pas d'avoir hurlé, grogna-t-il.

Il pouffa nerveusement, puis :

— Mes fidèles amis… vous feriez de bons Ménestrels, railla-t-il. Aussi habiles qu'eux à vous jouer de moi… Pourquoi m'avoir trahi ainsi ?

Pej se raidit comme si Wilf venait de lui enfoncer sa lame entre les côtes.

— Je ne te trahirai jamais ! rugit-il. C'était pour ton bien…

— Il aurait suffi de me prévenir, protesta le jeune homme. Je n'ai jamais redouté d'endurer quelques souffrances…

Jih'lod lui posa une main amicale sur le bras.

— Nous sommes désolés, Wilf, s'excusa-t-il. Mais les consignes du Duük étaient claires : tu devais te présenter avec l'esprit vierge, en toute innocence, pour que cela fonctionne.

« Loin de nous l'idée d'avoir voulu te trahir…

Wilf rabattit sur lui les pans de sa tunique déchirée et se leva. Son esprit était encore embrumé de sa récente expérience, mais il mit un point d'honneur à ne pas chanceler.

Un coup d'œil circulaire lui permit de localiser le Premier, debout à l'extérieur du bâtiment. Entouré par ses loups blancs, il semblait prêt à partir.

— Qu'est-ce que vous m'avez fait ? demanda Wilf d'une voix glaciale. Vous avez une idée de ce que j'ai ressenti ?

Le grand guerrier fit la moue :

— Ce que je ressens en permanence, ni plus ni moins. Les chants de la Skah peuvent être tragiques, l'ignorais-tu donc ?

« Il fallait que je t'enseigne comment guérir la Pierre de Tu-Hadj. Mon rôle est accompli.

Avant qu'il ne se détourne, Wilf bondit vers lui :

— Mais… Attendez ! Je ne comprends pas !

— Nul besoin de comprendre, jeune *nedak*. Je t'ai préparé, et j'ai laissé les solutions en toi.

« Le moment venu, tu sauras.

Wilf, encore sous le choc, ne sut que répondre. Au fond de lui, quelque chose avait changé : il sut intuitivement que le Premier disait vrai. Maintenant, il était prêt à soigner la Skah…

Autour de lui et des deux autres Tu-Hadji, les contours de l'édifice commencèrent à pâlir. Les colonnes clignotèrent un instant puis disparurent. Bientôt, la falaise fut nue, comme si aucun bâtiment n'y avait jamais été construit. Le Duük effaçait toute trace de son passage, reprenant sa magie. Comme si le monde ne devait porter aucune marque de son existence…

Tandis que la brise, à nouveau libre de souffler dans ses cheveux, venait chatouiller son front, Wilf suivit du regard le Premier des Tu-Hadji.

Il le vit s'en aller, marchant à grands pas, suivi de ses loups. L'ermite éternel s'apprêtait à redevenir une légende.

Les bêtes hurlèrent, comme dans un ultime salut, mais le guerrier ne se retourna pas.

Avec des sentiments mitigés à son égard, le jeune homme observa cette chasse sauvage s'enfoncer dans la forêt et disparaître.

Chapitre 2

La lumière entrait à flots par le plafond de cristal qui couvrait la terrasse. Lucas lui offrit son visage, la laissa l'inonder.

Agenouillé et assis sur ses talons, il se tenait parfaitement immobile. Depuis l'aube, ses mains étaient posées sur ses cuisses, son menton légèrement levé vers les cieux. Son dos droit, mais pas raide, n'était parcouru d'aucun signe de fatigue. Le fils des abysses savait qu'il aurait pu rester ainsi, en méditation, pendant des jours entiers. Même la vie bruyante d'un castel comme celui de Fael n'aurait pu le déconcentrer, s'il avait décidé de se noyer dans la perfection du So Kin.

Mais ce n'était pas son but. Les soucis de ses semblables, s'ils lui semblaient bien dérisoires lorsqu'il s'abandonnait ainsi à l'âme intérieure, le rappelaient pourtant au monde matériel. Il n'oubliait pas la mission qui lui avait été confiée, dès sa naissance, par le peuple des mers.

En contrebas, dans la clairière surplombée par cette terrasse, des bruits de pas et quelques mots échangés brisèrent le silence. Par un sourire - premier mouvement qu'il s'autorisait depuis des heures -, Lucas réagit à ces voix familières. Il se leva très lentement, d'un geste parfaitement souple, et se dirigea à pas mesurés vers la balustrade.

Quelques mètres sous lui, Oreste et Guajo s'installaient à l'ombre des arbres. Ils ne l'avaient pas encore remarqué.

Lucas les observa quelques instants : le Ménestrel tenait sa cordeline dans une main, et soutenait de l'autre la harpe sur pied que Guajo peinait encore à caler contre lui. Le bois lustré de l'instrument trouva enfin sa place sur le cœur de l'arrucian, et Oreste s'assit à son tour, en face de lui.

Chaque matin, depuis qu'ils étaient de retour, les deux compagnons rejoignaient ce coin tranquille du parc. Ils amenaient leurs tabourets et leurs instruments, puis la leçon commençait... Oreste, s'acquittant d'une promesse faite à bord du navire qui les avait ramenés dans l'Ouest, enseignait la harpe à l'écuyer. Et la joie qui rayonnait sur le visage de Guajo suffisait presque à faire oublier l'ignominie de ses talents musicaux.

Alors que les premières notes s'élevaient, fraîches et gaies pour le Ménestrel, grêles et suraiguës pour son élève, Lucas toussota.

— Le bonjour, mes amis ! dit-il avec un signe de la main.

Ces derniers levèrent la tête dans sa direction. Avec un soulagement discret, Lucas apprécia que les doigts de l'arrucian cessent de torturer le noble instrument.

Les deux hommes le saluèrent à leur tour, et l'invitèrent à les rejoindre. Le spirite ne voyait pas comment refuser...

— Je descends, capitula-t-il donc avec un sourire. Je ne voudrais surtout pas manquer les progrès de Guajo...

Descendant les marches de l'escalier, son sourire s'élargit affectueusement. Il avait pris goût à la compagnie des deux natifs du Sud. Ainsi, en dépit de quelques nuisances auditives, il se réjouissait toujours de passer un moment auprès d'eux.

Ensemble, ils discutaient de musique et de poésie, d'histoire et de littérature. Pendant quelques heures, l'art remplaçait dans leur esprit batailles et responsabilités. Tous trois échangeaient des propos futiles ou savants, oubliant pour un moment qu'il leur incombait de sauver l'humanité. Ces instants étaient importants pour Lucas. C'était sa façon de se consoler...

Car son retour en Terre d'Arion lui paraissait souvent amer, par bien des aspects. Djulura était devenue si distante… Guérie, certes, mais d'une froideur que le spirite ne lui avait jamais connue. En particulier à son égard, ce qui le plongeait dans une insondable tristesse. Lui qui s'était fait une telle joie à l'idée de retrouver enfin sa bien-aimée…

Lucas tâchait ne pas trop montrer ses sentiments, mais il était profondément malheureux. Hélas, il ne pouvait chercher un quelconque réconfort auprès de Wilf, trop préoccupé par ses propres problèmes. Depuis qu'il avait franchi les portes de Fael, l'héritier des rois semblait plus soucieux que jamais. Son temps, il le passait avec Andréas ou Yvanov, à débattre de politique. Lucas les rejoignait parfois, mais il se rendait bien compte que ce n'était plus à lui de prendre les décisions à la place de son jeune ami.

Alors, même s'il évitait autant que possible de se morfondre, les idées noires demeuraient malgré tout son lot quotidien.

— Tu t'es encore montré matinal, à ce que je vois… le taquina Oreste alors qu'il les retrouvait dans le jardin. Tu ne te feras donc jamais à notre rythme méridional ?

— Sans doute pas… soupira l'intéressé, non sans un sourire en coin. Disons que c'est une vieille habitude de séminariste…

Il s'assit sous un arbre, à même le sol.

— Ne vous dérangez pas pour moi, fit-il avec un geste pour les encourager à continuer la leçon. Je vais vous écouter un moment…

Oreste reprit donc là où ils en étaient. Les notes s'égrainèrent, puis les partitions défilèrent, et Lucas se perdit de nouveau dans ses pensées. La fin de matinée passa sans qu'il s'en aperçoive.

— Tu n'es pas très bavard, mon ami, l'interpella Oreste au bout d'un moment. Quelque chose ne va pas ?

Tiré de ses ruminations, le jeune homme redressa la tête et ébaucha un sourire peu crédible.

— Je vais bien, assura-t-il d'un ton gai qui n'était pas plus convaincant.

Pris par surprise, le spirite n'était pas parvenu à composer ce visage serein qu'il aimait offrir à ses proches. L'indifférence de Djulura le hantait de plus en plus, et il lui devenait difficile de le dissimuler.

— Est-ce que je peux faire quelque chose pour vous, maître Lucas ? renchérit Guajo avec une mine inquiète.

Celui-ci souffla, baissant les yeux. Il venait de comprendre que ses deux camarades l'observaient sans doute depuis un moment.

— Rien de particulier, non. C'est simplement que… N'auriez-vous rien remarqué d'étrange dans l'attitude de la duchesse ?

Oreste hocha la tête avec une expression compréhensive.

— Je vois de quoi tu veux parler. Elle t'évite, n'est-ce pas ?

Lucas acquiesça.

— À ta place, je ne me ferais pas trop de souci, lui assura le Ménestrel d'un ton compatissant. Ce doit être très pénible pour elle aussi… Imagine, si tu avais été dans son cas : elle doit se sentir perdue, sans doute un peu honteuse… Moi, je serais très mal à l'aise, dans sa position. Ses blessures morales mettront encore un peu de temps avant de cicatriser totalement, si tu veux mon avis.

Lucas hocha la tête, plusieurs fois de suite.

— Mais… tu crois que cela suffit à expliquer son comportement avec moi ? demanda-t-il.

Le Ménestrel avança vers Lucas et s'assit sur ses talons pour lui faire face :

— Non, il n'y a pas que ça…

« Depuis des mois, c'est Andréas qui dirige ce duché. À présent qu'elle est rétablie, ma cousine doit se battre pour le remplacer, tu comprends ? Elle est contrainte à prouver chaque jour qu'elle est capable de reprendre les rênes : il faut qu'elle s'impose de nouveau à la tête de son peuple…

Il lâcha imperceptiblement un soupir, l'air attristé.

— Après une si longue absence, si elle n'a jamais perdu l'amour des Arionites, leur confiance à son égard s'est en revanche terriblement dégradée. Le peuple craint qu'elle ne rechute, et elle doit le rassurer en permanence. Tout son temps, toute son énergie, sont utilisés pour l'exercice du pouvoir. Il est donc compréhensible qu'elle ne veuille pas te mêler à cette période de sa vie. Votre relation risquerait de la perturber dans sa tâche, et elle ne peut se l'autoriser…

Lucas haussa les épaules.

— Mais je ne demande qu'à la soutenir ! protesta-t-il. Je pourrais lui venir en aide dans la gestion de son duché…

Oreste se releva en soupirant.

— Sans doute estime-t-elle devoir s'acquitter seule de cette tâche. Et je crois qu'elle n'a pas tort, malgré tout le respect que j'ai pour toi.

Lucas comprenait. Tout cela lui paraissait logique. Malgré tout, il dut de nouveau baisser les yeux pour cacher le désarroi de son regard. Il ne pouvait s'empêcher d'imaginer que le Prince-Démon avait quelque chose à voir dans l'attitude de sa promise. N'avait-elle pas tenu de si étranges propos à son égard, durant la période de sa folie ?

Le fils adoptif du seigneur d'Irvan-Sul avait hanté les pensées de Djulura, Lucas le savait. Et aujourd'hui, pourtant guérie, elle persistait à fuir la présence de son ancien amant. Leurs retrouvailles avaient été glaciales, et la jeune femme l'avait ensuite évité autant que possible… Depuis plus d'une semaine qu'il était de retour, sa bien-aimée avait quotidiennement trouvé divers prétextes pour refuser toute conversation avec lui, sans parler de rapports plus intimes. Alors, devait-il croire que le souvenir du prince l'avait chassé du cœur de la duchesse ?

L'amoureux ne pouvait s'y résoudre. Mais le fils des abysses, le spirite, craignait lui que le comportement de Djulura ne dissimule quelque noir secret…

— Tout finira par s'arranger, messire, déclara Guajo.

L'expression de son visage, en tous les cas, prouvait qu'il le souhaitait sincèrement.

Lucas croisa le regard de l'écuyer. Ce jeune homme à la peau brune, aux mèches aussi noires que celles de Wilf, était décidément quelqu'un d'extrêmement attachant. Tous les jours, l'ancien moine se félicitait d'avoir persuadé Wilf de l'épargner, quelques mois plus tôt.

Il le remercia de sa sollicitude d'une petite tape sur le bras, et la figure basanée s'illumina d'un sourire.

— Votre amour ne tournera pas aussi mal que celui de Marwin et Sithra, j'en suis sûr ! s'exclama l'arrucian, l'air un peu fier.

« J'ai lu cette histoire d'une seule traite, précisa-t-il en bombant le torse. Quand je pense qu'il reste encore des centaines d'ouvrages dans la bibliothèque de ce château... Je crois que je ne vous remercierai jamais assez de m'avoir appris à lire !

Lucas, pudique et un peu gêné par toute cette gratitude, lui rendit son sourire et se releva à son tour. Il considéra de nouveau l'écuyer.

Toujours plein d'enthousiasme dès lors qu'il s'agissait de musique et de légendes, l'arrucian avait pris l'habitude de suivre Oreste comme son ombre. Il participait rarement à ses discussions avec Lucas, mais écoutait toujours d'une oreille attentive, buvant visiblement leurs paroles avec délice. Et il passait le reste de son temps à dévorer les livres des ducs de Fael...

Un peu amusé, le spirite songea que le jeune homme finirait par devenir plus instruit qu'eux. D'ailleurs, bien souvent, il était déjà surpris des conversations que Guajo était capable de soutenir lorsqu'on lui adressait la parole. Plus d'une fois, le domestique l'avait pris en défaut…

D'ailleurs, Lucas s'agaçait lui-même, à l'idée de cet étonnement révélateur. Pourquoi le jeune paysan arrucian n'aurait-il pas pu briller par son intelligence ? *Je suis devenu un « bon maître » plein de condescendance…* rumina le spirite. *Décidément, le pouvoir nous change d'horrible manière… Il faut que je me surveille.*

Puis ses pensées revinrent sur la personne de Guajo. *Je me demande ce qu'aurait pu obtenir Yvanov d'un tel matériau…* pensa-t-il en s'interrogeant une fois de plus sur le destin, cette force qui faisait naître tel enfant à la Cour du Csar, et tel autre dans les campagnes arides d'Arrucia.

Le fait de penser à l'abbé le ramena, sans qu'il en ait vraiment conscience, à la guérison de Djulura.

Djulura… et sa froideur cruelle.

Lucas se rembrunit. Car aucune amitié ne pouvait compenser ce manque… Rien ne pouvait faire taire la souffrance qui broyait son cœur…

* * *

— Sans les Dragons ? s'exclama Wilf. Mais c'est une pure folie !

Il ne parvenait pas à le croire : chacun de ses conseillers le poussait à la bataille. Avaient-ils donc tous perdu l'esprit ?

Cela avait été Andréas, le premier, qui l'avait incité à combattre. Selon lui, les armées de la résistance étaient prêtes, et c'était maintenant qu'il fallait frapper la Théocratie. *Quelles armées ?* avait juré intérieurement le jeune héritier. Une poignée de citadins armés de couteaux, quelques paysans brandissant leur faux ? Quant à la fameuse pugnacité de ces hommes, leur courage tant vanté par le Ménestrel, combien de temps tiendrait-il face à une charge de Lanciers Saints ?

Si les forces du Sud laissaient Mazhel poursuivre sa tyrannie, disait Andréas, bientôt il serait trop tard. Toute volonté de lutte serait brisée à jamais... Mais le violoniste ne se rendait-il pas compte de la puissance de l'ennemi, ou bien était-il si pressé d'envoyer les siens au massacre ?

Et, à présent, c'était au tour d'Yvanov de lui tenir le même discours ! Peu à peu, le jeune homme se retrouvait acculé à une décision terrible...

— Vous ne comprenez pas, dit-il à l'abbé en retrouvant un ton plus courtois. Vous n'avez pas combattu Mazhel comme je l'ai fait...

« Rien ne peut venir à bout de son pouvoir. J'en ai eu confirmation lors de notre duel. À quoi servira-t-il de risquer la vie de milliers d'hommes, si c'est pour que l'Orosian nous balaie d'un simple revers de main ? Je n'ai qu'une certitude : avant toute chose, il nous faut faire appel aux Dragons Etoilés. Car sans leur aide, la guerre est perdue d'avance.

L'abbé leva un doigt carré pour se gratter le sourcil. Derrière lui, Wilf voyait s'étendre le port et son intense activité. Comme souvent, ils avaient choisi l'isolement des chemins de ronde, en haut de la citadelle, pour venir s'entretenir à l'abri des oreilles indiscrètes.

— Tu sais comme moi que chaque jour qui passe prélève sa dîme dans nos forces, déclara Yvanov en haussant les épaules. Tous les malheureux qui meurent aujourd'hui sous les coups des Lanciers sont certains de ne pas rejoindre nos troupes demain…

« Mais si tu te moques de mon avis, il te suffisait de ne pas le demander.

Wilf soupira bruyamment.

— Pas de ce petit jeu avec moi, Yvanov ! le rembarra-t-il. Nous n'avons pas de place pour votre orgueil froissé, à l'heure actuelle…

« Si je discute vos conseils - les vôtres tout autant que ceux d'Andréas, c'est parce que j'ai peur que vous ne preniez pas la pleine mesure des ressources de Mazhel. Je ne remets pas en question le fait que vous ayez tous deux bien plus d'expérience que moi en matière de politique et de stratégie...

« Mais vous rendez-vous seulement compte que c'est une guerre contre un dieu, que vous me préconisez ?

L'abbé détacha son regard de Wilf et le laissa planer sur le paysage, d'un mat de voilier à un autre. Tout en bas, des dizaines de fourmis minuscules s'agitaient pour décharger les marchandises sur les docks, ou encore surveiller les fortifications de la rade.

— Pour être franc... Je m'interroge sur les motivations réelles de ton attitude, dit-il enfin. Et chacune de tes phrases confirme mes soupçons...

Wilf lui adressa une moue inquisitrice.

— Que voulez-vous dire ?

— Simplement, répondit Yvanov de la même voix grave et calme, que tu n'es pas honnête avec toi-même.

« Tu ne cesses de répéter que c'est à cause de ton dernier combat contre Mazhel que tu es résolu à ne pas l'affronter de nouveau... Je pense que tu ignores à quel point cela est vrai.

Le jeune homme déglutit.

— M'accuseriez-vous d'avoir peur, l'abbé ? questionna-t-il d'une voix sourde.

Ses yeux noirs brûlaient d'un feu démentiel, mais l'ecclésiastique ne se laissa pas impressionner.

— Oui, c'est ce que je dis, répondit-il d'un ton neutre. Tu te laisses dominer par tes craintes.

« Tu n'as pas supporté de devoir fuir devant un adversaire supérieur. Et, sans bien t'en rendre compte, tu es prêt à tout pour ne pas y être confronté de nouveau…

Wilf posa sur l'abbé un regard à présent hagard.

— Je…

« Même si vous avez raison, cela ne remet pas en cause la valeur de mes arguments… Prouvez-moi que notre armée de gueux peut vaincre les légions de Lanciers Saints aux ordres du pharaon…

Yvanov acquiesça, et prit son temps avant de poursuivre :

— Peu importe que Mazhel soit un puissant Orosian. C'est avant tout un tyran, et il commettra les mêmes erreurs que tous les tyrans…

Son visage glabre se fendit d'un sourire ambigu :

— Ces hommes-là, je les connais, tu peux me croire… J'ai passé ma vie à étudier leurs forces et leurs faiblesses.

— Vous avez une idée derrière la tête ? le coupa Wilf, subitement intéressé.

L'abbé écarta ses larges mains dans un geste évasif.

— Oui et non… Disons seulement que nous pouvons anticiper certaines des réactions ennemies.

« Imagine que nous rassemblions nos forces et que nous les lancions à l'attaque des bastions de la Théocratie. Très vite, Mazhel choisira vraisemblablement de venir à ta rencontre, en personne. N'oublie pas que c'est toi seul qu'il veut…

« À mon avis, il aura envie d'une grande bataille contre son ennemi, il cherchera à nous conduire jusqu'à un ultime affrontement, qui puisse lui faire honneur. Alors, quand nos armées seront face à face, nous pourrions peut-être l'amener à faire une erreur.

Wilf haussa les sourcils.

— *Nous* ferions une grave erreur en acceptant cette bataille rangée ! Voyons, Yvanov, notre seul espoir réside dans une guérilla d'usure…

Il signifia d'une main levée qu'il était fatigué des conseils de l'abbé, et ne souhaitait pas en entendre davantage… Mais Yvanov ne se démonta pas :

— Si Mazhel est bien tel que je l'imagine… poursuivit-il sans cesser de scruter la cité, il sera possible de le vaincre. Pas lui en tant que personne, non : j'ai bien compris que cela n'était pas à notre portée.

« Pas lui... mais son armée. La véritable force qui oppresse le continent, c'est elle.

Il continua, empêchant Wilf de l'interrompre.

— Comme tous les tyrans, Mazhel ne sait certainement pas s'entourer... Il est trop paranoïaque pour ça, et il a trop confiance en lui-même. Il veut être le seul à donner les ordres...

« Si seulement nous pouvions le convaincre d'abandonner le commandement de ses troupes, l'éloigner juste pour un moment... Les Lanciers Saints s'en trouveraient alors beaucoup plus vulnérables. Livrés à eux-mêmes, ils seraient incapables de réagir efficacement face à une offensive intelligente...

Wilf acquiesçait maintenant avec lenteur.

— Je crois que je commence à comprendre... murmura-t-il.

CHAPITRE 3

Guajo donna l'impression de défaillir lorsque résonnèrent les premières notes de la marche royale. Au bord des larmes, il se laissa envahir par les sonorités majestueuses qui s'élevaient de toutes parts. Les trompettes claironnaient un air victorieux, accompagnées par les voix graves des cors, les tambours un peu inquiétants, les harpes mélodieuses.

Dans un magnifique pourpoint de soie pourpre à agrafes dorées, l'écuyer arrucian se tenait à quelques pas derrière le dais royal. Non sans fierté, il portait sur ses avant-bras un épais coussin brodé. Posé au milieu de celui-ci, se trouvait un objet qui pouvait expliquer l'émotion de Guajo - et son sourire suffisant.

Il s'agissait d'une couronne de métal noir, trônant sur le velours rouge. Forgée en lignes fières et aiguës, elle était composée d'un large bandeau d'acier, sur lequel étaient montées six branches horizontales. Ces dernières, semblables à des pics menaçants, lui donnaient une forme d'étoile acérée. C'était la couronne du roi Arion… La couronne des Rois-Magiciens.

Guajo inspira profondément. Dans son dos, la mer et ses rouleaux. Face à lui, une vaste plage blanche, où étaient rassemblées plus de cent personnes de confiance.

Des fauteuils empruntés au castel avaient été installés sur le sable, côte à côte, pour accueillir les plus hauts nobles, venus rendre hommage à leur nouveau roi. Mais la majorité de l'assistance demeurait debout derrière eux. Un vent salin venait fouetter les visages des aristocrates comme ceux des roturiers.

C'était une journée nuageuse de la fin de l'hiver. Mais pas n'importe laquelle. Aujourd'hui, on couronnait Wilf Ier, successeur des Rois du Cantique. Par mesure de sécurité, la cérémonie se déroulait en pleine nature, dissimulée aux regards éventuels par une haute falaise brune. La plage choisie était loin de tout, une crique parmi des centaines d'autres… Car il était encore trop tôt pour que la Théocratie apprenne quoi que ce soit. Le Roi-Magicien ne voulait se révéler qu'au tout dernier moment…

Parmi la foule, on distinguait des notables de toutes les Provinces du Sud. Les proches de Wilf, en revanche, étaient présents à ses côtés, face à l'assistance. Lucas, Yvanov et Jih'lod se tenaient à sa droite ; Djulura, Andréas et Oreste à sa gauche. Ces deux derniers, même s'ils avaient pour l'heure laissé leurs instruments de côté, n'avaient pu s'abstenir de joindre leurs voix expertes au chant entonné en l'honneur de l'héritier… Quant à Pej, enfin, il était debout sous le dais : immobile et silencieux, il veillait à moins d'un pas du trône de chêne où était installé Wilf.

Disposés de part et d'autre de ces huit personnalités, des soldats en armure rouge ajoutaient à l'allure martiale de la cérémonie. Il s'agissait de paladins imposants, armés d'espadons. Ils formaient la garde ducale de Fael.

Lorsque la musique s'acheva, Djulura se leva avec grâce. Elle avait revêtu une fine armure de mailles métalliques, qui épousait admirablement sa silhouette. Ses cheveux d'or retombaient librement sur ses épaules, et sa cape blanche voleta derrière elle tandis qu'elle avançait vers la foule.

— Chers amis, dit-elle alors d'une voix claire et forte, notre heure est enfin venue ! Je vous en fais le serment : le jour de notre victoire sur les oppresseurs est proche !

« C'est pourquoi, aujourd'hui, après quatre siècles passés à courber l'échine, la Monarchie du Cantique s'apprête à renaître…

« C'est pourquoi, nous, ducs de Fael, allons remettre à l'héritier la couronne que nous avons conservée pour lui, au péril de nos vies…

Sur ces paroles, Guajo s'avança jusqu'au dais. Avec révérence, il courba la tête et s'inclina devant la duchesse. Celle-ci se pencha pour saisir la couronne noire et la leva au-dessus de sa tête pour la montrer à la foule. Guajo sentit que l'assistance retenait son souffle.

Avec lenteur et gravité, Djulura s'approcha enfin de Wilf et posa la couronne sur sa chevelure de jais. Puis elle s'écarta pour le laisser se lever.

— Que le Roi-Magicien nous conduise à la victoire ! cria-t-elle, tandis que Wilf, debout, balayait la foule d'un regard autoritaire, savamment étudié.

Guajo vit alors son maître sortir la Lame des Étoiles du fourreau qu'il avait fabriqué pour lui, et la pointer vers le ciel. Le bras haut levé, le nouveau roi ferma les yeux, guettant fébrilement la réaction de l'assistance.

Le silence s'éternisa durant une seconde, puis quelqu'un hurla :

— Vive le roi ! Longue vie à Wilf !

Et la foule tout entière reprit ce cri.

Dix fois, vingt fois, avec la ferveur d'hommes et de femmes qui se retrouvent face à leur dernier espoir. Ceux qui possédaient une épée la levèrent à leur tour… La Lame des Étoiles captivait tous les regards, fier symbole de la lutte dressé vers les nuages. Mais pour Guajo, qui s'époumonait autant que les autres, les yeux fixés sur l'arme de son maître, c'était vers la citadelle des Orosians qu'elle était pointée…

À plusieurs reprises, l'écuyer arrucian surprit l'émotion qui étreignait certains des hauts nobles présents, comme le baron Conrad Hache-du-Soir. Et, alors que l'assemblée entonnait en cœur la dernière strophe de l'hymne aux Rois-Magiciens, Andréas pleura visiblement, les larmes venant creuser des sillons dans sa barbe majestueuse.

Bientôt, tous - à l'exception toutefois des Tu-Hadji - s'agenouillèrent aux pieds de Wilf, qui leur accorda sa bénédiction d'un ample mouvement de son épée. Puis les trompettes sonnèrent de nouveau, et se joignirent au ronflement sourd de l'océan, devenu peu à peu assourdissant. Comme si les flots tenaient, eux aussi, à saluer le nouveau maître du Sud.

Ensuite, un coup de tonnerre déchira le ciel gris. Les nuages de la matinée tenaient leurs promesses : la pluie se mit à tomber, d'abord en fines gouttelettes, puis de manière plus soutenue.

Les hôtes de Wilf furent donc prestement invités à rejoindre une grotte qui s'ouvrait dans la falaise, là où des tables avaient été dressées pour le banquet solennel. Guajo, suivant le mouvement, rejoignit Wilf pour s'assurer qu'il ne manquait de rien. Le jeune homme, encadré de gardes, le remercia avant de le congédier poliment.

L'écuyer s'engouffra alors avec la foule à l'intérieur de la caverne. Pour limiter le nombre de domestiques au courant de la cérémonie, l'Arrucian avait lui-même installé presque tout le mobilier nécessaire. Dans la grotte, éclairée par une centaine de flambeaux, se dressait une immense tablée en forme de fer à cheval, qui avait accaparé ses efforts pendant deux jours. Plus d'une trentaine de bancs avaient été disposés, et tous les convives pouvaient parfaitement y prendre place.

Les dames, que le fin tissu de leurs ombrelles protégeait tant bien que mal de la pluie, pénétrèrent dans la grotte d'un bon pas. Elles étaient suivies de près par les seigneurs, pliés en deux sous leur cape tenue à bouts de bras. Seuls les Arionites, coutumiers des intempéries, prenaient les choses avec un certain flegme. Guajo, traversant la cohue d'une démarche digne, vint se poster derrière le siège du roi, où il veillerait à son bien-être pendant tout le repas. Ainsi promu échanson, il observait fièrement l'assistance, un sourire ravi sur les lèvres.

De l'autre côté du trône, Pej resterait debout, lui aussi, pour assurer la sécurité du jeune monarque. Guajo glissa un regard amical au géant Tu-Hadji, qui lui répondit d'un simple hochement de tête.

Lorsque chacun fut installé, Wilf fit un bref discours de remerciement, puis laissa ses hôtes se restaurer. Guajo se doutait que les langues se délieraient davantage quand les estomacs seraient contentés, et que les conversations politiques demanderaient alors au souverain toute son habileté. En attendant, il profita de sa position privilégiée pour dévisager un à un les convives.

Pour la plupart, il ne les connaissait pas... Mais il avait entendu parler de nombre d'entre eux.

Par exemple, ce seigneur tout de blanc vêtu était certainement le prince Angus de Blancastel. Longtemps resté fidèle au pouvoir central, le prince au Cygne n'avait toutefois pas supporté le sac de villages castelois par les Lanciers Saints. Il avait mis à profit une vieille amitié avec la baronne Esabel d'Arrucia, pour peu à peu resserrer les liens qui l'unissaient aux autres peuples du Sud. En ce jour glorieux, le vassal à la loyauté légendaire ne semblait pas honteux de prêter allégeance à Wilf. Dès le début du repas, il avait déposé au sol sa couronne et son torque dorés, gravés d'un cygne, qui brillaient pourtant de mille feux à la lueurs des flambeaux. Guajo y vit une volonté de ne pas éclipser l'aura du nouveau souverain, et admira la délicatesse de ce geste.

L'écuyer ne doutait d'ailleurs pas de la sincérité du prince, ce dernier ayant récemment perdu l'une de ses deux tendres filles. Sans se réjouir de cette disparition tragique, Guajo pouvait en apprécier les conséquences : cela ne ferait qu'affermir la résolution d'Angus... En effet, si Léane avait succombé à une maladie, au cœur de l'hiver, il était notoire que le prince en tenait la Théocratie pour seule responsable. Guajo le comprenait un peu... Comment une jeune fille, coutumière du confort paisible de la Principauté, aurait-elle pu résister aux rigueurs de la guerre menée par les Lanciers Saints ?

Sa sœur cadette, pourtant, avait survécu... Assise à la droite de son père, la jeune Hesmérine dardait autour d'elle des regards sans chaleur, scrutant parfois même les autres convives d'une manière que Guajo trouva impolie. L'écuyer nota que la Casteloise avait beaucoup changé depuis leur rencontre chez la baronne Esabel. Elle avait l'air plus aguerrie, ses traits s'étaient affinés. Devenus moins poupins, ils lui dessinaient à présent un visage volontaire, presque maigre. Silencieuse, mais désormais plus guère par timidité coquette, elle se contentait souvent d'un hochement de tête réservé, en écho aux propos de son père.

Cette image de la jeune fille attrista beaucoup l'Arrucian. Il tenta de lui sourire, mais elle ne le remarqua pas… Il haussa les épaules. L'enfant rieuse et insouciante était morte en elle, assassinée par les privations et le spectacle de la guerre. Et Guajo supposait que cette métamorphose ne s'était pas arrangée depuis que Léane avait été emportée…

Avec un soupir discret, le domestique choisit de reporter son attention sur d'autres convives. Cette petite femme replète, qui discutait avec Lucas et Yvanov, devait être la diseuse Astarté. Ses vêtements bigarrés la désignaient aux yeux de tous comme une Arionite, même si elle avait toujours voyagé aux quatre coins du continent.

Les trois hommes qui s'étaient installés non loin d'Oreste et Andréas appartenaient certainement à la noblesse faelienne. De célèbres Templiers Arionites, sans nul doute…

Quant à l'ancienne suzeraine de Guajo, la baronne Esabel, elle était en grande conversation avec la duchesse Djulura. Ses mains brunes s'exprimaient tout autant que sa voix, ce qui ne lui laissait pas beaucoup l'occasion de faire honneur aux plats.

Près d'elle, son neveu aux cheveux longs semblait renfrogné. L'écuyer avait appris qu'il se nommait Djio, et qu'un vieux différend l'avait opposé à Wilf plusieurs années plus tôt. Pour autant, le jeune général arrucian avait prêté serment avec tous les autres devant le nouveau monarque. Sans doute les querelles passées devaient être oubliées, pour faire face à la menace que représentait la Théocratie…

Le regard de Guajo poursuivit son chemin. Pour le moment, le baron Conrad de Greyhald demeurait muet, se contentant de vider consciencieusement son assiette. Il était venu seul, sans même une escorte. Ce qui était bien compréhensible : placé sous surveillance par le pharaon, le vieux soldat avait sans doute dû user de toute sa ruse pour s'absenter discrètement.

On avait raconté à Guajo l'histoire de cet homme au visage de bouledogue, et il était terrifié rien qu'à y repenser… Conrad Hache-du-Soir, autrefois puissant baron guerrier, avait été longuement emprisonné à la suite de la première révolution manquée. Celle menée par le duc Caïus, à laquelle le jeune domestique n'avait pas participé…

Les geôles de la Théocratie avaient laissé des marques indélébiles dans la chair à présent efflanquée du noble greyhalder, mais n'avaient jamais pu briser son esprit. Les rumeurs atroces qui couraient à propos des prisons mossievites, rapportant que les détenus y étaient quotidiennement passés à tabac, lorsqu'ils ne servaient pas de femmes pour certains Lanciers en permission, firent frissonner Guajo. Et le rendirent d'autant plus admiratif envers celui qui avait survécu à cela pendant plus d'un an. Là-bas, Conrad n'avait sans doute pu se nourrir que des rats qu'il parvenait à chasser : l'Arrucian ne s'étonnait donc pas qu'il dévore aujourd'hui avec une telle avidité...

Plus tard, on avait finalement choisi de le remettre à la tête de son fief, lorsque Redah l'avait jugé suffisamment maté. Depuis, le baron était sensé y exercer un pouvoir fantoche. Cela assurait en principe la docilité de son peuple à la Théocratie.

Mais le cardinal avait commis une erreur... Il ignorait que son séjour en cellule, loin d'avoir rendu Conrad inoffensif, avait au contraire renforcé sa haine envers le pouvoir mossievite. La flamme de la vengeance n'avait jamais cessé de couver en lui, car il n'oubliait pas que son fils unique s'était sacrifié dans ce combat pour la liberté. Le général Frantz, que Wilf citait encore parfois comme un modèle de courage et de fidélité...

Ainsi, laissant croire que sa longue captivité avait eu raison de lui, qu'il était maintenant prêt à manger dans la main de la Théocratie, le baron de Greyhald n'avait fait que préparer sa revanche… Bien entendu, Redah ne lui avait jamais accordé sa confiance : une puissance militaire comme le Greyhald, où l'on faisait depuis toujours la guerre par métier, ne pouvait être laissée entre les mains d'un ancien adversaire. Les officiers de l'armée greyhalder avaient donc été remplacés par des Lanciers Saints, qui tenaient à présent tous les postes importants.

Guajo sourit. C'était précisément sur ce point qu'était intervenu Conrad. Peu à peu, pour chaque lieutenant de la Théocratie, il avait trouvé un sergent, un homme du peuple, qui avait autrefois servi sous ses ordres ou ceux de son fils… Un homme qui serait prêt, l'heure venue, à assassiner son supérieur pour prendre le commandement…

Le baron regagnerait alors le pouvoir en Greyhald, soulèverait son peuple, puis offrirait son armée colossale à la cause de Wilf.

Avec des gestes délicats et précis, Guajo veilla à remplir de nouveau la coupe de son maître, qui venait de la vider en portant un toast. Tout en versant le vin brun, il continuait d'observer Conrad. Il ne put s'empêcher de froncer les sourcils…

À le voir dans cette grotte, vieillard rigidement engoncé dans une armure pesante, impuissant à soulever la mythique hache qui demeurait accrochée sous son bras rachitique, on pouvait croire le baron incapable de mener un tel plan à son terme. Mais les larges lames de son arme, dont le métal imitait la couleur de la terre, luisaient pourtant comme une sombre promesse. Et l'espoir d'une victoire n'avait pas quitté le regard vengeur du vieil homme. Comme il l'avait dit la veille, en matière de salut à Wilf lorsque celui-ci était venu l'accueillir, la Hache-du-Soir pouvait encore être brandie…

Il fallait en tous cas l'espérer, songea Guajo, car l'armée de Greyhald représentait pour l'instant leur meilleure chance dans les combats à venir. Le domestique soupira malgré lui, à la perspective de ces batailles sanglantes. Hélas, il ne voyait aucun moyen de les éviter…

Encore plus loin, se chamaillaient les ambassadeurs des Mille-Colombes. Ils étaient venus nombreux, car chacune des Cités-États tenait à être représentée. La légendaire atmosphère de discorde qui régnait entre elles s'exprimait ici sous la forme de petites phrases bien senties. Néanmoins, les diplomates prenaient soin de chuchoter : pas question de faire outrage au nouveau roi par leurs querelles privées... De l'endroit où se trouvait Guajo, on n'entendait donc qu'un murmure flou, même s'il suffisait de chercher parmi eux un visage empourpré pour deviner lequel des émissaires colombins était la cible de la dernière réplique assassine...

Mais Guajo se moquait bien de cela. Ce qui attirait son attention, c'était la diversité des costumes portés par les ambassadeurs. Ces hommes et ces femmes, qui vivaient dans quelques-unes des plus somptueuses cités du continent, avaient rivalisé de soies, de broderies et de bijoux pour surpasser leurs rivaux. Les modes vestimentaires variant beaucoup d'une Cité-État à une autre, pas un seul d'entre eux ne ressemblait au suivant.

Certains se pavanaient dans des culottes bouffantes ridicules, d'aucuns affectionnaient au contraire des tenues moulantes au curieux tissu cartonné... La majorité portait des toilettes colorées, ayant choisi des pourpoints dont les crevées faisaient exploser leurs teintes vives et contrastées, mais quelques-uns préféraient visiblement le noir ou le gris uniformes.

Plusieurs fois, les maîtres de Guajo avaient évoqué devant lui les fameuses cités de Cozgliari, d'Escara ou encore de Sovdralita. Mais l'écuyer aurait été bien en peine de reconnaître leurs ressortissants dans cette cohue chamarrée.

Pour lui, seule se distinguait une poignée d'hommes à l'allure martiale, se tenant soigneusement à l'écart des disputes qui éclataient entre leurs pairs.

Ces chevaliers en armure, portant chacun une cape bleue assortie au panache de leur heaume, paraissaient mal à leur aise parmi les enfantillages des autres diplomates. Ils n'avaient pas quitté leur lourd harnois d'acier pour se restaurer, et ne semblaient pas en concevoir la moindre gêne. Guajo y devina le fruit d'une longue habitude. À la plume qui était gravée dans le métal de leur plastron, il reconnut en eux les Chevaliers-Archivistes de Fraugield.

Leur présence ici, qui tenait presque du miracle, avait constitué une excellente surprise pour le camp de Wilf. Sans doute les insulaires avaient-ils enfin décidé que le moment était venu de trahir leur antique principe... En effet, la cité-bibliothèque, si elle appartenait politiquement à la Province des Mille-Colombes, n'en était pas moins renommée pour son obstination à ne jamais intervenir dans les affaires propres au continent... Pourtant, cette fois, Fraugield choisissait de faire une exception.

Guajo ne savait s'il devait en jubiler, ou bien frissonner d'horreur. Car il ne pouvait s'empêcher de voir l'interprétation négative de cette bonne nouvelle : la situation du continent avait dégénéré de façon si atroce, au fil des derniers mois, que même les paisibles bibliothécaires avaient fini par se sentir concernés…

Bien que ce ne soit pas encore officiel, on savait qu'ils mettraient bientôt des hommes sous le commandement de Wilf. À ce sujet, des conciliabules surpris parmi les colombins pendant les préparatifs du couronnement avaient permis à l'Arrucian de faire taire ses derniers doutes : Fraugield enverrait bien ses troupes d'élite au secours de la liberté… Cinq cents Chevaliers-Archivistes, ordinairement chargés d'assurer la défense de leur cité lacustre, qui rejoindraient l'armée du roi pour le soutenir dans sa lutte. Ces hommes, à la fois soldats et érudits, formaient une force sur laquelle Wilf pourrait s'appuyer, sans que Mazhel ne s'y attende.

Guajo promena un regard satisfait sur leurs carapaces d'acier, leurs épais sabres et leurs pavois marqués de la plume de Fraugield… Hélas, se dit-il, voilà qui serait, à peu de choses près, toute la contribution fournie par les Cités-États en matière d'armée de métier.

En effet, si les Mille-Colombes étaient prêtes à soutenir l'effort de guerre du Sud, elles ne pourraient malgré tout octroyer aucune autre troupe de qualité à la rébellion. Militairement, les cités colombines ne s'étaient jamais remises de la défaite de Caïus aux portes de Mossiev, et la poignée de soldats qui leur restait était réquisitionné pour leur défense. Car, bien sûr, il n'était pas question pour elles de se faire confiance les unes aux autres…

Guajo termina enfin son tour d'horizon des convives, observant les quelques Tu-Hadji qui avaient souhaité assister au sacre de Wilf.

Ils n'étaient pas nombreux : leur peuple ne se sentait pas concerné par la lutte contre la Théocratie. Et celle-ci, sans le moindre doute, était bien le moteur de ce couronnement, puis de tout ce qui allait en découler.

Ainsi, en dépit de leur respect - et de leurs attentes - envers Wilf, les géants nomades ne pouvaient s'impliquer dans cette guerre humaine. Pour eux, seule importait la destruction des Hordes, l'opposition armée à la menace du Roi-Démon. Ils se devaient d'utiliser toutes leurs énergies dans ce combat millénaire.

C'était du moins le discours tenu dans les clans. Pourtant, en dépit des consignes de leurs Galn'aji, certains Tu-Hadji étaient résolus à soutenir Wilf dans son entreprise. Après tout, il était le sauveur annoncé par leur prophétie, et ils ne pouvaient le laisser se faire tuer au combat… Des guerriers tatoués faisaient donc le choix de porter leurs lances à pointe de silex aux côtés du jeune monarque. Une poignée d'entre eux avait même tenu à honorer le nouveau roi des hommes en assistant à son couronnement. Attablés aux extrémités de la table, goûtant parcimonieusement aux mets présentés, ces Tu-Hadji couvraient de leur examen altier toute l'assemblée des princes et des barons.

Il aurait été impossible de les confondre avec des humains, tant ils ne s'amalgamaient pas dans cette masse bavarde. Avec leur vigilance et leur dignité caractéristiques, ils promenaient sur les visages *nedaks* des regards de tranquille assurance, comme autant de bénédictions. Pour la plupart, ils étaient de jeunes guerriers, venus de clans divers à l'appel d'Ygg'lem, le fils de Jih'lod.

Sans s'en apercevoir, Guajo fit la moue tandis que ses yeux se posaient sur Ygg'lem. Un peu plus tôt, il avait été témoin des retrouvailles entre Wilf et le jeune Tu-Hadji... Surprenant dans leur regard la joie sincère de se revoir, l'amitié d'enfance et les souvenirs qui les unissaient, il en avait conçu une légère jalousie. Mais Ygg'lem venait offrir des guerriers à leur cause, et l'écuyer savait qu'il se serait montré bien injuste en lui refusant sa gratitude.

Il contempla de nouveau l'assistance, puis cligna des yeux, tâchant d'imprimer à jamais la scène dans sa mémoire. Sans doute était-ce la première fois depuis longtemps qu'autant de nobles personnes se trouvaient ainsi réunies. Chacune d'entre elles possédait, à sa manière, une aura de pouvoir suffisante pour impressionner n'importe quel homme ordinaire... Pourtant, tous étaient aujourd'hui effacés par la présence d'un seul.

Un personnage à qui sa prestance offrait de dominer tous les autres. Un homme capable de réduire cette noble assemblée au silence, d'un simple regard. Wilf, le Roi-Magicien...

L'admiration de Guajo à son égard n'avait cessé d'enfler depuis qu'il partageait sa vie. En ce jour, le jeune monarque lui semblait plus charismatique que jamais, menaçant et terrible dans son splendide habit de pourpre et de jais. Peut-être était-ce sa royauté toute neuve qui l'auréolait ainsi... L'Arrucian jugeait en tous les cas que son maître avait acquis en cette heure une nouvelle maturité, quelque chose de puissant dans le port et l'attitude. Son regard, déjà scrutateur, s'était paré d'une autorité irrésistible. Nul, dans cette grotte, n'aurait en cet instant osé déplaire à ce jeune souverain aux cheveux noirs.

En jouait-il consciemment ? Se laissait-il prendre au jeu ? Ou bien était-ce son sang ancien qui s'exprimait de cette manière ?

Difficile de reconnaître le compagnon familier, dans l'image de ce seigneur aux traits d'oiseau de proie, dont les lèvres s'incurvaient si facilement dans un demi-sourire cruel… Cette expression qui lui donnait une apparence de roi barbare…

Il captivait toute l'assistance. Le moindre de ses gestes dégageait une fermeté ordonnant la confiance absolue. Aujourd'hui, il était un faucon visionnaire et invincible, une entité meurtrière dans laquelle prenaient corps tous les espoirs bellicistes de ses semblables. Nimbé par cette heure de gloire, Wilf Ier bénéficiait d'un prestige à nul autre pareil.

Et Guajo, sans ignorer que l'acuité de son propre regard pouvait être obscurci par sa profonde dévotion, sut néanmoins qu'en ce moment de grâce, tous contemplaient le souverain avec les mêmes yeux que lui.

Pourtant, l'Arrucian comprenait également qu'il faudrait bientôt être capable de récolter tous les fruits de cet instant d'ivresse collective. Savoir cueillir le meilleur, sur les branches de l'arbre politique, tout en prenant soin d'éviter les baies pourries. Car la réalité de la guerre, comme toujours, extirperait les péchés habituels de leur gangue d'hypocrisie : lâcheté, cupidité, mésententes et trahisons…

Malgré tout, en cette journée précise, quelque chose le poussait à placer son espoir dans la foule rassemblée ici. Il voulait inflexiblement croire en ces gens…

Guajo les regarda encore, puis réalisa enfin ce qu'il voyait. La vaste grotte rassemblait les fidèles parmi les fidèles, les gouttes d'eau qui formeraient demain le plus puissant des fleuves : celui de la liberté en marche.

Le banquet dura jusque tard dans la nuit. Maints sujets furent évoqués et débattus, chaque vassal de Wilf venant à son tour lui présenter doléances ou conseils pour la guerre à venir. On s'inquiéta notamment de l'attitude du Baârn, qui était demeuré scrupuleusement neutre depuis que la Théocratie l'avait trahi. Allait-il le rester ? Selon la plupart des avis, les mercenaires demeureraient étrangers au conflit… Mais aucun des nobles invités ne savait exactement combien d'or pouvait sacrifier Mazhel pour laver la trahison passée et s'assurer leur soutien.

Conrad de Greyhald proposa une façon simple de régler ce problème : il suffisait selon lui d'acheter les mercenaires pour le compte de la rébellion. Hélas, cela avait déjà été tenté, et tous les efforts qui avaient été faits dans ce sens s'étaient soldés par un échec. Même les fortunes offertes par les riches cités des Mille-Colombes ne pouvaient venir à bout de leurs tarifs dissuasifs. Visiblement, les Baârniens n'étaient pas décidés à s'impliquer dans une guerre d'une telle envergure... Ni d'un côté, ni de l'autre. *Dommage...* songea Guajo, qui avait eu vent de la réputation terrible de ces soldats occidentaux.

Lorsque vint son tour, Kyrôn, le capitaine des chevaliers de Fraugield, prit solennellement la parole. Il annonça, de manière officielle, la décision de la cité-bibliothèque au nouveau roi. Selon toute évidence, Wilf fut ravi d'avoir enfin confirmation des rumeurs : la présence des Chevaliers-Archivistes dans ses rangs lui permettrait de surprendre Mazhel, qui ne s'attendait certainement pas à cela. De plus, le moral des troupes se trouverait fortifié par le soutien de ces valeureux combattants. Il semblait, finalement, que la guerre ne s'annonçait plus sous des auspices si médiocres...

Vers le milieu de la nuit, tous les sujets de conversation avaient été épuisés, toutes les coupes vidées, et une certaine léthargie s'était emparée des convives. Quelques-uns, ayant bu plus que de raison, s'étaient endormis à leur place, ronflant parfois bruyamment. Guajo eut un regard admiratif pour le baron Conrad, qui aurait dû tomber ivre mort depuis des heures, et qui continuait de tenir droite sa vieille carcasse, tout en levant régulièrement sa coupe à l'honneur du Sud.

Bon nombre d'invités profitaient du relâchement général pour aller faire un tour à l'extérieur. En dépit de ses vastes dimensions, la grotte s'était peu à peu enfumée. Ajoutant à cela la chaleur dégagée par le nombres de convives, l'atmosphère était peu à peu devenue assez étouffante. Ainsi, de temps en temps, on observait de petits groupes de personnes qui entraient et sortaient de la caverne, bien que jamais en nombre suffisant pour risquer de vexer leur hôte. Toutefois, la plupart de ceux qui n'étaient pas trop anesthésiés par l'alcool, lassés d'avaler ces gorgées d'air brûlant, finissaient tôt ou tard par s'éclipser quelques instants.

Guajo, voyant que Wilf ne semblait pas avoir besoin de lui dans l'immédiat, choisit de les imiter, et se faufila discrètement vers la sortie.

Il emprunta l'étroite et courte galerie qui menait à l'air libre, réalisant trop tard qu'il aurait dû se munir d'une source de lumière. Il faisait sombre et chaud, dans le tunnel : Guajo s'imagina malgré lui dans le boyau d'un dragon.

Quelqu'un qui venait dans l'autre sens le bouscula : l'écuyer s'excusa brièvement, puis contourna cette silhouette avec empressement. Il lui tardait de respirer un peu d'air frais.

Mais l'inconnu ne le laissa pas aller plus loin. Une main se posa sur son épaule, tandis que l'ombre se penchait vers lui.

— C'est vous ? lui chuchota une voix d'homme à l'oreille.

L'écuyer plissa les yeux pour essayer de reconnaître l'inconnu, mais l'obscurité était trop profonde. Il ne distinguait que les contours d'une silhouette masculine, enveloppée dans une cape.

— Je ne sais pas… répondit-il, intrigué. Qui êtes… ?

— Ecoutez, le coupa l'homme. Je suis envoyé par qui vous savez…

« Une décision concernant ce jeune Wilf a finalement été prise : l'attentat aura lieu à l'aube. Je compte sur votre soutien.

CHAPITRE 4

— *Comment ?* faillit s'écrier Guajo.

Mais il se ressaisit au dernier moment. Se mordant la langue, il suivit la silhouette du regard, lorsqu'elle s'éloigna de lui. Il était bien décidé à découvrir ce qui se tramait contre son maître…

Il remarqua que l'inconnu repartait vers l'extérieur. Celui-ci l'avait sans doute attendu dans cette galerie depuis un moment… Guajo lui emboîta le pas. Il vit la silhouette saluer quelques personnes d'un signe de tête en arrivant sur la plage, puis s'éloigner de l'entrée de la grotte. Il accéléra l'allure, pour rejoindre l'inconnu avant qu'il ne disparaisse entre les rochers.

— Attendez ! souffla-t-il en parvenant à sa portée.

L'homme se retourna.

Guajo en profita pour l'observer, à la lueur des quelques étoiles qui perçaient le voile nuageux. L'inconnu était drapé dans une grande cape noire à capuche, si bien que son visage disparaissait dans l'ombre. Pourtant, il y avait quelque chose dans sa manière de lui faire face, dans son calme, qui lui rappelait quelqu'un. Mais, pour le moment, l'écuyer ne voyait pas qui.

Ils étaient tous deux à bonne distance des autres invités sortis sur la plage, maintenant.

— Qu'est-ce que vous voulez ? fit l'inconnu d'une voix rauque.

Trop rauque, nota Guajo... comme si on cherchait à la travestir.

Il prit une grande inspiration.

— J'ai besoin d'en savoir plus, chuchota-t-il en prenant son meilleur air de conspirateur. Si vous voulez que je vous aide, il faut que je sache comment l'attentat va se dérouler... Avant tout, combien sommes-nous ?

Son interlocuteur tiqua.

— Comment ça ?... Vous l'ignorez ?

« Nous ne sommes que tous les deux. On m'a dit que Guajo, notre homme sur place, serait au courant des détails...

L'intéressé tâcha de masquer sa surprise. Il ignorait comment démêler cette situation. Pendant quelques secondes, il demeura silencieux, face à ce conjuré qui avait reçut l'ordre d'occire son maître.

Soudain, il comprit que son attitude le trahissait. Il vit la méfiance s'installer dans la posture de l'inconnu, chez qui ses atermoiements avaient semé le trouble. Ce dernier hésitait visiblement à s'enfuir. Alors, Guajo comprit qu'il n'avait plus le choix : s'il le laissait partir maintenant, il n'aurait plus aucune chance de découvrir qui se cachait sous cette capuche...

D'un geste vif, il tira donc son glaive, et le brandit dans la direction de l'homme en noir.

— Qui êtes-vous ? s'écria-t-il. Et surtout, qui vous envoie ?

L'inconnu se figea. Guajo remarqua qu'il demeurait très calme. Pour l'instant, il ne semblait pas vouloir sortir une arme.

— Ainsi, vous nous avez trahis... murmura la voix rauque.

L'écuyer fronça les sourcils de colère.

— Qu'est-ce que vous racontez, à la fin ? Je n'ai jamais servi d'autre maître que Wilf !

« Maintenant, répondez-moi, ou bien je n'aurai aucun scrupule à vous tuer !

L'inconnu émit un long soupir.

Très curieusement, cela sonnait comme un soupir de soulagement. Guajo pencha la tête, tentant à nouveau de percer l'identité de cet homme encapuchonné.

Ce dernier lui facilita la tâche, faisant glisser d'une main la houppelande sur son col.

— Désolé, Guajo... dit-il alors d'un ton embarrassé.

Découvrant le visage de son interlocuteur, l'écuyer en resta cloué sur place.

— M… Maître Lucas ! s'exclama-t-il, stupéfait.

Le spirite, se débarrassant pour de bon de sa cape, lui adressa un piteux sourire.

— Je n'avais pas le choix, mon ami… s'expliqua-t-il. Il fallait que nous en ayons le cœur net.

Guajo sentit ses jambes trembler sous lui.

— Comment ça ? dit-il d'une voix plaintive. Vous avez cru que j'étais un traître ?… C'est ça ?

Lucas soupira encore, mais de malaise cette fois.

— Nous n'avons rien cru, Guajo… Cependant, les heures qui vont venir seront décisives, et nous ne pouvions laisser planer aucun doute sur la fidélité des nôtres.

« Un faisceau de présomptions pouvait te présenter comme un espion : en dépit de notre amitié pour toi, Wilf et moi avions le devoir de te tester. Si tu avais été à la solde des Orosians ou de Fir-Dukein, nous aurions pu le payer très cher…

L'écuyer arrucian baissa les yeux, peut-être pour cacher des larmes.

— Ne vous avais-je pas suffisamment prouvé ma loyauté, au fil de toutes les aventures que nous avons traversées ensemble ? demanda-t-il enfin, la voix brisée.

— Nous avons longuement réfléchi à cela, rétorqua le spirite. À aucun moment, tu n'aurais été en réelle position de nous nuire. Et tu pouvais très bien nous aider temporairement, dans la perspective d'un plan plus vaste orchestré par nos ennemis… Tu comprends ?

Comme l'Arrucian ne répondait pas, Lucas leva les mains, en un geste impuissant.

— Ô Guajo… se lamenta-t-il. Nous n'avons jamais vraiment cru à une trahison de ta part… Et je souffre beaucoup à l'idée de t'avoir blessé… mais il fallait que nous soyons entièrement sûrs.

« Et tu ne dois pas en vouloir à Wilf : c'est moi, le premier, qui lui ai fait part de mes soupçons. Au départ, il n'était pas d'accord pour te jouer ce vilain tour, mais j'ai fini par le convaincre. Car, malgré l'affection que nous te portons tous, trop de doutes pesaient sur toi : ta manière de sortir des combats sans une seule égratignure, ta naïveté troublante à propos de régions que tu es sensé connaître comme ta poche… Je ne parle pas de l'enthousiasme avec lequel tu as épousé notre cause… il est venu un moment où tout ça m'a parut tout simplement trop bon pour être vrai ! Quant à tes dons étonnants pour de nombreuses choses qu'un jeune fermier du Sud devrait ignorer… Dis-moi quel autre paysan arrucian, n'ayant jamais étudié, en saurait à peu près autant qu'Oreste et moi réunis, sur la plupart des sujets ?

Guajo haussa les épaules.

— Je suis désolé de vous avoir vexé, fit-il, la voix chargée d'une amertume que Lucas ne lui connaissait pas. J'ai beaucoup lu, suivant vos conseils…

Puis, reprenant une attitude plus conciliante :

— Enfin, vous avez eu raison. Ça fait mal d'être soupçonné à tort, mais… Je comprends. Vous avez fait ce qu'il fallait, et il ne faut pas vous sentir coupables.

« Seulement…

Lucas l'encouragea à poursuivre.

— Est-ce que vous me faites de nouveau confiance, maintenant ?

Le spirite le regarda droit dans les yeux pour lui répondre :

— Je ne douterai plus jamais de toi, mon ami. Tu as ma parole.

Guajo laissa alors le large sourire que tous lui connaissaient reprendre place sur son visage. La figure éclairée d'un soulagement radieux, il conclut :

— Dans ce cas, n'en parlons plus. Retournons auprès du roi : il a peut-être besoin de nous…

Les deux compagnons, à nouveau soudés par leur amitié et la ferveur de leurs sentiments envers Wilf, regagnèrent ensemble l'entrée de la grotte.

Sur le chemin, Guajo laissa prendre un peu d'avance au spirite. Songeur, il posa alors dans le dos de celui-ci un regard ambigu, où brillait une lueur étrange. Une lueur froide et résolue, mais pas menaçante.

Qu'as-tu donc été t'imaginer, Lucas ? pensa-t-il. *Non, je ne souhaite pas vous trahir, au contraire...*

J'ai appris à vous aimer, mortels.

* * *

Djulura pleurait. De vraies larmes de bonheur.

Mille fois, elle avait rêvé ces retrouvailles.

Enlaçant avec force le torse de son amant, elle se serrait contre lui en sanglotant doucement. Sa tête reposait sur l'épaule du prince, paisible. Ses boucles blondes contrastaient sur la soie noire de son vêtement. Aujourd'hui, Ymryl n'avait pas revêtu son armure d'argent : ce n'était pas le seigneur de guerre qui l'étreignait, mais simplement l'homme.

Lorsqu'il était venu la chercher, la nuit du couronnement de Wilf, elle n'avait pas eu la force de le chasser. À l'instant où elle l'avait vu apparaître sur la plage, elle avait su que tous ses serments étaient d'ores et déjà réduits à néant... Le prince l'avait salué, courtoisement, puis il avait simplement refermé ses bras autour d'elle. Ils s'étaient embrassés longuement.

Quand, enfin, la diseuse avait rouvert les yeux, elle avait surpris les émanations mauves de la magie, et découvert autour d'elle une salle inconnue. Comprenant que son compagnon avait fait appel à ses pouvoirs pour les transporter ici, elle n'avait pas cherché à en savoir davantage. Pour l'heure, seul lui importait de goûter le sel de cette rencontre, aussi exquise qu'elle était secrète.

Le prince la tenait toujours tendrement dans ses bras. Avec des gestes doux et protecteurs, il lissait de la main sa chevelure.

— Ces derniers mois furent les plus longs de toute mon existence, murmura-t-il enfin, brisant le silence irréel qui avait régné jusqu'ici.

Djulura leva les yeux vers son visage. Ymryl avait l'air serein, ses traits parfaits en harmonie avec la sensation de pureté qui se dégageait de cet instant. La tête légèrement penchée vers elle, il l'observait avec un sourire insaisissable.

— J'ai essayé de tenir ma promesse... s'excusa-t-il. J'ai vraiment tenté de t'oublier...

— Mais nous sommes ici, le coupa la diseuse. Tous les deux. Et maintenant.

Ymryl ferma les paupières. Son souffle vint caresser la joue de la duchesse ; il tremblait légèrement. Le sourire flottant s'était mué sur ses lèvres en expression de douce mélancolie.

Djulura prit le visage de son amant entre ses mains.

— Ne sois pas triste, dit-elle tout bas.

Puis elle couvrit de baisers ce visage aimé. Bientôt l'émotion, la pudeur, firent place à la passion. Les yeux de nouveaux ouverts, le regard à la fois vague et ardent, le prince la contempla comme un royaume.

Mais ce n'était plus le combattant d'Irvan-Sul qui portait sur elle ce regard. Il n'y avait plus en lui ni morgue, ni mépris, ni fureur. Bien au contraire. Il lui semblait observer, pour la première fois de sa vie, un royaume qui n'était pas à conquérir, mais seulement à parcourir. Il la contemplait avec ce respect, et cet émerveillement toujours renouvelé, d'un voyageur en terre étrangère.

Tandis qu'Ymryl délaçait les liens de son armure souple, et la faisait glisser comme une robe le long ses bras, Djulura accorda un bref regard à la salle qui les entourait.

C'était un vaste hall hexagonal, dont une moitié était surélevée de gradins, à la manière d'une arène. Le sol était de pierre noire veinée de vert, les murs couverts de céramique beige. Tout en haut des gradins, deux énormes gongs carrés, de métal noir. Et entre eux, immobilisé en pleine course par quelque sortilège, le gigantesque balancier d'un pendule.

Juste au milieu des gongs, sous le balancier figé, était déroulé un épais tapis de couleur rouge sang. C'était à cet endroit précis qu'étaient apparus les deux amants. Trois chandeliers disposés en triangle leur faisaient un peu de lumière, tandis que le reste de la grande salle se perdait dans la pénombre.

Au centre de ce halo, comme une île minuscule dans un océan de ténèbres, Djulura et Ymryl s'aimèrent. Oubliant l'un et l'autre leurs promesses, ne se souciant plus ni de leur maître, ni de leur patrie, ils s'abandonnèrent aux transports de la passion. Leurs corps pâles, liés sur le tapis carmin, reflétèrent sous mille angles la lumière blafarde des chandeliers. Chacun but à l'âme de l'autre, s'abreuvant d'une vie plus sacrée à leurs yeux que tous les engagements passés.

Mais le temps s'écoula traîtreusement. Ces quelques heures, ils le savaient, leur laisseraient un goût d'amertume, quand toute une existence eût été à peine suffisante pour ce qu'ils avaient à partager…

Pourtant, ils turent cette frustration. Allongés, scellés dans une étreinte parfaite, les deux amants n'échangèrent pas une parole douloureuse, n'évoquèrent pas une seule fois l'avenir incertain et terrifiant.

Longtemps après que les corps furent épuisés, ils demeurèrent silencieux, leurs regards accrochés comme s'ils se voyaient pour la première fois. Comme si à chaque seconde, ils étaient de nouveau foudroyés par leur amour mutuel. Ymryl, les yeux perdus dans l'éclat limpide de ceux de la duchesse, sentait son cœur s'accélérer puis mourir sans cesse.

— Il se passe quelque chose d'étrange, finit-il par avouer, l'air presque apeuré par la puissance de ses sentiments.

Djulura l'attira tendrement contre elle, et posa la tête du guerrier sur sa poitrine. Le prince, rassuré par le contact doux de sa peau, se mit à caresser au ralenti l'épaule blanche de la diseuse. Celle-ci, se servant de ses doigts comme d'un peigne, démêlait la longue chevelure sombre de son amant. *Je suis guérie de tout, à présent, sauf de toi…* pensait-elle en respirant l'odeur d'acier dans les cheveux roux. *Même Yvanov et toute sa science ne peuvent rien contre cet amour… Pourquoi ?*

Elle connaissait la réponse, bien que refusant encore de l'admettre. L'amour, même aussi insensé que celui-ci, ne pouvait être soignée comme une maladie. C'était une vérité limpide. Les sentiments qui la liaient au Prince-Démon étaient indépendants de la folie qui l'avait possédée pendant longtemps…

Soudain, elle se raidit très légèrement. Ses yeux bleus s'agrandirent, comme sous le coup d'une révélation. Cela ne dura qu'un instant.

Djulura se détendit ensuite, posant une main sur son ventre. Ses pouvoirs de diseuse venaient de s'emparer d'elle, avec une force et une certitude qu'elle ne leur avait jamais connu.

Elle savait.

Tandis que sa main restait, un peu frémissante, sur son abdomen, un sourire étira doucement ses lèvres. Un immense bonheur la noyait soudain tout entière.

Ymryl perçut son changement d'attitude, et leva les yeux vers elle.

— Qu'y a-t-il ? lui demanda-t-il, souriant mais intrigué.

La diseuse s'agenouilla au-dessus de lui, visiblement troublée. Les mains croisées sur ses seins, elle reprit son souffle et bredouilla :

— Nous… Je crois que… Non, je suis sûre…

Ymryl la coupa d'un rire sonore. Réchauffé aux forges de leur tendresse, le seigneur de guerre retrouvait un peu des réactions bon enfant qu'il avait dû bannir depuis des siècles. Puis il posa sur elle un regard amusé :

— Allons, dis-moi…

La duchesse se mordit la lèvre, hésitante. Pouvait-elle lui révéler ce genre de chose ?

Elle revit, en une seconde, se dérouler les dernières heures. Sur la scène de son esprit, défila l'image romantique et un peu crue de leur nudité dans la lumière blême, leurs ébats brûlants et leurs instants de connivence complète… C'était un de ces moments parfaits, de ceux qu'elle désirait garder dans sa mémoire pour les chérir à jamais. Sous aucun prétexte, elle n'aurait voulu gâcher ce souvenir. Mais sans doute son amant avait-il le droit d'être mis au courant…

Pensive, elle posa une nouvelle fois sa main sur son ventre.

Lorsqu'elle faisait ce geste, ses yeux brillaient d'une lueur étrange, nota le prince.

— Tu peux m'expliquer ? l'interrogea-t-il de nouveau, avec maintenant un peu d'inquiétude.

Djulura acquiesça, résignée :

— Nous avons fait plus que cela, dit-elle tout bas.

— Plus que quoi ? demanda le guerrier.

— Plus que nous aimer… chuchota-t-elle. J'ai conçu un enfant, avoua-t-elle avec réticence.

D'un bond, Ymryl s'assit en face d'elle, et lui saisit le poignet en le tordant.

— Comment peux-tu déjà être au courant ? la questionna-t-il, soudain menaçant.

La duchesse, blessée par cette violence subite, l'observa avec inquiétude et chagrin :

— Mes pouvoirs… répondit-elle. Je suis voyante, ne l'oublie pas.

« Une vision parfaitement claire m'a frappée, comme venue de l'intérieur. Tu peux me croire… Car nous avons créé un enfant en moi : je le sais sans l'ombre d'un doute.

Le prince la regardait sans réagir. Ses lèvres étaient figées dans une expression de stupeur absolue.

Puis, visiblement bouleversé par la nouvelle, il relâcha le poignet de sa maîtresse, laissant son propre bras retomber mollement. Baissant la tête pitoyablement, il secoua les cheveux foncés qui pendaient devant son visage.

— Non… gémit-il. Impossible…

Lorsqu'il releva les yeux, il paraissait métamorphosé. Ses yeux noirs avaient retrouvé leur dureté et leur cruauté ; sa bouche était tordue dans un rictus dément.

Djulura, malgré elle, eut un mouvement de recul et saisit la veste du prince pour couvrir sa nudité.

— Je vais être père ? cracha-t-il d'une voix rauque et railleuse.

« Te rends-tu compte ?... poursuivit-il dans un murmure malsain.

Puis il se mit à crier rageusement :

— Te souviens-tu qui je sers ? Sais-tu bien qui je suis ?

Toujours agenouillée, la diseuse redressa fièrement le buste :

— Tu es l'homme que j'aime, annonça-t-elle avec dignité. Je ne vois pas ce qui...

D'un regard meurtrier, le Prince-Démon la fit taire. Il hurlait, à présent :

— Oh, non !... As-tu la moindre idée de l'endroit où nous sommes ? As-tu jamais entendu parler du Dédale, ou du nombre d'innocents que j'y ai massacrés ?

Ymryl tremblait de tous ses membres, secoué par sa fureur en pleine éruption. Le visage marqué par la haine, il se leva et fit un pas vers la jeune femme.

Djulura recula précautionneusement, se mettant peu à peu à distance respectueuse de son prince.

Elle l'aimait, mais elle le connaissait également. Les ires de cet homme ne pouvaient se noyer que dans le sang... Et la diseuse en venait à craindre pour sa vie.

Pourtant, Ymryl s'immobilisa. Ses poings serrés se levèrent dans sa direction, mais pour la maudire, non pour la frapper.

— Va-t'en ! aboya-t-il.

Déjà sa main gauche conjurait à gestes subtils les forces surnaturelles de la téléportation. En un instant, les bulles mauves commencèrent à frôler la duchesse, vrillant autour de ses jambes nues.

— Va-t'en ! répéta-t-il, le regard plus noir que jamais, alors que la silhouette de son amante disparaissait dans les limbes de la magie.

Il vacilla. L'avoir renvoyée dans son castel, plutôt que de la tuer pour éponger sa colère, avait épuisé le Prince-Démon. Son corps le trahit soudain, et il s'écroula sur le sol.

Gisant par terre, une lueur terrifiée et sauvage dans les yeux, il hocha négativement la tête.

— Va-t'en… gémit-il encore dans un sanglot.

CHAPITRE 5

Dans les jours qui suivirent le couronnement, Wilf visita plusieurs foyers de résistance. Andréas tenait absolument à ce qu'il aille à la rencontre de ces hommes de l'ombre, qui avaient préparé la rébellion pour lui, depuis maintenant plusieurs années.

Le Ménestrel n'avait pas de louange assez flatteur pour ces simples citadins devenus héros, dont la bravoure et l'expérience de la clandestinité seraient les fers de lance de la Monarchie dans les conflits à venir.

En effet, le plan de Wilf prévoyait de commencer les hostilités par une série d'escarmouches. De faible envergure, mais aussi nombreuses que possible, elles devraient frapper les intérêts de la Théocratie partout dans le Sud. Le jeune roi allait donc avoir grand besoin des compétences acquises par les résistants : il faudrait mener des attaques éclairs contre les casernes, assassiner les Lanciers Saints en faction… Ne leur laisser aucun répit.

Il s'agissait, avant tout, de semer la terreur parmi les soldats du pharaon. Leur moral - prétendument inébranlable - devait être sapé, leur belle assurance effritée. Ce serait le cas, devinait Wilf, lorsqu'ils se verraient acculés, toute retraite coupée par des groupes de rebelles bloquant les routes…

Plus tard, une fois que l'attention du pharaon aurait suffisamment été attirée, alors seulement il ferait intervenir toute la force de ses armées. D'ici là, les Lanciers allaient vivre un enfer.

Sans complexe, le jeune roi se réjouissait à l'idée de cette guérilla cruelle, dans laquelle pourrait enfin s'exprimer la rancœur des populations opprimées.

Mazhel avait voulu le forcer à sortir de son trou, comme on traque un animal. Il avait martyrisé tout son peuple pour y parvenir. Maintenant, c'était au tour de Wilf de frapper l'Orosian pour l'amener à se montrer : à son goût, ce n'était qu'un juste retour des choses.

Au cours de ses voyages à la rencontre des résistants, il avait parcouru la Terre d'Arion et les Provinces les plus proches. Ce qu'il y avait découvert avait décuplé sa haine. En vérité, l'héritier du Cantique n'avait pas de mot pour qualifier l'ignominie de la tyrannie théocratique. Et il s'en voulait beaucoup de ne pas avoir réagi plus tôt, même s'il savait que cela aurait été impossible.

L'impression d'être resté aveugle aux souffrances de son peuple le taraudait. Car si les Lanciers Saints ne pénétraient que rarement dans la cité même de Fael, Wilf découvrait qu'il en était allé différemment dans le reste de la Province... Pour l'instant, les moines-soldats étaient soucieux d'éviter le conflit ouvert, ne disposant pas de véritable forteresse militaire dans la région. C'était l'unique raison pour laquelle ils évitaient la capitale de la Province. Cependant, tout autour, la Terre d'Arion portait les stigmates de leur domination impitoyable. Chaque bourg, chaque hameau, pliait sous leur joug. Wilf était révolté par cette manière d'agir, de s'attaquer d'abord aux plus petits. Bien à l'abri entre les murs de Fael, jamais il n'avait imaginé cela... Mais aujourd'hui, face à la pénible réalité, il se sentait coupable.

Tout ce qu'il contemplait le dégoûtait. Les terres de l'Empire lui semblaient devenues une vaste table de torture... Et les légions de Lanciers Saints autant de tenailles sanglantes, dont les extrémités rougies pinçaient des braises brûlantes. Ce continent, placé par le droit de ses ancêtres sous sa responsabilité, n'était plus actuellement qu'une immense vierge de fer, pressurant les peuples jusqu'au sang.

Partout les gibets, les potences, les malheureux crucifiés pour l'exemple sur le bord des routes… La torture, apanage de la Théocratie, régnait en maîtresse. Les Lanciers obtenaient les dénonciations de parents par leurs propres enfants, de femmes par leurs propres époux. La peur et la douleur imprégnaient tout.

Mais ces voyages avaient aussi appris au jeune roi que les gens étaient prêts à se battre. Leurs plaies ne faisaient que renforcer leur volonté, forgée et encouragée par Andréas. Le Ménestrel avait fait du bon travail, Wilf devait le reconnaître. Il avait préparé le terrain avec talent, et tout ce labeur allait bientôt payer…

Cette fois, ils se rendaient ensemble dans le nord de la Province, à la frontière greyhalder. Wilf devait contacter là-bas le chef d'un vaste groupe. Ce grand résistant était réputé pour sa paranoïa, si bien que même Andréas ne l'avait jamais rencontré en personne. Mais, à présent, l'heure était au rassemblement de toutes les forces sous la bannière du roi… Wilf devait donc s'assurer le soutien de ce patriote inconnu - et de son réseau.

Pour cela, des informateurs de confiance leur avaient dit de se présenter à l'unique auberge du village de Laidel. Wilf et Andréas avaient ainsi traversé la Terre d'Arion, jusqu'à ce bourg frontalier, à l'apparence trompeusement paisible.

Guajo les escortait, chargé par Pej de veiller à la sécurité personnelle de Wilf. En effet, Andréas avait interdit au Tu-Hadji de les accompagner dans leurs divers déplacements auprès des résistants. Selon le Ménestrel, l'aspect insolite et la taille reconnaissable du barbare se seraient révélés néfastes à la discrétion exigée par ce genre de missions. Les trois humains, eux-mêmes, voyageaient sous d'épaisses capes de messagers, et évitaient autant que possible les contacts, dans les villages où ils faisaient halte.

Néanmoins, l'arrivée de trois hommes à cheval suscita quelques regards curieux, dans cette bourgade située à l'écart de la plupart des routes. C'était l'époque des moissons, aussi les champs étaient-ils pleins de travailleurs agricoles qui levèrent la tête au passage des intrus. Les trois compagnons se gardaient bien de déranger ces paysans, se contentant de répondre à l'un ou l'autre lorsqu'on leur adressait un salut de la main.

Ils arrivèrent à l'auberge, une bicoque rustique qui se dressait à l'entrée du village. Guajo attacha leurs chevaux à l'extérieur, puis ils entrèrent.

L'intérieur de la bâtisse était sombre. L'âtre était vide, en cette saison. Une dizaine de tables de bois foncé remplissait une unique salle, au fond de laquelle trônait un comptoir poussiéreux. Derrière lui, une porte fermée. Il n'y avait pas âme qui vive.

Wilf jeta sur une table son chapeau à larges bords, épongea avec son écharpe la sueur qui lui coulait dans les yeux, puis héla l'aubergiste :

— Holà ! Il y a quelqu'un ?

Moins d'une minute s'écoula avant que ne s'ouvre la porte du fond, révélant une femme à l'allure énergique. Tout en s'essuyant les mains dans un vieux torchon, elle s'approcha de la table où les nouveaux venus s'étaient installés.

— Qu'est-ce que je peux faire pour vous ? demanda-t-elle d'un ton soupçonneux.

Agée d'une cinquantaine d'années, elle était grande et fine. De longs cheveux raides, couleur de fumée, encadraient son visage sec.

— Et bien… commença Andréas, un peu embarrassé par l'accueil de la tavernière, l'auberge est ouverte ?

La grande femme hocha la tête.

— Mais je n'ai plus grand chose à vous offrir à manger, précisa-t-elle. (Un sourire forcé étira ses lèvres.) Les impôts… Il faut bien nourrir les Lanciers, hein !

Wilf s'éclaircit la gorge.

— Faites comme vous pourrez… dit-il. En fait, nous ne venons pas ici par hasard, ajouta-t-il plus bas.

L'aubergiste haussa les sourcils.

— Ah oui ?

Andréas vint au secours du jeune homme :

— Votre établissement nous a été chaudement recommandé… murmura-t-il à son tour.

La femme haussa les épaules.

— Je ne vois pas de quoi vous voulez parler, conclut-elle d'une voix âpre. Bon, je vais voir ce que je peux trouver pour vous en cuisine…

Comme elle tournait déjà les talons, Wilf se leva bruyamment.

— Attendez ! protesta-t-il. On nous a dit qu'en venant ici, nous pourrions trouver Sarod…

Si la tavernière entendit ces paroles, rien dans son attitude ne le trahit. Elle poursuivit son chemin sans broncher et disparut derrière la porte.

Andréas fit signe à Wilf de se rasseoir.

— Attendons un peu, soupira-t-il. Nous verrons bien…

Wilf acquiesça. À présent, il avait l'habitude de la méfiance de ces gens. Les résistants étaient des personnes dures, souvent rugueuses, mais c'était aussi ce qui leur permettait de survivre.

Le jeune roi sourit pour lui-même…

De plus, loin de se montrer serviles lorsqu'ils apprenaient l'identité de leur hôte, ces hommes et ces femmes prenaient toujours soin de lui faire comprendre qu'un soutien aveugle ne lui était pas gagné d'avance... Ils étaient prêts à obéir, certes, mais ils attendaient également d'observer la valeur de ce roi, pour qui ils avaient consenti tant de sacrifices.

Le jeune homme comprenait cela. Depuis des années, ils souffraient et se battaient, voyaient leurs compagnons imprudents ou malchanceux tomber dans les pièges tendus par les Lanciers Saints. Le martyre de leurs frères, au fond des prisons de la Théocratie, était vivant dans les yeux de chacun d'entre eux, et c'était même devenu pour Wilf un moyen de les reconnaître à coup sûr. Au fil des rencontres, il avait appris à respecter ces patriotes, et à les comprendre.

Il n'était donc pas particulièrement étonné par l'attitude de cette femme. Promenant machinalement son regard à travers la salle, il patienta...

Au bout d'un moment, la tavernière réapparut enfin. Elle tenait une planche carrée où fumaient trois bols de bouillon clair. Sans croiser le regard de ses clients, elle déposa leur maigre repas devant eux.

Toujours vigilant, Wilf ne put s'empêcher de raidir le dos, surprenant soudain l'éclat d'une lame dans la main de la femme. Mais l'aubergiste haussa les épaules avec un sourire moqueur, puis s'aida de ce large couteau pour trancher trois morceaux de pain dans une grosse miche d'apparence rassie. Elle les jeta ensuite, d'un geste sec et précis, devant chacun d'eux. Puis, replaçant le reste du pain dans la poche de son tablier :

— Commencez par manger. Ensuite, je vous mènerai à Sarod.

Wilf acquiesça, voyant que la femme guettait sa réaction. Il nota que le couteau n'avait pas quitté sa main.

Il remarqua aussi que le poignet de la tavernière tremblait légèrement, malgré son assurance de façade.

— Nous ne sommes pas des espions de la Théocratie, la rassura-t-il. Je suis le roi Wilf.

— Moins fort ! se contenta de murmurer son interlocutrice, après l'avoir foudroyé du regard.

Wilf soupira sans se cacher, puis s'attaqua au pain, dur comme de la pierre. Si cette femme voulait lui signifier qu'il ne devait s'attendre à aucun traitement de faveur, c'était réussi...

Lorsqu'ils se furent plus ou moins restaurés, l'aubergiste leur fit signe de se lever.

— Suivez-moi, souffla-t-elle simplement.

Elle les entraîna à travers la cuisine, jusqu'à un escalier en colimaçon qui menait à la cave. Cette dernière, plongée dans l'obscurité, n'avait pas l'odeur habituelle de ce genre d'endroit, nota Wilf. Il était familier des caves de taverne, pour y avoir souvent passé la nuit dans sa prime jeunesse. Le parfum du bois humide s'y mêlait d'ordinaire à celui du vin et de la poussière. Ici, au contraire, régnaient des senteurs de cire de bougie, de papier et d'encre fraîche. De la graisse pour le cuir des selles, également.

Le jeune roi comprit qu'ils avaient descendu trop de marches pour n'être qu'au premier sous-sol. La véritable cave de l'auberge devait se trouver un étage au-dessus.

Quelqu'un alluma une chandelle, donnant un minuscule halo de lumière autour de lui. Le visage surgi de l'ombre était celui d'un homme aux traits taillés à la serpe, les yeux braqués sans douceur sur les nouveaux venus. L'aubergiste, passée derrière les trois compagnons, alluma enfin une torche qui éclaira convenablement la pièce.

Il s'agissait d'une vaste salle, assez grossièrement creusée mais soutenue par des poutres solides. Au centre, l'homme qui avait allumé la chandelle était assis à une grande table encombrée de rouleaux de papier. Les parois de la pièce étaient tapissées de cartes, dans lesquelles étaient parfois fichés des poignards, et d'étagères remplies de bric-à-brac. Sur des tréteaux, dans le coin opposé à l'entrée, séchaient deux selles en cours d'entretien. Enfin, une porte de bois, aussi rustique qu'épaisse, bouchait ce qui devait être l'entrée d'une autre pièce.

Wilf fut étonné par l'étendue de ces souterrains secrets. Il resta toutefois concentré sur l'homme au visage en lame de couteau. Grand et fort, une épée au côté, ce dernier était vêtu du costume brun de la guilde des messagers. Ses yeux délavés, d'un bleu très pâle, rappelèrent au jeune roi son ancien maître, Cruel-Voit.

Sur un signe de leur hôte, Wilf et ses deux amis s'assirent à la table, en face du messager. La tavernière demeura debout derrière eux.

Tombant leurs capes de voyageurs, Wilf révéla le pourpre et le noir de la Monarchie, Andréas son habit bleu et argent de Ménestrel. Le regard du jeune roi croisa celui du résistant :

— Alors, c'est vous, le roi Wilf… dit celui-ci en faisant la moue.

Il avait la voix très cassée. Seulement alors, Wilf remarqua qu'une cicatrice rouge courait le long de sa gorge.

Andréas, lui, avait froncé les sourcils.

— Parfaitement, confirma-t-il gravement. D'ailleurs, la moindre des choses serait de lui témoigner un peu plus de respect… Vous êtes un Arionite, et donc son sujet, ne l'oubliez pas.

Wilf posa une main sur l'avant-bras du violoniste pour lui signifier qu'il allait régler cela seul. Il plissa les yeux comme s'il tentait de percer à jour l'âme de son interlocuteur, puis, imitant son ton arrogant :

— Alors, c'est vous, le fameux Sarod...

L'autre ne broncha pas, le visage toujours fermé.

— Peut-être... dit-il. Avant tout, je dois vérifier votre identité...

— Il suffit ! le coupa Andréas, sa grosse voix tonnant comme sur une scène. Votre insolence passe les bornes ! Nous sommes ici pour quérir votre soutien, si vous êtes un véritable patriote... Pas pour voir notre roi humilié par une méfiance excessive.

Le messager tordit un sourire.

— Vous pensez que je fais du zèle... dit-il. J'ai eu, autrefois, des camarades qui se sont montrés trop crédules...

Son regard hanté s'échappa un instant, puis, s'adressant à Wilf :

— Votre main, s'il-vous-plaît.

Le jeune roi haussa les épaules. Puis, avisant le sérieux de l'homme, il s'exécuta, tendant le bras au-dessus de la table. Le résistant saisit sa main et la serra comme pour le saluer. Ensuite, il hocha la tête lentement.

— Vous êtes brûlant... Oui, acquiesça-t-il, on nous a informé de ce signe particulier.

« C'est donc bien vous… Hum. Je vous imaginais plus vieux.

Voyant que la confirmation de son identité ne rendait pas le messager beaucoup plus poli, Wilf décida d'en prendre son parti, et poursuivit comme si de rien n'était :

— Allez-vous nous aider ?

Droit au but. Avec ces gens-là, c'était la meilleure méthode, songeait Wilf.

Le résistant se leva. Mieux éclairé, on devinait maintenant sur ses bras les traces de nombreuses cicatrices.

— Ce n'est pas à moi d'en décider, grommela-t-il.

Comme Andréas allait l'interpeller de nouveau, il se dirigea vers la porte. Il frappa plusieurs coups selon un rythme précis, puis on entendit une clé jouer dans la serrure grossière.

La porte s'ouvrit. Deux nouvelles personnes firent leur entrée dans la pièce.

L'une d'elle était un jeune homme fin et élégant, en dépit de ses habits de paysans. De courts cheveux noirs soulignaient son visage raffiné, tandis qu'une simple dague était glissée à sa ceinture. Il s'inclina poliment devant les trois hôtes, avant de s'asseoir en face d'eux.

Quant à l'autre personne, il s'agissait d'un enfant, âgé tout au plus d'une douzaine d'années.

C'était un petit garçon au regard intelligent, mais chauve et en partie défiguré. À l'aspect de ses cicatrices, Wilf devinait que cet enfant devait avoir échappé à un incendie. Aidé par l'homme au costume de messager, il se percha à son tour sur une chaise.

À la surprise des trois invités, ce fut lui qui prit la parole :

— Bien, commença-t-il d'une voix aigrelette. Je suis heureux de faire enfin votre connaissance, Wilf. Ou plutôt devrais-je dire… mon roi.

Le jeune monarque posa un regard étonné sur ce petit garçon à l'élocution parfaite. Il semblait si sûr de lui…

— Je suis Sarod, poursuivit l'enfant.

Andréas s'empourpra aussitôt :

— Quelle est encore cette mascarade ? soupira-t-il bruyamment. Vous voulez nous faire croire que Sarod, le plus fameux chef de réseau de tout le Sud, ne serait qu'un bambin ?

« Je le savais soupçonneux et secret, railla le Ménestrel, mais j'ignorais qu'il se livrait à des mises en scène aussi ridicules ! Allons, c'est du roi, qu'il s'agit, cette fois… Nous devons rencontrer le vrai Sarod !

Même Guajo avait pouffé de rire. Pourtant, le petit garçon sourit. L'un de ses yeux était à demi fermé par un repli de sa peau brûlée, mais l'autre abritait un regard serein.

— Je dirige ce foyer de patriotes depuis bientôt un an, assura-t-il calmement. Je comprends toutefois que mon jeune âge soit pour vous source d'étonnement… Mais j'ai simplement tenu à poursuivre l'œuvre de mes parents.

« Nous avions été dénoncés, expliqua-t-il. J'ai vu mon père et ma mère dévorés par des chiens dressés à tuer. Pour le simple plaisir des Lanciers…

Voyant la réaction de dégoût sur le visage de Wilf, il ajouta :

— Si les officiers de la Théocratie avaient imaginé leur réelle position dans la résistance, cela aurait peut-être été pire. Au moins, leur agonie fut assez brève…

« Pour ma part, je réussis à m'évader, après avoir provoqué l'incendie du campement…

Un bref silence s'installa, tandis que l'enfant passait machinalement la main sur son visage mutilé.

— Depuis, je vis ici, avec Anel et Hjor, qui m'ont recueilli, continua-t-il en désignant respectivement la tavernière et le messager. Dislav nous a rejoint plus récemment, ajouta-t-il avec un geste en direction du jeune homme brun. Nous avons de nombreux hommes sous nos ordres, comme vous vous en doutez. Et, tant qu'on ne me demande pas d'aller sur le terrain, je crois être assez compétent...

Andréas souffla dans ses moustaches, visiblement moins qu'à moitié convaincu.

— Si vous voulez que nous puissions unir nos forces, poursuivit le petit garçon, il faudra que vous acceptiez de me faire confiance...

— D'accord, intervint Wilf, tranchant toute discussion. Moi, je le crois.

C'était la vérité. Il était conquis par le charisme de cet enfant. Lui-même savait ce que signifiait cette maturité : le Roi-Magicien avait dû grandir avant l'âge, lui aussi, pour survivre dans les bas quartiers de Youbengrad... Ce souvenir de sa propre enfance lui avait donc inspiré une complicité immédiate avec le jeune garçon.

— Sarod, poursuivit-il en s'adressant à lui, il est nécessaire que cette confiance soit réciproque. Je vois bien que vous attendez de moi des garanties, des gages selon lesquels je serai digne de mener notre nation à la victoire... Mais il faut d'abord que vous acceptiez de m'aider sans preuve.

« Je suis le roi, à présent, et j'ai besoin de votre armée de l'ombre pour triompher.

La tête pensante de la résistance s'inclina en avant sur sa chaise. Il détailla Wilf du regard, avec une lueur enfantine et malicieuse dans le regard.

— Ce n'est pas aussi simple, j'en ai peur... dit-il enfin. Et si vous commenciez par nous exposer votre stratégie ?

Wilf opina du chef et cala ses deux coudes sur la table. Sans même échanger un regard d'accord avec Andréas, il commença :

— Très bien. Lors de mon couronnement, j'ai reçu le soutien de tous les nobles du Sud, sans exception. Nous pouvons donc compter sur une armée importante. Pourtant... c'est vous, les résistants, qui devrez jouer le premier acte de cette guerre.

« Je veux que vous harceliez les Lanciers Saints. Je veux qu'ils ressentent, à leur tour, la peur qu'ils nous ont infligée depuis des mois... Qu'ils apprennent enfin ce que signifie vivre dans la terreur !

« Voilà ce qui est nécessaire, avant tout, conclut-il en ponctuant ses paroles d'une claque sur la table : je veux voir leur impunité disparaître.

— Comment ça ? l'interrogea alors Hjor, le messager au visage en lame de couteau.

« Je ne comprends pas... Si vous disposez de toute une armée, pourquoi irions-nous nous faire tuer dans ce genre de manœuvres ? Nos hommes ne sont que des citoyens ordinaires, pas des soldats aguerris ! Si vous croyez que les Lanciers se laisseront intimider…

Wilf fit claquer sa langue contre son palais.

— Inutile de s'avouer vaincu avant d'avoir essayé, gourmanda-t-il le résistant. Vous avez l'expérience de la clandestinité. Empoisonnez leurs puits, leurs réserves de nourriture, assassinez les gardes isolés, tendez des embuscades nocturnes…

« Ils ne sont pas invincibles, vous savez. S'ils perdent confiance, ils feront des cibles plus faciles. Il suffit de vous convaincre que c'est possible…

Hjor secoua vigoureusement la tête.

— Bien sûr ! explosa-t-il. Nous en étions capables depuis le début, mais nous avons attendu que ces messieurs bien habillés viennent de Fael pour nous en donner l'ordre ! Je n'ai jamais rien entendu d'aussi ridicule !

Ses yeux pâles lançaient des éclairs en direction de Wilf, au point que ce dernier sentit Guajo et Andréas se raidir à ses côtés.

Sarod intima à son second l'ordre de se calmer, puis dit posément :

— Je suis assez d'accord avec Hjor. Si nous agissons de la sorte, en admettant que nous en ayons les moyens, nous ne ferons qu'attirer les foudres de la Théocratie. Le pharaon enverra certainement une armée pour ramener l'ordre. Or, ce que nous voulons, c'est chasser les Lanciers Saints, pas en attirer de nouveaux !

Wilf laissa son regard planer sur cet étrange enfant, dont le nom était connu comme celui d'un héros de la résistance. Il demeura ainsi suffisamment longtemps pour qu'un silence gêné s'installe. Wilf avait pris l'habitude de se composer cette attitude, suivant les conseils d'Yvanov. L'autorité, mais pas l'agressivité… répétait l'abbé. Grâce à l'ancien ecclésiastique, le jeune roi avait appris à modeler son visage dans ce sens. Les résultats étaient souvent à la hauteur.

Mais Wilf savait qu'il faudrait plus que des mimiques politiciennes pour se voir accorder la confiance de Sarod. Lorsqu'il parla enfin, ce fut donc au messager qu'il s'adressa :

— Ne faites pas l'erreur de me considérer comme un jeune noble sans cervelle, dit-il d'un ton sévère. Malgré les ressources de vos informateurs, vous ignorez tout, semble-t-il, de mon passé… Sachez que je n'ai pas toujours porté le costume d'un monarque, et que je n'ai pas grandi entre des draps de soie. Si je vous parle de détermination, c'est que je connais la valeur de cette vertu : je sais d'expérience ce qu'un homme peut accomplir pour sa survie.

Son regard, fixé sur Hjor, se fit acéré :

— Bien sûr, pour cela, il ne lui faut pas ignorer ce qu'est le courage…

Le résistant blêmit. Ses lèvres tremblèrent lorsqu'il répliqua :

— Vous ne pouvez pas m'accuser de lâcheté… Je…

D'un geste discret, Sarod coupa court à ses protestations.

— Vous ne m'avez pas répondu, fit-il remarquer à Wilf. En quoi votre stratégie est-elle raisonnable ?

— J'y viens, répondit le jeune homme. Quand vous dites craindre que Mazhel n'envoie une armée en Terre d'Arion, je vous réponds que c'est précisément le but de la manœuvre… Il faut le faire venir jusqu'à nous.

« Comprenez bien ce que je vous dis : il ne suffit pas de rejeter les Lanciers hors de nos frontières. Combien de temps cela prendrait-il avant qu'ils ne reviennent en force ? Ce qu'il faut, c'est couper la tête de la Théocratie. Anéantir toute l'armée de Mazhel !

La stupéfaction se lisait sur les visages des résistants.

— Mais… C'est insensé… balbutia Hjor. Si le pharaon vient avec toute son armée, il vous écrasera, vous et les autres seigneurs du Sud ! Vous n'aurez aucune chance…

Les résistants l'observaient comme s'il avait perdu l'esprit, mais Wilf ne se démonta pas :

— Laissez-moi le soin d'en décider, répliqua-t-il au messager.

Sarod intervint de sa petite voix aiguë :

— Une seconde… fit-il. Je ne veux pas jeter entre nous les voiles de la discorde, majesté… mais votre plan me semble également relever de la démence. De plus, si vous souhaitez provoquer une bataille de grande envergure, je ne vois pas pourquoi faire appel à nous. Il vous suffirait de montrer les forces que vous avez rassemblées pour attirer Mazhel jusqu'ici.

Wilf pencha la tête sur le côté :

— Pensez-vous vraiment que cela aurait le résultat escompté ? opposa-t-il. Révéler mon armée ferait-il venir Mazhel ?

Une étincelle brilla dans l'œil valide de Sarod, comme la compréhension s'emparait de lui. À l'intention des autres, Wilf poursuivit son explication :

— À mon avis, le pharaon préférerait une bataille sur son terrain… Près de Mossiev, pour être certain que sa gloire circule dans tout le continent : une victoire dans le Sud reculé n'aurait pas le même écho, loin s'en faut.

Ces conclusions lui avaient en grande partie été soufflées par Yvanov, mais nul ici n'était sensé le savoir… Continuant son exposé après une courte pause didactique, le jeune roi reprit :

— S'il sait que j'ai levé une armée conséquente, Mazhel me laissera la voie libre jusqu'à Mossiev. Je le parierais. Ensuite, lorsque je serai isolé dans le Nord, toute retraite coupée par les troupes du Crombelech, il pourra décimer à loisir les forces de la liberté…

« Nous allons le forcer à faire le contraire.

« L'obliger à porter le combat dans le Sud, par une entreprise de harcèlement contre ses Lanciers. Pour cela, j'ai besoin que vous les fassiez trembler… Il faut que leur position devienne assez délicate pour justifier l'envoi de troupes importantes. Placé devant ce cas de figure, Mazhel ne résistera pas à la tentation de prendre le commandement de cette légion colossale. Il voudra une armée qui lui fasse honneur, et engagera toutes ses forces dans la bataille.

— Ensuite, le coupa Sarod avec un sourire ambigu, il ne nous restera plus qu'à remporter la victoire, pour débarrasser le continent de la tyrannie théocratique… Je vois où vous voulez en venir. À ce sujet, un ultime détail : comment comptez-vous vous y prendre pour gagner cette bataille ?

Sentant l'ironie et le désaccord de son interlocuteur, Wilf contre-attaqua :

— Je vois que vous refusez de me faire confiance… dit-il, un peu amer. Je sais que je peux remporter cette victoire, malgré le déséquilibre des forces. Mais je ne vous demanderai pas de me croire sur parole. Répondez seulement à cette question : qui est vraiment le pharaon ?

Dislav, le jeune homme brun à l'allure raffinée, s'exprima pour la première fois :

— Il se fait adorer comme un dieu vivant, déclara-t-il, mais je crois que c'est un ancien conseiller de Redah. Il a dû conspirer contre lui pour prendre sa place. En tous les cas, je l'ai parfois vu en sa compagnie, autrefois.

— À Mossiev ? interrogea Wilf, curieux.

Le jeune homme hocha négativement la tête.

— Au Saint-Siège, lors des visites du cardinal.

Wilf allait lui demander ce qu'un résistant avait eu à faire au Saint-Siège, mais Sarod prit les devants :

— Dislav était séminariste. En vérité, il était chargé de surveiller le pope Borlov, maintenu à l'écart du pouvoir par Redah… Mais le pope fit partie des religieux déçus par la religion, après l'accession au statut divin de Mazhel. Lorsque Borlov fut empalé dans la cour de la cathédrale Al-Pandor, Dislav a fui, pour ne pas être à son tour victime du massacre.

— On connaissait mes prises de position contre l'ordre de Saint Mazhel, précisa l'intéressé. Et tous ceux qui, comme moi, avaient soutenu le seul culte de Pangéos, étaient menacés.

Il parut songeur, puis reprit :

— Le pope était un saint homme, qui avait su élever beaucoup d'entre nous contre l'hérésie soutenue par Redah. La plupart de ses suivants doivent être morts, aujourd'hui. Je le serais aussi, si je n'avais rejoint les cachettes de la rébellion.

Le regard reconnaissant de Dislav à l'intention d'Anel était sans équivoque. Sans doute la tavernière l'avait-elle dissimulé au péril de sa vie.

Wilf supposa que c'était suffisant pour faire confiance à l'ancien séminariste. Il songea brièvement à tous ces hommes de foi, martyrisés au nom de Pangéos… *S'ils avaient su ce qu'était véritablement leur dieu…* médita-t-il avec tristesse. *Un Orosian esclavagiste… Un imposteur, exactement comme Mazhel !* Il ne put s'empêcher de soupirer. D'ailleurs, à en juger par sa mine bouleversée, Guajo était en train de se faire une réflexion similaire.

Wilf adressa à l'écuyer un sourire compréhensif. Puis il se tourna à nouveau vers les résistants :

— Vous ignorez donc qui est vraiment Mazhel. Mais voilà ce que vous dit votre roi : vous ne vaincrez jamais si vous vous contentez de repousser ses Lanciers hors de la Province. Croyez-moi.

« Examinez les différentes options qui se présentent à vous... ajouta-t-il. Première chose : vous pouvez m'accorder votre confiance, et croire que je serai capable de vaincre le pharaon dans la bataille dont nous parlions. Autre alternative : vous pouvez me prendre pour un fou, et décider de lutter par vos seuls moyens. Auquel cas - vous le savez pertinemment - vous resterez pour toujours sous le joug de la Théocratie.

« Voyons, poursuivit-il en faisant mine de réfléchir, quel autre choix s'offre encore à vous ?... Non, je crois bien qu'il vous faut choisir entre les deux précédents... Faire confiance à un fou, ou courber à jamais l'échine.

Les quatre rebelles marquèrent un moment de silence.

Wilf sentait Guajo et Andréas tendus à ses côtés. Lui savait déjà qu'il avait gagné : il l'avait lu dans le regard de Sarod.

— Nous sommes avec vous, dit enfin le petit garçon au visage brûlé.

CHAPITRE 6

Le soir de la quatrième journée après cette rencontre, les trois émissaires franchissaient de nouveau les murailles de Fael.

Andréas s'était montré bourru pendant tout le trajet du retour, et Wilf en devinait la cause. Le Ménestrel avait œuvré pendant des mois, pour gagner la confiance de ces résistants… Et c'était finalement son jeune protégé qui les avait fait céder ! Le roi n'en prit pas ombrage : ce n'était pas la première fois qu'Andréas se montrait jaloux de lui ou de Djulura, et ce ne serait sans doute pas la dernière non plus… D'ailleurs, Wilf pouvait assez bien comprendre ce ressentiment. Depuis plus d'un an, le violoniste s'était battu pour le Sud avec beaucoup plus d'ardeur qu'eux deux, et son attitude paraissait donc légitime. Qui aurait accepté sans broncher que d'autres récoltent tous les lauriers de son labeur ?

De plus, ainsi que Wilf l'avait remarqué dès leur première rencontre, le Ménestrel était bâti pour être roi… Ironie du destin, c'était là une tâche que Wilf lui aurait volontiers abandonnée, si seulement cela avait été possible. Mais chacun devait rester à sa place, quoi qu'il leur en coûte à tous les deux.

Le jeune roi, un peu usé par ses récents déplacements politiques, éprouva cette nuit-là le vif besoin de se délasser. Souhaitant poliment le bonsoir à Andréas, il entraîna donc son fidèle Guajo sur le port, jusqu'à une étroite rue qu'il affectionnait pour ses nombreuses tavernes. C'était une chaude nuit d'été, de celles où même l'air que l'on respire a quelque chose de grisant. La lune montante dispensait sa lumière rougeâtre sur la ville.

Incognito, à la faveur du crépuscule et de leur cape de voyage, les deux amis éclusèrent ainsi quelques chopes.

Puis une douzaine d'autres.

Finalement, ils s'éternisèrent, changeant d'établissement chaque fois que la foule des marins devenait trop curieuse à leur sujet. Ils devisèrent au hasard, sautant d'un sujet à l'autre, comme Wilf le faisait autrefois avec Lucas. Avant que celui-ci ne revienne des abysses… Avant que la présence du spirite ne lui rappelle à chaque instant qu'ils étaient tous deux les fruits d'obscures prophéties…

Avec Guajo, il put rire et se livrer en toute simplicité, noyant dans l'alcool la pression énorme de ces dernières semaines. Leur beuverie dura ainsi jusqu'au matin. Le port était déjà en pleine activité, quand ils se résolurent enfin à rentrer en titubant au palais des ducs…

Ce ne fut donc qu'aux premières lueurs de l'aube que Wilf se présenta devant la porte de ses appartements. Après avoir salué le garde en faction d'un geste gauche, il pénétra dans sa chambre.

Jih'lod l'y attendait.

— Te voilà enfin ! s'exclama le Tu-Hadji. Où diable étiez-vous passés, toi et Guajo ?

Le jeune roi lui adressa un sourire idiot.

— Hé ! Tu n'es pas ma mère ! gloussa-t-il.

« C'est vrai, j'ai déjà Pej, pour ça… ajouta-t-il d'un ton moqueur.

Wilf tangua violemment et dut s'accrocher au bras secourable du géant pour ne pas tomber.

— Si tu veux savoir… reprit-il, on était sur le port… pour boire des bières de *nedaks* ! (Il fit un grand geste évasif, qui faillit renverser un vase coûteux.) Tu ne comprendrais pas.

« Tiens, d'ailleurs, il est où, Pej ?

Jih'lod le poussa jusqu'à un fauteuil et le fit s'asseoir.

— Je lui ai demandé de ne pas m'accompagner… expliqua le Tu-Hadji. Je voulais te parler seul à seul…

« Est-ce que tu sais que je t'attends ici depuis hier soir ? ajouta-t-il avec un sourire désabusé.

Wilf pouffa :

— Et alors ? Je suis le roi, non ?

Il se leva d'un bond, en tentant de dégainer son épée.

— Vive le roi ! hurla-t-il, pendant que le bout de son fourreau venait maladroitement frapper un miroir, qui explosa aussitôt en dizaines de petits morceaux de verre.

Jih'lod lui enleva vivement son arme pour la poser plus loin, puis il le força à s'allonger sur sa couche. Wilf grogna.

D'irritation, d'abord, puis de satisfaction, en sentant sous lui le moelleux de son lit.

— C'est du beau travail... médita le Tu-Hadji. Tu es peut-être le roi, mais tu n'es toujours qu'un garnement... Si tes conseillers te voyaient !

Une silhouette titubante apparut alors dans l'embrasure de la porte. C'était Guajo, attiré par le cri de son maître. Sans perdre une once de son calme légendaire, Jih'lod le renvoya se coucher.

— Toi aussi, tu devrais essayer de dormir, dit-il ensuite à Wilf. J'avais des choses à te dire, mais... je crois qu'il vaut mieux remettre ça à plus tard.

— Non, attends ! gémit piteusement le jeune monarque. (Il secoua la tête pour tenter de retrouver ses esprits.) Je suis curieux... De quoi voulais-tu me parler ?

— Tu es sûr d'être en état d'écouter ? s'inquiéta le Tu-Hadji.

Wilf ricana.

— J'ai déjà été bien plus saoul que ça, plastronna-t-il.

Il souffla bruyamment, puis :

— Sérieusement... Je crois que ça ira... Tu peux me dire ce qui t'amène ici. Ça doit être important pour que tu m'aies attendu toute la nuit, non ?

Jih'lod considéra un instant le jeune monarque. Sa voix tremblotait et son haleine aurait assommé un cheval, mais il paraissait conscient. Sans doute le Tu-Hadji avait-il suffisamment éveillé son intérêt pour le dégriser un peu.

— Je parie que tu auras tout oublié demain en te réveillant... soupira néanmoins ce dernier. Mais c'est toi qui décides...

« En fait, j'aurai dû te parler de ça dès le premier jour de ton retour, avoua-t-il. Je n'en ai pas eu le courage avant...

Wilf souleva une paupière, son attention définitivement captivée.

— Il s'agit de ton père, poursuivit le Tu-Hadji. Je veux dire... ton père adoptif, le vieux Holm. Je l'ai rencontré lorsque j'étais prisonnier de la Forteresse-Démon.

À ces paroles, le jeune roi se redressa comme un ressort. Il s'assit dans son lit et braqua un regard stupéfait sur Jih'lod.

— Mon père était dans la Forteresse-Démon ? demanda-t-il en tremblant.

Le géant tatoué acquiesça.

— Nous étions compagnons de cellule. Mais... La raison pour laquelle je ne voulais pas t'en parler, c'est que je n'ai pas pu le délivrer, lorsque je me suis enfui... Il est toujours prisonnier là-bas.

Wilf se leva et alla se pencher au-dessus d'une bassine d'eau fraîche, que des domestiques avaient préparée sur sa table de toilette. Il s'aspergea copieusement le visage, puis :

— D'accord, Jih'lod. Redis-moi tout ça, s'il te plaît. Et, euh... Lentement.

Le Tu-Hadji s'exécuta. Il raconta au jeune homme sa captivité partagée avec Holm, et tous les détails de son évasion. Lorsqu'il eut terminé, Wilf ne se sentait absolument plus ivre.

Après un silence respectueux, Jih'lod reprit :

— Il y a autre chose, Wilf. Quelque chose de nature... plus stratégique. Mais tu ne souhaites peut-être pas que je t'ennuie avec ça pour le moment ?

Le jeune homme, les yeux dans le vague, lui fit signe de parler.

— C'était dans les tous premiers *shols* de ma détention, commença le guerrier. Je me souviens que je venais de faire connaissance avec ton père. Il m'a alors révélé... le secret des Hordes.

« Il m'a dit qu'il avait été esclave des Hommes-Taupes. Ce sont eux, en creusant des tunnels sous le continent, qui sont les artisans de la mobilité secrète des Hordes. (Le Tu-Hadji marqua une pause, le temps pour Wilf d'appréhender les conséquences de cette révélation.) Il y aurait, d'après Holm, des centaines de galeries qui se croiseraient, partout sous nos pieds. Je l'ai fait savoir à mon peuple, bien sûr... Mais j'ai pensé que cela te concernait aussi, roi des hommes.

Wilf hocha la tête.

— Il faudra trouver une solution pour ça. Lorsque nous nous battrons contre Fir-Dukein, pas question de laisser les Hordes nous prendre à revers...

« Mais... une chose après l'autre. Pour l'instant, c'est la Théocratie que je combats. Merci quand même, Jih'lod, pour ce renseignement, ajouta-t-il plus poliment.

Le géant n'osait pas regarder son ami en face. Gêné, il fixait les bris de verre qui tapissaient le sol de la pièce.

— Avant que le Duük ne vienne à mon secours, dit-il enfin, j'avais promis à ton père de l'emmener avec moi, si je devais m'enfuir. C'était mon ami, tu sais…

Wilf étreignit l'épaule du Tu-Hadji :

— Tu n'as pas à te sentir coupable, le rassura-t-il. Tu ne pouvais pas faire autrement.

Le jeune roi étouffa un sanglot, qui s'entendit malgré tout dans sa voix :

— Un jour, nous irons ensemble le chercher.

Chapitre 7

Jusqu'à un certain point, les semaines suivantes se déroulèrent conformément aux espérances de Wilf.

Dans tout le Sud, les résistants harcelèrent les Lanciers Saints. Parfois, selon les Provinces, certains forts de la Théocratie tombèrent même entre les mains des rebelles.

Pendant ce temps, Wilf avait secrètement rassemblé l'intégralité des armées alliées sous sa bannière. Les troupes campaient dans le village de Laidel, où tous les espions de Mazhel avaient depuis longtemps été victimes d'accidents mortels. Le jeune roi faisait fréquemment le trajet entre ce camp retranché et Fael, où Djulura continuait d'administrer son duché, en apparence conquis.

La tension montait, pourtant, à travers toute la Terre d'Arion. Il était impossible de ne pas sentir l'histoire en marche, dans le Sud. Dans chaque regard, dans chaque geste quotidien, la perspective des combats à venir était perceptible.

À force d'entendre les doléances de ses Lanciers en poste dans la région, le pharaon avait enfin cédé. Il était descendu de Mossiev à la tête de son armée, bien résolu à mater une fois pour toutes les velléités d'indépendance manifestées par les Provinces récalcitrantes.

Mais il s'y était pris trop tard. Son immense légion était encore stationnée à la frontière, lorsque Sarod avait ordonné de frapper avec unanimité les bastions de Lanciers Saints. Cette fois, il ne s'agissait plus des attentats symboliques destinés à attirer le pharaon dans un piège… L'heure était venue d'agir à une autre échelle, car il fallait empêcher les troupes déjà en place de soutenir l'avancée de l'armée de la Théocratie.

Ainsi, les résistants, coordonnés avec une parfaite exactitude, firent chuter les dernières places fortes des envahisseurs. Tout se passa en une seule nuit. Au matin, l'évêque-colonel Padrov, responsable des forces armées du Sud, fut retrouvé baignant dans son sang. On était venu l'assassiner dans son propre lit.

Partout dans le Sud, nombreux étaient ceux qui avaient subi le même sort. D'autres forteresses avaient été incendiées, ou hardiment attaquées. Quelle que fût la manière, l'objectif avait toujours été atteint… Lorsque l'aube avait pointé, ce jour-là, les Lanciers Saints ne pouvaient plus compter sur aucun officier vivant.

Ce qu'on appellerait après-coup la Nuit des Égorgés venait de proclamer le véritable départ du conflit.

Mazhel fut alors pris d'une rage terrible.

Bannissant ses ultimes hésitations, il quitta le campement qu'il avait établi à la frontière pour s'enfoncer subitement dans la Terre d'Arion. Son régiment colossal se mit en marche, à la rencontre de ses insolents ennemis.

Bien entendu, cette réaction était précisément celle qu'avait espérée Wilf...

Le choc entre les deux armées eut lieu à proximité de Laidel.

C'était un jour d'automne. Le ciel était encombré de nuages lourds... Rien ne distinguait cette matinée de n'importe quelle autre.

Les légions s'engouffrèrent, l'une en face de l'autre, dans une plaine longue et étroite qui faisait office de couloir entre deux zones de collines. Toutes les troupes du Sud se tenaient prêtes à recevoir la charge des moines-soldats.

Ce devait être l'heure de vérité. La dernière bataille.

Pourtant, dès que les légions de Lanciers apparurent le long de la ligne d'horizon, Wilf fut déçu par le nombre de soldats. Il avait espéré que le pharaon engagerait toutes ses forces dans cet assaut… Et ce n'était visiblement pas le cas.

Légèrement déstabilisé par ces circonstances, qui remettaient toute sa stratégie en doute, le jeune roi observait la progression des Lanciers avec un drôle de sentiment. Au fond de lui, il avait l'intuition tenace qu'un facteur important lui échappait.

Bientôt, il eut enfin une vue d'ensemble des forces en présence, et il comprit que la situation était décidément anormale.

Il fit appeler Lucas.

— Quelque chose ne tourne pas rond… lui dit-il lorsque celui-ci l'eut rejoint sous la tente de l'état-major.

Du haut d'une colline, ils pouvaient voir les deux armées marcher à la rencontre l'une de l'autre. À la tête des Lanciers Saints, le pharaon conduisait un char tiré par deux étalons blancs. Il était vêtu pour la guerre, si bien qu'un heaume masquait son visage. Seule une croix ansée, cousue d'or sur sa cape, permettait de l'identifier.

— Ça ne me plaît pas, répéta Wilf. Lucas, pourrais-tu vérifier s'il s'agit bien de Mazhel ?

Comprenant ce que le jeune roi attendait de lui, Lucas acquiesça et commença à se concentrer. Quelques instants s'écoulèrent, puis :

— S'il s'agit bien de notre Orosian, il a perdu toute faculté de So Kin... déclara le spirite, confirmant l'intuition de Wilf. Je n'ai senti strictement aucun pouvoir en lui.

Le jeune monarque fronça les sourcils en soupirant.

— Bon sang, ce n'est pas lui... Je n'avais pas prévu ça, dit-il, l'air embarrassé. Je croyais que Mazhel se montrerait plus vaniteux que rusé...

« Regarde : il n'y a même pas six cents hommes... Nous avons été bien abusés ! Il nous envoie cette armée pour se moquer de nous...

— Alors, qu'allons nous faire ? l'interrogea Lucas, resté seul avec lui tandis que tous les autres généraux étaient accaparés par les contraintes de la bataille imminente.

Wilf serra les poings.

— Le message de Mazhel est clair, grinça-t-il : il ne viendra pas. Je ne pensais pas qu'il serait prêt à sacrifier son autorité sur le Sud, mais c'est bel et bien le cas. Si nous voulons notre bataille, il faudra aller le chercher...

Lucas parut un peu effrayé à cette idée.

— Pourquoi ne pas plutôt consolider nos forces, en nous contentant de tenir la frontière ? objecta-t-il.

— Pourquoi ? répéta le Roi-Magicien en haussant les épaules. Parce que nous n'avons pas assez de cynisme pour cela…

« C'est tout le continent qu'il nous faut libérer. Je suis incapable de laisser le peuple du Nord vivre dans l'horreur pendant que nous nous réjouirions de notre paix retrouvée… D'ailleurs, pas un seul noble, parmi mes alliés, ne l'accepterait non plus. Et Mazhel le sait.

« Ce satané Orosian a procédé de la même manière que nous : il a cherché notre faiblesse, et il l'a trouvée…

Lucas termina la phrase du roi à sa place :

— Le Sud a toujours couvé en son sein des idéaux généreux… Tu as raison, nous sommes pris au piège.

Wilf hocha lentement la tête.

— Oui. Il va falloir que nous portions le conflit jusqu'à Mossiev, mon ami. Nous donner en spectacle sur la scène choisie par le pharaon, en attendant qu'il daigne nous porter l'estocade…

— Tu crois que nous n'avons vraiment aucune chance ? demanda le spirite, inquiet de voir son compagnon se montrer si défaitiste.

Wilf lui répondit de son sourire carnassier. Ses yeux noirs brillaient d'une rage folle.

— Non, confirma-t-il : absolument aucune ! Mais nous allons tout de même essayer… Toi et moi.

Lucas remarqua que la colère contenue faisait trembler son ami.

— Pour commencer, anéantissons cette armée ! fit le roi en désignant du doigt les colonnes de Lanciers qui s'avançaient dans la plaine.

* * *

Finalement, le cœur de l'hiver était venu, lorsque la grande bataille tant attendue eut enfin lieu.

Les forces du Sud avaient bien mérité cette rencontre finale. Depuis leur première victoire à la frontière de la Terre d'Arion, elles avaient dû se contenter d'escarmouches humiliantes. Cela faisait des mois qu'elles se perdaient toujours plus loin dans le Nord, dans le piège qu'elles savaient pourtant tendu par leur ennemi.

Sans se laisser gagner par le découragement, elles avaient ainsi traversé tout le continent jusqu'aux régions les plus septentrionales.

Jusqu'à Mossiev.

Leurs bases les plus proches avaient été laissées si loin en arrière qu'il eût été vain d'espérer la moindre retraite, en cas de défaite. Toute tentative de repli se solderait par un désastre… Mais les généraux n'avaient rien caché à leur troupes :

chaque soldat savait qu'il lui faudrait vaincre ou mourir, dans ce combat.

Il était très tôt, le matin. Il faisait encore sombre. Wilf se concentrait avant les heures de chaos, maintenant toutes proches. Debout au sommet de la tour de guerre construite par les ingénieurs greyhalders, il laissait les flocons de neige venir s'écraser sur son visage.

Le jeune roi avait passé la nuit à régler les derniers détails de la bataille avec Andréas, Djulura ou Yvanov. On ne l'avait laissé seul que récemment. Sachant qu'il ne pourrait pas fermer l'œil, il profitait de ces quelques instants de répit pour rassembler ses énergies.

Calmement, il repassait dans son esprit tous les événements qui l'avaient conduit des ruelles de Youbengrad jusqu'ici, en face de Mossiev.

Il espérait avoir fait le bon choix, et ne pas entraîner ses amis dans une folie inutile. Ses amis… et son peuple, rectifia-t-il, encore peu habitué à l'idée qu'il était responsable d'une nation entière.

Le jeune chef d'armées connaissait bien la plaine qui s'étendait sous ses yeux. Âgé d'à peine dix-huit ans, c'était déjà la troisième fois qu'il était témoin de batailles menées dans cette région. Il y avait d'abord eu le long siège des armées rebelles, puis la mémorable déroute de

Caïus aux portes de la ville. Aujourd'hui, c'était lui, Wilf Ier, qui se rendait coupable de porter le combat dans cette malheureuse contrée.

S'il sortait victorieux du conflit, Mossiev brûlerait ce soir, une fois de plus. Mais à ses yeux, le jeu en valait la chandelle.

Pour la liberté de ses semblables, Wilf voulait faire semblant de croire son armée capable d'emporter la victoire. Il avait rassemblé autour de lui tout ce que le Sud comptait de forces les plus meurtrières.

La tour mobile où il se trouvait était un joyau de technique militaire. Le baron Conrad, qui avait repris le contrôle du Greyhald pendant la Nuit des Égorgés, l'avait fait construire spécialement pour cette campagne. Elevé de cinq étages, l'engin de bois permettait à l'état-major de se réunir dans une relative sécurité, même au cœur de la bataille. Des balistes et une gigantesque catapulte défendaient tous les angles d'attaque.

Du haut de ce bâtiment, Wilf avait une très bonne vue sur les alentours. L'immense plaine couverte de neige n'offrait pas beaucoup de prises aux stratégies élaborées. Aucun massif montagneux derrière lequel dissimuler des troupes, aucune forêt où installer des archers en embuscade…

Toutes ses troupes étaient donc simplement disposées autour de lui, dans une mosaïque de bataillons. L'aube naissante commençait, lentement, à différencier les couleurs des divers oriflammes et uniformes.

Quelques sentinelles immobiles gelaient sur place, de-ci de-là. Pour l'instant, rien ne bougeait encore dans le camp endormi. Même la bise sauvage s'était enfin tue, elle qui s'engouffrait pourtant sous les tentes depuis le début de la nuit, par grosses goulées glaciales.

Le calme avant la tempête... ne put s'empêcher de songer Wilf.

Dans la matinée, il le savait, Mazhel tenterait une sortie avec son armée. L'Orosian l'attendait depuis assez longtemps pour être prêt : Mossiev était certainement pleine à craquer de troupes sur le qui-vive...

Si Wilf ne doutait pas que les murailles de la cité abritaient une véritable horde soldats, il ignorait en revanche leur nombre exact. Personne n'avait jamais pu définir avec précision les effectifs des Lanciers Saints, pas plus que leur origine...

Ce qu'il savait, c'était à combien s'élevaient ses propres ressources : moins de quinze mille hommes... N'ayant ni les moyens, ni le temps de les armer convenablement, le Roi-Magicien avait en effet renoncé à enrôler les volontaires qui avaient afflué, par dizaines de milliers, de toutes les villes et campagnes du Sud.

Dès le départ, son choix avait été le suivant : ne compter que sur un nombre limité de soldats, mais provenant tous d'armées de métier. Et Wilf ne pouvait pas nier que ce dernier point lui apportait un léger réconfort, à l'approche du bain de sang dont il allait être l'instigateur…

Il inspira profondément, acceptant de nouveau le baiser givré du vent sur son visage. Curieusement, il était presque serein.

Mais l'horizon rosissait à vue d'œil, et déjà le silence perdait ses droits sur les alentours. Le camp s'éveillait peu à peu.

Les hommes se levaient et se préparaient, après une nuit vraisemblablement tourmentée, comme le sont celles qui précèdent une bataille. Wilf devinait la pensée commune dans la tête de chacun d'entre eux. Ce soir, ils seraient libres, ou bien ils seraient morts.

Moins d'une heure plus tard, il constata qu'il ne s'était pas trompé dans ses prédictions : le pharaon faisait ouvrir les portes de la cité pour laisser sortir ses soldats. Une marrée grise et noire recouvrit le tapis immaculé de la neige. Les Lanciers Saints, montés sur leurs fiers destriers, se répandirent sur une centaine de mètres, devant l'entrée sud de Mossiev.

Wilf compta environ quatre milliers de cavaliers, répartis sur soixante rangs. Face à une telle multitude, il dut faire un petit effort pour réaliser qu'il ne s'agissait là que des troupes d'élite. Mazhel, qui n'avait certainement pas eu ses scrupules quant à l'enrôlement de simples citoyens, devait encore conserver une véritable foule de conscrits à l'intérieur de la capitale...

Les Lanciers se placèrent en face de l'armée rebelle. Bien qu'ils ne fussent pas encore en position de combat, leur discipline méticuleuse les faisait paraître extrêmement menaçants. Ils élevaient une forêt de lances au-dessus d'eux. Des lances pour le moment pointées vers le ciel... Quant aux croix ansées cousues sur leurs robes grises, elles semblaient d'ores et déjà destinées à célébrer quelque office funèbre.

En tête de chaque colonne se tenait un capitaine, en surcot noir comme les calottes de ses soldats. Immobile et digne dans le vent glacé, il attendait les ordres, pour les transmettre aux Lanciers qui patientaient derrière lui.

L'analyse qu'Yvanov avait faite de ces troupes, plusieurs mois plus tôt, semblait juste. Le respect de la hiérarchie constituait le fondement même de leur efficacité.

Un peu plus tard, sortirent à leur tour les conscrits dont Wilf avait supposé la présence. À la vue de cette monstrueuse flaque humaine qui se déversait dans la plaine, le jeune roi bloqua sa respiration de stupeur. Et il sentit que tout son camp subissait le même réflexe.

Conduits par quelques poignées de chevaliers d'Eldor, ces soldats laïques prirent place en avant des régiments de Lanciers.

Wilf trembla un court instant, avant de se ressaisir. Pourtant, il y avait de quoi frémir : même s'ils n'avaient sans doute pas beaucoup d'expérience militaire, les conscrits étaient dotés de longues épées et d'épaisses armures de cuir bouilli. De toute évidence, leur maître n'avait pas lésiné sur les moyens.

Mais, par-dessus tout, ils étaient des dizaines de milliers…

Ils envahirent le futur champ de bataille sur tout sa largeur. Le jeune roi, désemparé, se rendit compte qu'il ne pouvait même pas espérer les compter.

Ses lieutenants, qui l'avaient rejoint au sommet de la tour au fur et à mesure que le jour se levait, lâchèrent un soupir unanime.

— Comment allons-nous lutter contre une telle multitude ? demanda Djulura en serrant la rambarde de toutes ses forces.

Wilf tâcha de donner à sa voix le ton le plus rassurant possible :

— Nous savions que nous aurions affaire à forte partie… déclara-t-il calmement. Nous allons nous battre, comme prévu. Il ne faut pas oublier que ces hommes représentent des troupes de mauvaise qualité…

La conviction lui manquait, mais aucun de ses amis n'eut la cruauté de le lui faire remarquer. Ils se contentèrent de le regarder avec inquiétude, tous leurs espoirs tournés vers lui.

Il n'eut pas le cœur de leur avouer qu'il était aussi perdu qu'eux, face à un tel spectacle.

Bientôt, les portes de Mossiev ouvrirent encore le passage à un gigantesque engin de guerre. Large d'une dizaine de mètres, long du double, celui-ci était tracté par une cinquantaine de bœufs blancs.

Il s'agissait d'une sorte de char géant, plateau rectangulaire surmonté d'une nef qui abritait un trône d'acier. Tout autour de ce dernier, des bannières verticales, sur lesquelles s'étendait la croix ansée des évêques… Enfin, assis sur le siège central, au-dessous d'un dais de soie pourpre, le pharaon…

Dans le costume léger que Wilf lui connaissait déjà, impossible cette fois de douter de son identité. Cette silhouette en toge claire était bien celle de l'arrogant Orosian aux cheveux rouges, dont l'aura de pouvoir restait palpable, malgré la distance.

Aux quatre coins du véhicule démesuré, étaient posées des batteries de balistes orientables. D'énormes tonneaux, ligotés ensemble, les accompagnaient. Le roi comprit qu'en dépit de tous les fanions et autres effets grandiloquents dont il était paré, le char allait représenter un vrai danger militaire.

Ces grandes arbalètes étaient sans doute destinées à tirer des projectiles enduits d'une mixture inflammable : étant donnés la taille et le nombre des armes, il redoutait les dégâts effroyables qu'elles pourraient causer. Mentalement, il nota donc de s'en méfier, et de donner des consignes dans ce sens à ses officiers.

Les convoyeurs des bœufs firent immobiliser leurs bêtes, et le véhicule se stabilisa. L'un des nombreux porteurs d'étendards qui se tenaient sur le char, aux côtés de Mazhel, quitta alors le rang. Solennellement, il s'avança à la pointe de la nef, puis fit sonner une trompette. Le son clair, déchirant l'air frais du matin, se répercuta longuement par-dessus le brouhaha général des armées.

Wilf savait ce que cela voulait dire. Il avait participé à assez de batailles pour comprendre que le pharaon s'apprêterait bientôt à donner l'assaut. *Quel panache...* maugréa-t-il, se moquant des manières de l'Orosian. Peut-être ses courtisans les plus courageux avaient-ils grimpé en haut des murailles de Mossiev, pour se repaître de la pièce qu'il s'apprêtait à jouer pour eux... Mais le jeune roi refusait de s'avouer vaincu d'avance.

D'une seconde à l'autre, les cors retentiraient de nouveau. Sans doute Mazhel se lèverait-il, puis abaisserait son épée pour signifier le début de la curée.

À demi hypnotisé par l'instant, Wilf faillit manquer d'agir. Il fallait qu'il empêche les choses de se dérouler ainsi...

Ses propres troupes étaient prêtes. Après des mois de voyage, leurs armures n'étaient pas aussi rutilantes que celles de l'adversaire, mais chacun était vaillant et à sa place. Tous les regards paraissaient rivés sur lui, le Roi-Magicien.

Secouant l'immobilité dans laquelle l'avaient plongée la fascination, la peur et la colère, il donna à l'un de ses aides de camp le signal discret que celui-ci attendait. Conformément au plan de son maître, le soldat s'échappa donc de son unité pour sonner du cor à son tour. Puis, seul, il s'avança au centre de la plaine qui séparait les deux armées.

Minuscule point dans l'immense étendue neigeuse, il se mit alors debout sur ses étriers, et planta d'un geste sec sa lance dans le sol. Par un grand mouvement, il signala à l'adversaire la présence d'un parchemin roulé, qu'on avait attaché au bout de la hampe de l'arme.

Enfin, il revint se poster parmi ceux de son rang.

En haut de la tour de guerre où étaient encore postés les généraux rebelles, chacun savait ce que contenait ce message.

— Tu es toujours décidé ? demanda Lucas à Wilf.

Le jeune roi acquiesça.

— C'est la seule solution… J'espère qu'il va accepter.

Les généraux attendirent fébrilement que l'ennemi ait pris connaissance de leur proposition. Leurs regards obliques glissaient sans cesse sur la personne de Wilf. Inquiétude, compassion, désapprobation… Le Roi-Magicien pouvait sentir dans son dos ce flot de sentiments intenses. Mais il s'attacha à les ignorer, souhaitant rester parfaitement concentré.

Plusieurs minutes s'écoulèrent, dans un silence presque total. Des deux côtés de la plaine, on attendait la suite avec appréhension et excitation.

Le temps passait lentement. Il semblait que la neige, qui tombait sans discontinuer, allait recouvrir les deux armées comme un linceul, avant qu'une décision ne soit prise.

Enfin, les bœufs qui tiraient le char géant se remirent en marche. L'engin de guerre fut amené au devant de toutes les troupes de la Théocratie. Alors, Mazhel se leva de son trône, et avança jusqu'au bord du char. D'un pas souple, il sauta à terre, comme si la hauteur n'avait pas représenté l'étage d'une maison…

Il continua seul, à la surprise générale.

À pied dans la neige, il atteint le point où la lance était restée fichée dans le sol. Le centre parfait du champ de bataille.

À ce moment, Wilf sut qu'il était l'heure…

L'Orosian, poussé par son orgueil et la certitude de sa victoire, avait accepté le principe d'un duel contre le Roi-Magicien.

Avant de descendre de la tour de commande, pour aller prendre leur place à la tête des différents régiments, les généraux se dirent adieu. Wilf étreint Lucas et Djulura, puis Guajo qui retenait ses larmes. Il salua Pej en évitant son regard désapprobateur. Jih'lod, Ygg'lem, Yvanov… Il tenta même d'avoir un mot gentil pour Andréas et Oreste, les deux Ménestrels.

Aucun d'entre eux n'ignorait qu'ils se voyaient sans doute pour la dernière fois.

À son tour, Wilf s'avança ensuite vers le milieu du champ de bataille. En chemin, il évalua une fois de plus la distance qui le séparerait de ses troupes. Conformément à ses plans, on devrait bientôt venir lui prêter main forte... Mais serait-il encore en vie à ce moment ?

Le temps qu'il faudrait à des cavaliers pour parcourir cette distance... pensait-il, ruminant pour la centième fois l'image de ces deux cents mètres de vide neigeux. C'était le temps qui déterminerait sa mort ou bien sa survie... Le temps qu'il devrait tenir en face de l'invincible Orosian...

— Je n'ai aucune chance... soupira-t-il pour lui-même.

Il regarda le paysage blanc, tout autour de lui. Prit une belle gorgée d'air. *Que de chemin parcouru...* pensa-t-il, se remémorant ses années d'enfance.

La couronne aux six branches de métal noir ceignait son front. Des milliers d'hommes et de femmes allaient bientôt se jeter dans une bataille perdue d'avance, en clamant son nom...

Peut-être les événements auraient-ils pu se dérouler différemment, visant une fin meilleure... *Peut-être...* Toutefois, l'heure n'était plus aux regards en arrière. Il avait scellé son destin, mais il ne regrettait rien. Il avait vécu de meilleures choses que la plupart des hommes.

Mazhel sourit à Wilf, lorsqu'il arriva près de lui. L'Orosian était calme, et le froid ne faisait pas frissonner son corps insensible aux désagréments des mortels.

Face à face, les deux ennemis étaient seuls au milieu de la plaine. Dans ce vent chargé de flocons qui voilait tout, il était même facile pour eux de s'imaginer seuls au monde.

La haine et le mépris qu'ils avaient l'un pour l'autre avaient maintenant atteint leur paroxysme. Isolés, au cœur de ce néant, ils donnaient corps au combat de la liberté contre la tyrannie.

CHAPITRE 8

Wilf s'immobilisa à trois pas de Mazhel.

Il savait, sans l'ombre d'un doute, qu'il ne pouvait espérer le vaincre. Lors de leur dernière rencontre, alors que le jeune homme était en pleine possession de la Skah, celle-ci s'était déchaînée en lui comme jamais auparavant… Et n'était parvenu qu'à égratigner l'Orosian.

Aujourd'hui, il ne pouvait même plus faire appel à l'âme extérieure, sous peine de succomber à la Hargne. Il ne lui restait que son épée pour lutter contre ce titan inébranlable.

La vraie question, à ses yeux, était donc la suivante : allait-il tenir assez longtemps ? Il devait gagner un aussi long délai que possible, afin que le plan d'Yvanov ait une chance d'aboutir. *Il faut que j'y arrive…* se répétait-il intérieurement.

Pourtant, il se sentait si vulnérable… Il avait une telle impression d'être à la merci de l'Orosian… C'est pourquoi il décida de détourner l'attention de son adversaire, dans l'espoir d'obtenir quelques instants de répit :

— As-tu fait reconstruire la partie du Dôme que j'ai rasée, Mazhel ? plastronna-t-il.

Le sourire de l'Orosian se ternit.

— L'heure n'est plus au discours, trancha-t-il, vexé. Tu n'es qu'un misérable insecte, comme tous les tiens…

« Ton plus grand tort a été de te croire différent. Pour quoi ? Pour une prophétie ?

Il se mit à rire.

— La moitié des prophéties qui courent ici-bas sont le fruit de mon imagination ! railla-t-il. Tu as oublié que nous étions les dieux de vos religions, revendiqua-t-il en accentuant bien ces mots.

L'Orosian secoua la tête :

— J'ignore même pourquoi je m'abaisse à te répondre… murmura-t-il.

Pendant ce temps, Wilf dansait d'un pied sur l'autre. Le jeune homme ne parvenait plus à masquer sa nervosité. Si seulement son sacrifice pouvait ne pas s'avérer vain… C'était tout ce qui lui importait, à présent.

Il regarda de nouveau autour de lui.

Conformément aux prédictions de Djulura, le blizzard se levait.

Juste à temps… pensa-t-il avec espoir. Mais il doutait encore que ce soit suffisant…

Le dessein d'Yvanov était simple. À la faveur du voile de flocons qui allait obstruer la vue de tous, les cinq cents Chevaliers-Archivistes de

Fraugield, préalablement enveloppés dans des capes blanches, se rendraient jusqu'au centre de la plaine. Ils surprendraient Mazhel et l'encercleraient, l'isolant ainsi du reste de son armée.

Alors, les unités rebelles chargeraient. Comme l'avait dit l'abbé, leurs chances seraient décuplées, contre des adversaires décontenancés par l'absence de leur chef. Ce serait peut-être un avantage suffisant pour l'emporter sur cette terrifiante armée…

Wilf sentit que le pharaon perdait patience. S'il le décidait, Mazhel pouvait le tuer d'un moment à l'autre, et tout leur stratagème tomberait alors à l'eau. Se campant sur ses jambes, le jeune roi lui lança donc :

— Attends !

« Je sais que tu voudrais récupérer cette épée, la Lame des Étoiles… Mais s'il ne s'agissait que d'une copie ? Peut-être serais-tu intéressé de savoir où j'ai caché la vraie…

L'Orosian haussa les épaules, jetant à Wilf le regard qu'on réserve d'ordinaire aux enfants pris à raconter d'énormes mensonges.

— Tu es pitoyable et ridicule… asséna-t-il. Cette épée irradie de pouvoir à des kilomètres… Impossible de la confondre avec une copie !

« Ton attitude m'étonne, poursuivit-il. Que ne te mets-tu pas en garde, pour mourir de manière honorable ? J'aurais cru que même un simple mortel comme toi tiendrait à s'offrir une fin un peu plus digne…

Le pharaon s'interrompit soudain en levant les yeux vers l'horizon. Il regardait par-dessus l'épaule de Wilf, derrière ce dernier.

— Qu'est-ce que…

« Une ruse ? s'étonna-t-il dans un murmure, tandis que sa bouche dessinait une moue amusée. Vous n'aurez donc pas la moindre once de fierté ?…

Wilf n'avait pas besoin de se retourner pour deviner ce que les yeux perçants de Mazhel avaient distingué dans son dos.

Le nuage des chevaliers sur leurs montures immaculées - pour l'occasion, on n'avait choisi que des chevaux blancs… Ils galopaient en ordre dispersé, veillant à ne pas former une masse compacte et trop aisément repérable.

L'Orosian balaya d'un geste méprisant ce qu'il considérait comme une tentative puérile.

— Tu as choisi la bassesse, et cela te va bien, dit-il à Wilf de son ton bêcheur. Mais ne compte pas mourir de ma main, à présent… Tu ne le mérites pas !

Continuant de hocher la tête avec dédain, il passa à côté de Wilf sans même lui accorder un regard. Le jeune roi aurait aussi bien pu tirer son épée et le frapper en plein cœur.

Mais Wilf ne tenta rien. Ce qui venait de se produire était trop inespéré… De plus, il était persuadé que son coup n'aurait même pas éraflé l'Orosian.

Il se fit donc le plus discret qu'il put, ne désirant pas gâcher l'aubaine qui lui permettait de rester en vie. Le son assourdi des chevaux galopant sur le tapis de neige se rapprochait. Choisissant la prudence, Wilf prit un peu de distance.

Mazhel, lui, demeurait immobile, observant d'un regard dur les cavaliers qui s'apprêtaient à l'encercler. Aux tous derniers instants, les Chevaliers-Archivistes rassemblèrent enfin leurs destriers éparpillés. Flanc à flanc, formant un cercle, ils obtinrent une ligne de front solide dans leur charge, aussi disciplinés que s'ils s'attaquaient à une armée entière.

Voyant cela, Wilf se félicita de ses précautions : il n'aurait pas apprécié de se trouver à l'intérieur de leur zone d'action. Tapi derrière un talus de neige, il s'assura d'un coup d'œil que Mazhel était bien prisonnier du piège.

C'était le cas. Mais le pharaon conservait une attitude hautaine et un visage fermé. Tandis que les mailles de cette nasse se refermaient autour de lui, le cercle rapetissant à vue d'œil, il n'émit pas un appel en direction de ses troupes.

À présent, les Lanciers Saints devaient d'ailleurs avoir remarqué qu'il se passait quelque chose. Mais, même s'ils s'élançaient au secours de leur maître, ils arriveraient trop tard… L'Orosian était maintenant isolé de la bataille, cerné par les cinq cents meilleurs soldats de Fraugield.

Wilf, accroupi à l'abri de sa butte neigeuse, se prit enfin à croire la victoire possible. Maintenant, il devait rejoindre le commandement de ses troupes !

Bondissant hors de sa cachette, il courut au devant d'un des rares chevaliers retardataires. Agitant les bras devant sa monture pour se faire remarquer dans le brouillard givré, il s'écria :

— Toi ! Ramène-moi en arrière de nos troupes !

Et, joignant le geste à la parole, il s'aida d'une lanière de la selle pour sauter derrière le cavalier colombin. Celui-ci, réagissant à l'ordre presque instantanément, fit volter son destrier et le lança en direction des régiments alliés.

Lorsqu'ils le virent émerger de la brume blanche, les soldats hurlèrent des hourras et brandirent leurs épées. Wilf sauta à terre, s'enfonçant jusqu'aux chevilles dans la neige.

En face de lui, les unités de la Terre d'Arion, avec à leur tête Djulura, Andréas et Oreste…

Aussitôt, ce dernier saisit la bride d'une monture disponible pour l'amener au jeune roi. Ils galopèrent ensemble jusqu'à la tête des troupes arionites.

— Tu nous es revenu ! lui cria Djulura pour couvrir les sifflements du blizzard. J'avais parié que tu survivrais !

Evacuant d'un seul coup la pression terrible qui lui avait vrillé les nerfs, Wilf éclata de rire.

— Tu peux encore perdre ce pari avant ce soir ! rétorqua-t-il. En tous les cas, je préférerais ne jamais savoir avec qui tu as tenu ta mise...

Le sérieux regagna son visage, et il cria quelques ordres aux capitaines de régiments.

Les forces arionites formaient la plus hétéroclite de toutes les armées du Sud. C'était un assemblage de divers corps d'armée, regroupant tous les survivants de la première campagne de rébellion. Ces vétérans appartenaient bien sûr aux Guerriers du Cantique, les lestes acrobates qui avaient fait la réputation militaire de la Terre d'Arion, mais aussi aux Templiers Arionites, représentant une vieille noblesse d'épée et de magie, juchés sur leurs somptueux chars dorés. La garde ducale de Fael, exceptionnellement, avait délaissé l'enceinte du palais pour suivre Djulura dans cette guerre du bout du monde. Depuis le début du voyage, ces robustes paladins en armure rouge semblaient avoir à cœur de prouver que l'utilité de leur caste dépassait le simple apparat... Enfin, le gros des troupes était traditionnellement composé d'archers. Pour l'heure, en dépit de leur nombre, ils paraissaient presque invisibles, leurs capes de laine blanche se confondant avec le paysage.

Wilf reporta son regard sur les Chevaliers-Archivistes, qui ferraillaient maintenant autour du pharaon. Il pâlit en réalisant que Mazhel n'avait pas hésité une seconde à engager ce combat contre un demi millier de cavaliers en armure. Les soldats de Fraugield, quant à eux, allaient à la mort avec une discipline parfaite.

Peut-être parviendraient-ils à vaincre l'Orosian, mais de l'avis de Wilf, rien n'était moins sûr... Pourtant, leur sacrifice ne serait pas inutile : si puissant qu'il fût, il allait falloir longtemps à Mazhel pour se débarrasser d'eux. Le temps que le sort de la bataille soit joué, avec un peu de chance...

Le jeune roi souhaita mentalement bonne réussite aux guerriers-érudits, et cria à une poignée d'aides de camp d'aller lui chercher les autres généraux.

— Nous changeons de tactique, expliqua-t-il en réponse au regard étonné de Djulura.

Celle-ci observa la formation de l'armée adverse en fronçant les sourcils, puis acquiesça.

— Tu as raison… dit-elle avec admiration. Il nous faudrait peut-être contourner les premières lignes…

Wilf attendit impatiemment que les chefs des autres régiments le rejoignent. Pendant ce temps, les forces ennemies n'avaient toujours pas esquissé le moindre mouvement. Ainsi que l'avait deviné Yvanov, les Lanciers Saints n'agiraient pas sans un ordre de leur dieu vivant…

— Écoutez-moi ! cria le jeune roi lorsque tous ses généraux furent à portée de voix. Je veux que vos unités de cavalerie se déplacent selon un large arc de cercle, pour attaquer uniquement les flancs des colonnes de Lanciers ! Ne vous occupez pas de la piétaille, c'est compris ?

Les officiers acquiescèrent. La manœuvre semblait sans doute hasardeuse à un certain nombre d'entre eux, mais leur confiance en Wilf était totale. Après avoir salué le roi, ils repartirent donc immédiatement exécuter ses ordres.

Wilf espéra secrètement ne pas se tromper. Il avait d'abord eu l'intention de lancer la charge contre l'infanterie adverse, comme cela se pratiquait ordinairement. S'il pouvait faire en sorte que les fantassins rompent le combat, ces derniers déstabiliseraient toute l'armée adverse par leur retraite désordonnée… Pourtant, il avait vite douté de ce choix. Selon lui, son armée n'aurait fait que s'embourber dans une situation inextricable…

Car Mazhel avait positionné ses troupes de manière à ce que les soldats à pied ne puissent reculer. Avec les colonnes de Lanciers dans leur dos, les lignes de conscrits ne se briseraient pas… Les malheureux tiendraient leurs rangs, coûte que coûte, même s'ils devaient se battre en marchant sur les cadavres de leurs camarades. En effet, chacun d'entre eux préférerait mille fois faire face aux armées rebelles, plutôt qu'aux lances des moines-soldats qui les encadraient.

Restant toujours à l'arrière, avec ses troupes arionites, le jeune stratège observa la charge des cavaleries alliées. Bien sûr, l'amplitude de ce mouvement laissait largement le temps aux colonnes de Lanciers de se préparer à les recevoir. Avec un ensemble parfait, les cavaliers ennemis se tournèrent donc d'un quart de cercle en direction de leurs assaillants. Lances baissées, ils attendirent le tout dernier moment pour s'élancer à leur tour…

Le choc des deux forces fut terrible.

Sur le flanc ouest, la cavalerie lourde de Greyhald se brisa sur la défense ennemie. Le gris et le noir des uniformes de la Théocratie pénétra profondément dans le brun et le violet greyhalders. Surveillant la scène de loin, le jeune roi ne put que serrer les dents.

Sur le flanc est, les chevaliers castelois s'en sortirent un peu mieux. À la pointe de leur percée, une étincelle brilla dans le blizzard. Wilf y devina la silhouette du prince Angus, dans son armure blanche et dorée, sa couronne en forme de cygne scintillant au soleil du matin.

Pour réagir efficacement, les Lanciers avaient dû se scinder en deux positions de défense. Ils cessaient ainsi de faire pression sur l'arrière-garde de leur propre infanterie.

Le champ à présent libre, Wilf décida alors de faire sonner la seconde charge. Ses soldats s'ébranlèrent, se mettant en marche sous son commandement.

Comme convenu, les archers avançaient à l'arrière, lâchant leurs traits par-dessus la tête de l'infanterie alliée. Les compagnies de tir étaient surtout arionites et casteloises. Pour diriger les opérations, le jeune roi avait laissé à leur tête Guajo et la jeune Hesmérine de Blancastel.

Voyant que les conscrits adoptaient une attitude très défensive, Wilf fit stopper ses troupes un peu avant le contact. Il ne voulait pas que ses soldats viennent s'écraser sur un mur compact de boucliers.

Sur son ordre, ce furent donc les catapultes greyhalders qui entrèrent en scène. Les énormes rochers qu'elles projetèrent, atterrissant parmi l'infanterie adverse, firent exploser les rangs en de nombreux points. Les conscrits durent se réorganiser tant bien que mal.

Profitant de cet affaiblissement de la cohésion ennemie, Wilf remit alors son régiment en mouvement. Couverte par les volées de flèches alliées, l'infanterie rebelle broya facilement les premières lignes de la Théocratie.

— Ils reculent ! s'exclama Andréas avec satisfaction.

Wilf, debout sur ses étriers, demeurait vigilant. La supériorité numérique de l'ennemi était telle que son armée pourrait aisément se retrouver encerclée par les côtés. C'était d'ailleurs vraisemblablement ce que tenteraient les conscrits, dès qu'ils se seraient repris…

Pour tâcher d'éviter ce désastre, il envoya les unités arrucianes défendre ses flancs. Ces soldats aux manières de duellistes, guidés par quelques fameux vétérans Jéndarros, formaient un corps d'armée de qualité. Cependant, dans de telles conditions climatiques, Wilf craignait que ces natifs du Sud ne souffrent du froid, au point de voir leur efficacité anéantie. Il se promit de surveiller cela du coin de l'œil, et d'envoyer à leur rescousse les solides Greyhalders en armure lourde si le besoin s'en faisait sentir.

À quelques mètres devant lui, les combattants arionites repoussaient les conscrits.

Tout en luttant âprement, la plupart des rebelles chantaient des louanges à la gloire des Rois-Magiciens. Wilf aurait aimé les rejoindre au cœur même de la bataille, mais il savait que le moment de s'exposer personnellement n'était pas encore venu. Avec Djulura, Oreste, Andréas et quelques autres, ils formaient un carré de cavaliers isolés, défendus par cette multitude de soldats à pied.

— Wilf ! appela alors quelqu'un dans son dos.

Le jeune roi se retourna, pour voir Lucas qui accourait vers lui au triple galop. Le spirite dut faire cabrer sa monture pour s'arrêter brutalement auprès de Wilf.

Ce dernier s'étonna brièvement de la présence de l'ancien moine, à qui il avait confié le commandement de l'arrière-garde, en compagnie d'Yvanov. Puis il comprit qu'il se passait quelque chose d'important.

— Je sens un flux de So Kin anormal, haleta en effet Lucas. C'est très puissant, comme si plusieurs esprits s'affrontaient… ou bien unissaient leurs forces. En vérité, je ne sais pas…

Wilf jura, plissant les yeux avec inquiétude.

— Des Seldiuks, tu crois ?

— Je l'ignore, répondit le spirite en haussant les épaules. Mais ça m'étonnerait. Je n'ai jamais vu de Seldiuk utiliser convenablement le So Kin : en général, ils ne savent s'en servir que pour décupler leurs facultés martiales…

« De plus, ce que je ressens est vraiment très violent. Je pencherais plutôt pour des renforts orosians…

— Corbeaux et putains ! cracha Wilf. Comme si nous n'avions pas suffisamment de problèmes avec un seul ! Tu peux localiser ce que tu perçois ?

— Pas vraiment, avoua Lucas. Le pouvoir imprègne l'atmosphère… Je sais qu'il est invisible pour toi, mais en ce qui me concerne, il est si flagrant qu'il semble provenir de partout à la fois !

Une expression ambiguë traversa son visage. *Il a peur…* devina Wilf.

— En fait, je n'ai jamais été confronté à ça, déclara l'ancien moine, d'une voix moins sereine qu'à son habitude. Pas même parmi les Voix de la Mer ! J'ignorais, jusqu'à aujourd'hui, qu'un tel déchaînement d'énergie fût possible…

— Très bien, lui cria Wilf par-dessus le bruit de la bataille, je te charge de surveiller ce phénomène. Préviens-moi dès que tu as du nouveau.

Lucas opina du chef.

— Je reste par ici, précisa-t-il.

Le roi hocha distraitement la tête. Son attention s'était déjà reportée sur les combats.

Son souci majeur demeurait d'éviter l'encerclement de ses troupes par l'ennemi. Dans cette mêlée, les engins de guerre n'étaient plus guère efficaces. Aussi, Wilf eut l'idée de se servir des imposantes catapultes de Greyhald pour dresser une enceinte provisoire le long de son front est. Les lourds engins ne bloqueraient pas cette aile de façon étanche, bien entendu, mais leur présence gênerait suffisamment les adversaires pour lui accorder un répit…

Et il en aurait grand besoin, d'ailleurs, car des remous agitaient déjà son flanc ouest. Wilf comprit que Djio d'Arrucia, son vieux rival devenu allié, venait de tomber. Les Arrucians, perturbés par la perte de leur général, se disloquaient peu à peu sous la pression des conscrits mossievites.

À regret, Wilf prit la décision pénible de se séparer de l'infanterie lourde de Greyhald. Il envoya le puissant régiment protéger ce côté. Une manœuvre qui lui assurerait la sécurité pour quelque temps, mais réduirait d'autant sa progression vers le cœur de l'armée adverse. Ce qui demeurait pourtant son objectif principal : faire éclater la masse de soldats à pied, pour concentrer enfin toutes ses forces sur les Lanciers Saints…

Jetant un œil vers ces derniers, le roi constata que ses troupes montées, face à eux, ne se débrouillaient pas trop mal. Plus solide en défense, la cavalerie du Greyhald semblait à présent tenir bon, malgré ses débuts difficiles. Quant aux chevaliers de Blancastel, ils menaient des attaques remarquables en dépit de leur nombre restreint. Lorsqu'ils devaient se replier sous l'influence d'une charge ennemie, les agiles guerriers Tu-Hadji prenaient le relais en harcelant les moines-soldats.

Wilf se félicitait d'avoir jumelé ces deux unités : les fils de Tu-Hadj, combattants hors pair, apportaient un soutien inestimable aux chevaliers civilisés, leur permettant de frapper les Lanciers avec une efficacité redoutable. C'était pour l'instant sur cet unique front que l'armée de Wilf pouvait espérer prendre un véritable avantage.

Quelques minutes passèrent ainsi, le jeune roi donnant de brefs ordres à droite et à gauche. Jusqu'à ce que Lucas ne revienne à la charge…

— Wilf ? fit-il en approchant de nouveau son cheval de celui du jeune homme. C'est terminé… La vibration du pouvoir dont je te parlais il y a quelques instants. D'un seul coup, je n'ai plus rien senti.

— Tu ignores toujours de quoi il pouvait s'agir ? l'interrogea son ami, les yeux demeurant rivés sur les fluctuations subtiles de la bataille.

— Non, je… commença le spirite.

« Attends ! s'exclama-t-il soudain. Regarde derrière toi !

Wilf se retourna et comprit aussitôt pourquoi Lucas ouvrait de tels yeux. À quelques dizaines de mètres de là, les Chevaliers-Archivistes avaient cessé de se battre… En effet, le pharaon venait de s'élever à la verticale, hors de portée de leurs épées.

Il ne semblait pas avoir bondi, mais simplement avoir été tiré vers le haut, comme sous l'influence d'une force invisible. Ses bras, détendus, pendaient le long de son corps. Le visage légèrement baissé, il paraissait presque en prière.

— Tirez sur lui ! hurla Wilf à l'intention de ses archers.

Mais c'était inutile, il le réalisa bientôt. Le temps que ces derniers se tournent dans la bonne direction, puis ajustent leur tir, l'Orosian serait certainement hors d'atteinte…

Comme pour lui donner raison, Mazhel bougea. Il leva deux doigts vers son visage, lentement, jusqu'à ce qu'ils touchent son front.

— Il prépare quelque chose ! prévint Lucas. Il va se servir du So Kin…

L'expression recueillie du pharaon se transforma effectivement en intense concentration. Presque aussitôt, l'index et le majeur toujours posé sur le front, il s'éleva encore plus haut au-dessus de la plaine.

Mais plus personne ne regardait dans sa direction. Tous les yeux étaient braqués plus bas, sur les Chevaliers-Archivistes. Un instant plus tôt, ils étaient encore un peu plus de quatre cents à batailler, face à ce terrifiant adversaire…

Quatre cent soldats qui se tordirent simultanément de douleur, hurlant à l'unisson. Pendant une seconde, ils eurent tous exactement le même geste : celui de porter leurs mains à leurs tempes, comme si une effroyable migraine les avait subitement frappés.

Puis ils s'effondrèrent, unanimement. Leurs corps, entraînés par le poids de leurs armures d'acier, glissèrent souvent au bas de leurs montures. Des flots de sang coulèrent par les fentes de leurs heaumes, ruisselant dans la neige.

Enfin, les traits alliés fusèrent vers l'Orosian, mais les flèches qui l'atteignirent se volatilisèrent à son contact, comme soufflées par une chaleur extrême.

— Une attaque psychique… frémit Lucas. Il les a… tous tués… Ô, par Pangéos ! laissa-t-il même échapper, sous le choc.

— Fais-moi plaisir, le blâma Wilf : ne me parle pas de ce type-là…

Malgré le sérieux de la situation, Lucas ricana nerveusement :

— Désolé ! Les vieilles habitudes sont tenaces, comme tu vois…

« Oh ! Regarde !

Toujours en lévitation, le pharaon se dirigeait à présent vers Mossiev. Sa silhouette se découpa quelques instants sur les dômes et les minarets ambrés de la cité des Csars, puis il atterrit enfin. Pas sur la terre ferme, toutefois : avec délicatesse, il se posa sur son gigantesque char d'apparat.

La scène avait échappé à de nombreux combattants, trop occupés à défendre leur vie, mais ceux parmi les Lanciers qui avaient observé la prouesse de leur maître lancèrent des acclamations empruntées à la liturgie. Bientôt, le combat reprit de plus belle, les soldats de la Théocratie s'élançant avec une fougue renouvelée à l'assaut des rebelles.

La mort dans l'âme, Wilf observa le commencement de sa chute.

C'était l'ultime bataille, qu'on menait en ce jour. Et il était en train de la perdre.

CHAPITRE 9

Conduit par Mazhel, le char géant fendait les armées de Wilf avec facilité. Les bœufs qui le tiraient, recouverts d'un caparaçon d'acier, étaient invulnérables aux flèches des archers.

Des soldats rebelles avaient tenté de s'en approcher, pour leur briser les pattes à coups d'épées, mais ils avaient été repoussés par les tirs des balistes. Ces dernières, dont les projectiles enflammés faisaient des ravages, couvraient en effet tous les angles, autour de la grande plateforme mobile.

Le capitaine Kyrôn obtint l'autorisation de mener une charge héroïque contre le char du pharaon. L'officier était l'unique survivant des Chevaliers-Archivistes - il s'était éloigné, en quête d'ordres, au moment du drame qui avait frappé les siens. Wilf lui confia le commandement d'une trentaine de cavaliers greyhalders, qui s'élancèrent aussitôt derrière le natif de Fraugield. Leur objectif n'était pas de s'en prendre à l'invincible Mazhel, bien sûr, mais simplement d'immobiliser son véhicule destructeur.

Le jeune roi n'avait pas grand espoir de voir leur entreprise aboutir. Pourtant, il les avait envoyés à l'assaut du char… Il se rendit compte après coup que le désespoir le rendait stupide. Il était si désemparé, qu'il n'était même plus capable de distinguer une manœuvre militaire d'un suicide de masse.

Jurant tout bas, il décida de se reprendre au plus vite. Il devait examiner les maigres options qui s'offraient à lui. Tous ces soldats comptaient sur leur roi…

Le cœur battant, il observa la charge de Kyrôn. Il vit comment les chevaux de guerre furent stoppés en plein galop par les grosses balles de cire enflammées qui s'abattirent au milieu d'eux. Comment le trait d'une baliste, malgré son épaisseur de petite poutre, vint s'enfoncer profondément dans le torse de Kyrôn, brisant la course de son destrier et les projetant tous deux à terre.

Le Chevalier-Archiviste, tandis que la poix brûlante ruisselait sur lui, poussa un hurlement déchirant. Puis il commença à flamber, de hautes flammes s'élevant de sa dépouille.

Wilf le vit se consumer peu à peu, se racornir comme les pages d'un vieux grimoire. Le dernier chevalier de Fraugield serait bientôt réduit en cendres… Le jeune roi détourna le regard de ce spectacle.

Observant tout autour de lui dans l'espoir de voir apparaître une solution, il posa soudain les yeux sur ses Guerriers du Cantique, redoutables au cœur de la mêlée.

— Andréas, Oreste ! appela-t-il, subitement inspiré par une intuition providentielle.

Les deux Ménestrels, demeurés non loin de lui, s'apprêtèrent à recevoir ses ordres.

— Prenez la tête de la garde ducale, leur dicta-t-il. Ces combattants savent utiliser la magie, n'est-ce pas ?

— Oui, majesté, répondit Oreste. Mais ils n'en ont guère l'habitude… La Hargne pourrait les…

— Ça n'a plus d'importance, étant donnée notre situation, le coupa Wilf. Il faut prendre tous les risques !

« Emmenez également nos auriges : ces Templiers se serviront, eux aussi, de leurs dons magiques. Rejoignez ensemble les Guerriers du Cantique et sommez-les de se regrouper. Compris ? Je veux ensuite que vous meniez un assaut magique de grande envergure…

Oreste acquiesça. Andréas et lui saluèrent avant de se retirer pour exécuter les ordres de Wilf.

Bientôt, ils furent au cœur des combats d'infanterie. Comme convenu, ils firent alors appel aux talents interdits, préservés depuis des siècles parmi Ceux de l'Étoile. Dès qu'ils eurent rejoint les Guerriers du Cantique, les acrobates se mirent à les imiter, si bien qu'un véritable déluge de magie déferla sur les conscrits de Mossiev.

Les lames et les armures alliées se parèrent de lumière, vibrant d'une musique mystique. La Skah jaillit des paumes pour venir frapper en plein cœur les capitaines ennemis. Bien sûr, hormis les deux Ménestrels et quelques Templiers Arionites, aucun n'avait de grandes capacités en matière de guerre magique, mais leurs maigres pouvoirs suffisaient à déstabiliser l'adversaire.

Ainsi, la manœuvre eut exactement l'effet désiré par Wilf.

Les gens du Nord cultivaient pour la magie une haine et une crainte ancestrale. Des deux, la crainte demeurait la plus forte... Au bout de quelques minutes, même les plus courageux eurent donc jeté leurs armes, courant en tous sens pour tenter de se mettre à l'abri. Ils fuyaient comme de l'eau à travers une outre percée. Hurlant de terreur, ils s'écoulèrent par les côtés, par l'arrière, débordant alors les rangs de Lanciers Saints.

Ces derniers, accaparés par la joute qu'ils avaient engagée contre les cavaleries rebelles, furent totalement pris au dépourvu. Certains tentèrent néanmoins de s'interposer à la débandade des conscrits, comprenant qu'elle signifiait peut-être leur défaite… Mais ils furent bousculés sans ménagement, leurs chevaux jetés à terre comme s'ils étaient aussi légers que des plumes. Aucun destrier, même monté par un valeureux porteur de lance, ne pouvait en effet résister à la pression exercée par ces centaines d'hommes… Les conscrits, motivés par l'effroi, pesaient de tout leur poids contre ces rangs dispersés de moines-soldats, qui se disloquèrent bientôt en mille brèches pour leur ouvrir le chemin. La débâcle fusa alors dans toutes les directions.

Wilf aurait payé cher pour voir le visage de Mazhel face à cette hémorragie, mais le pharaon était trop loin à l'est, amorçant une nouvelle charge vers le centre des combats. Le jeune roi se concentra donc sur les bénéfices immédiats qu'il pouvait tirer de la déroute ennemie.

Il décida qu'il était temps pour lui de s'investir physiquement dans la bataille. À présent, les choses étaient claires et simples : son armée contre les Lanciers Saints… Le char de Mazhel, quant à lui, verrait son efficacité très réduite, à présent que la lutte allait gagner en mobilité.

Dans ces conditions, songeait le jeune homme, il ne restait plus à espérer que ses soldats seraient les plus forts, et les plus courageux… Pour cela, ils avaient maintenant besoin de voir leur Roi-Magicien au cœur des combats.

Wilf fit donc sonner le cor pour annoncer une nouvelle charge. Flanqué de Djulura et Lucas, il s'apprêtait à s'élancer, lorsqu'il remarqua un aide de camp qui lui faisait de grands signes.

Le soldat galopa jusqu'à son roi et expliqua pourquoi il l'avait interrompu dans son élan : un messager arrivait pour lui, depuis les lignes arrières... Wilf commanda à Djulura et Lucas de l'attendre un instant avant de lancer l'assaut, puis se rendit aux nouvelles.

En fait de messager, il s'agissait de la jeune Hesmérine de Blancastel, à qui il avait confié le commandement des archers, en compagnie de Guajo. Elle tenait, par la bride, le cheval de ce dernier.

Guajo était inanimé.

Désignant l'écuyer affalé sur l'encolure de sa monture, la damoiselle déclara :

— Votre ami, majesté... Il va très mal...

— Que lui est-il arrivé ? s'étonna Wilf, soucieux. Vous étiez à l'abri !

La jeune fille, ayant un peu repris son souffle, poursuivit :

— Je l'ignore, expliqua-t-elle. Depuis le début de la bataille, il était... étrange.

Wilf fronça les sourcils, dans l'incompréhension la plus complète.

— Comment ça ? s'impatienta-t-il.

— Il fermait les yeux, les mains posées sur les côtés de la tête, sans se soucier de la bataille… Et il ne répondait pas quand je l'interrogeais.

« Je n'ai pas voulu vous déranger avant, mais… Il y a quelques minutes, du sang a giclé par ses narines, et il s'est effondré, comme vous le voyez maintenant.

« J'ai tenté sans succès de le réanimer…

Wilf soupira, à moitié pour masquer son inquiétude. Il jeta un œil vers l'évolution de la bataille, puis reporta son regard sur le corps de Guajo.

L'attrapant par les cheveux, il observa son visage inconscient. Le sang qui avait dégouliné sur ses lèvres n'avait pas encore séché, mais il ne semblait plus couler. Du pouce, le jeune roi souleva une paupière de son domestique : l'œil était révulsé.

— Il est certainement dans le coma, conclut-il. Je ne peux rien faire de plus pour l'instant. Conduisez-le à l'arrière-garde, auprès des infirmiers. Et veillez sur lui !

— Bien, majesté ! fit la jeune fille en hochant la tête.

Juste avant qu'elle ne tourne bride, Wilf l'interpella de nouveau :

— Hesmérine, s'il vous plaît ! la rappela-t-il. Une dernière chose : pouvez-vous me dire à quel moment précis il s'est écroulé ?

La Casteloise haussa les épaules.

— Hélas, je ne pourrais m'exprimer avec certitude sur ce point, s'excusa-t-elle. Je me souviens avoir levé les yeux vers le pharaon, qui s'élevait soudain au-dessus des chevaliers de Fraugield... Un peu plus tard, quand j'ai regardé de nouveau en direction du capitaine Guajo, il était dans cet état.

Le roi acquiesça et la congédia. Les sourcils toujours froncés, il secoua vigoureusement la tête. Malgré ses efforts, il ne comprenait pas ce qui avait pu arriver à son ami. Pourquoi lui ?

Le capitaine Guajo... songeait-il avec amertume. C'était un bon écuyer : il n'aurait jamais dû en faire un soldat... S'il mourait, il s'en voudrait éternellement...

Mais la guerre n'attendait pas : les états d'âmes du roi ne la concernaient pas. Chassant l'Arrucian de ses pensées, Wilf reprit donc sa place aux côtés de Djulura et Lucas, rejoints depuis par les deux Ménestrels.

Après un dernier soupir, il fit signe aux clairons de mugir une nouvelle fois, et s'engouffra tête baissée dans le chaos des combats. Non sans soulagement, d'ailleurs... car il savait que le fait de défendre sa vie allait éloigner - pour un moment - doutes et sentiment de culpabilité.

Avec une poignée de cavaliers, il percuta donc les flancs d'une colonne de Lanciers Saints. Dans le bruit et la fureur de leur lutte, ces derniers ne les avaient pas vus arriver.

Wilf mit tout son talent à l'œuvre. Sa rage et sa précision s'allièrent pour décimer autant de moines-soldats qu'il serait possible.

À ses côtés, Andréas faisait parler la magie. Délaissant pour l'heure son énorme épée blanche, il dirigeait ses larges mains d'orateur vers l'ennemi, afin de déchaîner l'énergie de la Skah. Des traits de lumière chaude jaillissaient de ses doigts, avec des claquements secs, ou parfois des bruits de tonnerre. Il s'agissait de longues langues de flammes bleues, qui faisaient bouillir l'air en sifflant, avant de perforer leur cible.

Bien entendu, dans le désordre de la bataille, le Ménestrel ne faisait pas mouche à chaque fois. Cependant, même lorsqu'il manquait sa cible, l'impact de ses projectiles magiques soulevait des jets de poussière en frappant le sol, ce qui suffisait à faire paniquer les chevaux des Lanciers. Les destriers se cabraient, les naseaux dilatés. Ils désarçonnaient leurs cavaliers avant de les piétiner, rendus fous par une terreur aveugle.

Cette image d'Andréas, en pleine splendeur guerrière, inspirait les natifs de la Terre d'Arion presque autant que la présence de leur roi. Ceux qui possédaient des dons magiques se lançaient dans la mêlée tandis que des sphères lumineuses crépitaient autour d'eux. Certains, sans doute, étaient pris par la Hargne, mais aucun d'entre eux n'était assez puissant pour que cela ait des conséquences catastrophiques. Au contraire, la corruption du pouvoir leur permettait de faire de terribles dégâts avant de succomber... Quant au salut de leur âme, Wilf n'avait guère le loisir de s'en préoccuper.

Toute son attention dédiée au combat, le Roi-Magicien essayait d'oublier la présence de Mazhel sur le champ de bataille.

Il ne cessait pourtant de se dresser sur ses étriers pour surveiller la position de l'Orosian... Plus tôt, quand les Chevaliers-Archivistes l'avaient encerclé, et qu'il l'avait vu prisonnier de cette nasse de cavaliers, il avait follement espéré que son ennemi finirait par succomber... *Après tout, le pharaon se bat à cinq cent contre un...* s'était-il dit.

Mais il savait à présent combien il avait eu raison de redouter cet adversaire invulnérable. Le seul espoir des rebelles résidait dans l'extermination de son armée. Sans troupes pour le servir, l'Orosian finirait par se retirer...

Pej, qui était accouru en voyant Wilf se jeter dans les combats, maniait sa lance à pied, sur le flanc droit de son protégé. Il suivait les mouvements, pour rester toujours au niveau du cheval de Wilf, protégeant les pattes de l'animal d'éventuels coups en traître. Campé devant le poitrail du destrier, il était le seul fantassin dans une foule compacte de cavaliers.

Les autres Tu-Hadji continuaient de faire des merveilles en compagnie des chevaliers de Blancastel, un peu plus à l'est. Apercevant la scène, et les difficultés qu'avaient les Lanciers Saints pour se défendre contre les guerriers des clans, Wilf comprit une fois de plus la fierté de ce peuple. Les observer au combat, c'était avoir la confirmation qu'il s'agissait d'êtres de légendes… Ils transperçaient les cœurs avec leurs lances primitives, sautaient à la gorge des moines-soldats, mais sans cette rage teintée de peur des combattants humains. Leurs gestes étaient coulés et gracieux, évoquant une danse magnifique. Wilf n'était pas certain qu'un seul d'entre eux soit déjà blessé… Parfois, il lui semblait apercevoir les silhouettes de Jih'lod ou d'Ygg'lem surgir de la mêlée, et il les encourageait en pensée.

Hélas, les fils de Tu-Hadj n'étaient guère nombreux à l'avoir suivi dans cette guerre. *Si seulement tous les Galn'aji avaient pu m'envoyer leurs guerriers…* se lamenta mentalement le jeune roi. *La bataille serait d'ores et déjà gagnée...*

La pointe d'une lance ennemie, esquivée de justesse, le ramena cependant bien vite à la réalité. Pej transperça ce Lancier menaçant avant qu'il n'ait pu frapper de nouveau, mais Wilf dut défendre son autre flanc par lui-même.

Il se fustigea, car il manquait de concentration. Mais les ennemis lui paraissaient faibles, bien qu'il s'agisse de la fine fleur des forces de la Théocratie.

Les Lanciers Saints formaient sans nul doute la meilleure armée du monde : plus expérimentés que n'importe quels autres soldats humains, hormis peut-être des unités réduites comme celles des Guerriers du Cantique, et aussi nombreux qu'un corps traditionnel. Ils ne pouvaient cependant rivaliser avec celui qui avait combattu Trollesques et Seldiuks, suivi l'enseignement des maîtres-tueurs et des Tu-Hadji... Wilf savait qu'il n'avait plus beaucoup à craindre de simples humains : même son vieux précepteur, Cruel-Voit, se serait peut-être trouvé en fâcheuse posture, s'ils avaient dû se battre en duel aujourd'hui.

De plus, le jeune roi maîtrisait maintenant de mieux en mieux les pouvoirs physiques du So Kin. À force d'habitude, et grâce aux exercices de méditation quotidiens auxquels il s'astreignait selon les conseils de Lucas, il avait acquis une expérience solide en la matière. La célérité de ses attaques, tout comme sa faculté de régénérer ses blessures, lui étaient d'autant plus utiles qu'il savait à présent y faire appel de façon mesurée. Ainsi, réduisant l'intensité de ces phénomènes surnaturels, il ne subissait pas le contrecoup habituel de la fatigue, qui l'eût rendu vulnérable.

C'était donc avec une relative confiance qu'il pénétrait les lignes ennemies, tranchant et perforant dans les chairs des Lanciers Saints. Pas un seul de ses coups ne manquait un défaut de l'armure, un point vital. Les rebelles criaient son nom en montant au combat.

Dans le chaos qui régnait tout autour de lui, le Roi-Magicien s'avisa bientôt d'un repli progressif des troupes adverses. Les Lanciers lâchaient peu à peu du terrain, surpris par la ténacité de leurs ennemis. Mazhel, qui avait délaissé son char pour un simple destrier, galopait en arrière des lignes avec de grands gestes de colère.

Cependant, Wilf avait à peine commencé à se féliciter de la situation, lorsqu'il vit soudain la ligne d'horizon s'assombrir. Loin, au nord-est, on voyait grossir une longue tache brune. De bien mauvaise augure…

— Des renforts ! cria aussitôt le jeune roi à l'intention de ses lieutenants. Par-là : méfiez-vous !

Il envoya deux unités de cavalerie dans cette direction, bien décidé à ne pas se laisser surprendre par ces nouvelles troupes de la Théocratie.

Quelle ne fut pas surprise, donc, lorsqu'il réalisa que les nouveaux venus étaient en fait des alliés…

En effet, après avoir contourné les cavaliers rebelles, les combattants inconnus se ruaient maintenant à l'assaut des lignes arrières de Lanciers Saints.

Apercevant le brun et le vert de leurs uniformes, Wilf comprit que ces alliés providentiels venaient du Kentalas.

Longtemps hésitant quant au camp à soutenir dans cette guerre civile, le baron Burddok avait fini par venir au secours des rebelles… Accompagné de son fils Gey, il menait un régiment de patrouilleurs frontaliers, ces redoutables archers qui avaient autrefois fait le malheur des forces du Sud…

Wilf connut un moment de véritable exultation. Il envoya à ses cavaliers sur place l'ordre de soutenir l'assaut des Kentalasiens contre les Lanciers Saints.

Ces derniers, pris à revers par les patrouilleurs frontaliers, et pressurés par l'avancée des autres armées rebelles, flanchèrent.

Pour la première fois depuis le début de la bataille, leur belle discipline fut remplacée par un moment de flottement, une confusion terrorisée au cours de laquelle leurs rangs se disloquèrent.

Sans cohésion, les lances des moines-soldats s'avéraient inutiles : avec des cris féroces, les patrouilleurs s'élancèrent donc au corps à corps contre leurs adversaires, devenus vulnérables.

Ils descendirent de leurs montures les Lanciers isolés, pour les poignarder à mort. Quelques-uns seulement parvinrent à fuir, et consolidèrent plus loin la défense des troupes théocratiques.

Wilf se retourna alors vers Djulura, qui perdait un peu de sang par une estafilade à l'avant-bras, et s'exclama :

— Nous pouvons gagner !

Son regard avait changé du tout au tout… nota la diseuse.

— Maintenant, mes amis, nous pouvons croire à une victoire ! s'écria-t-il à l'intention de ses plus proches généraux. Ce n'est pas le moment de mollir !

La duchesse, mais aussi Lucas et Pej, demeurés à proximité, sentirent dans la voix du jeune monarque une énergie communicative. Ils reprirent tous le combat avec une force nouvelle.

Et, pendant quelque temps, ils crurent en effet qu'ils allaient l'emporter.

Mais le pharaon fit bientôt sonner de nouveau les trompettes, et un bruit de cavalcade ne tarda pas à se faire entendre…

Alors surgirent, de tous les côtés, des milliers de cavaliers. Des cavaliers poussant devant eux les fuyards qu'ils avaient pu récupérer parmi la débâcle des conscrits.

Wilf s'était attendu à quelque chose de ce genre, redoutant une contre-attaque lancée depuis les forts du Crombelech. Mais cette armée qui les prenait à revers, les encerclait même, dépassait de très loin les proportions qu'il avait imaginées.

Lorsque les cavaliers émergèrent du blizzard et qu'on put enfin distinguer la couleur de leurs uniformes, le jeune roi comprit. Avec un haut-le-cœur, il observa ces soldats qui accouraient de toutes parts. Les régiments du Crombelech étaient bien là, loyaux à Mossiev jusqu'à l'absurdité… Mais ils étaient également accompagnés de mercenaires baârniens.

Voilà pourquoi ils refusaient toutes nos offres... soupira Wilf en pensée. *Ils avaient déjà signé avec Mazhel leur intervention dans ce conflit...* Wilf ignorait combien d'or le pharaon avait pu leur promettre, mais il savait que les Baârniens se battaient toujours pour le plus offrant.

Et qu'ils constituaient une force impressionnante. Aussi lourdement équipés que les Greyhalders, extrêmement nombreux... Ils étaient, de plus, forts d'une expérience de la guerre qui remontait à plusieurs siècles.

Il les observa, tout en ordonnant à son arrière-garde de protéger les unités de tir, maintenant très vulnérables. Les colosses de l'Ouest, aux cheveux roux, hurlaient en s'élançant vers les troupes rebelles. *L'Orosian leur a donc offert un supplément pour le folklore ?* grinça Wilf, serrant les dents tout en riant jaune.

Pourtant, lorsque apparurent les milliers de fantassins qui marchaient en ordre serré derrière les lignes de cavaliers, il eut cette fois plutôt envie de pleurer.

Le sort de la bataille semblait définitivement joué. Rien ne pourrait plus les sauver, à présent...

La mort dans l'âme, le Roi-Magicien passa en revue ses troupes. Il ne donna pas d'autres ordres.

— Pej, avec moi ! fit-il seulement en direction de son fidèle compagnon.

Et il éperonna son cheval, chargeant le cœur des rangs ennemis, pour fuir ses responsabilités dans la mort. Après avoir tant cru en la victoire, il ne voulait pas voir cette défaite, qu'il savait maintenant inévitable.

Jamais, se promit-il. Il fallait à tout prix qu'il meure avant...

Le Tu-Hadji sur ses talons, il fit donc tourbillonner la Lame des Étoiles à l'assaut des Lanciers Saints. Ses bras, déjà couverts de sang ennemi, menèrent son épée au plus profond des entrailles des moines-soldats. Le liquide rouge sombre jaillissait à flots autour du couple qu'il formait avec Pej, retombant sur eux en épaisses giclées.

Sur leur chemin, les artères cédaient sous la caresse cruelle du métal. L'acier affirmait, comme toujours, son ironique supériorité sur la chair qui l'avait forgé. Quant au silex de la lance Tu-Hadji, il broyait, encore et encore, les os et les viscères des Lanciers. Wilf ne voyait plus aucun visage, dans cette embardée sanguinolente. Il ne souhaitait surtout pas savoir à qui appartenait toute cette viande. Une seule chose lui importait : périr dans ce combat.

Mourir, avant d'être confronté aux cadavres de Lucas et de Djulura gisant dans la neige. Avant de voir trépasser tous ses amis, tous les soldats confiants qu'il avait conduits à ce massacre.

Il était prêt à toutes les folies, à condition d'être emporté sans avoir été témoin d'un tel spectacle…

D'autres, à part lui, avaient compris qu'on ne pouvait plus échapper à la catastrophe. Très peu tentèrent de fuir, cependant. Comme pour raviver la douleur du Roi-Magicien, son peuple se montra exemplaire.

Dans une attitude digne, les régiments se massèrent pour faire front. Certains continuaient même de chanter. La plupart pleuraient, mais leurs épées n'en étaient pas moins dressées vers l'ennemi.

De façon très courageuse, les Tu-Hadji s'apprêtèrent également à succomber dans cette guerre qui ne les concernait pas, et qui les priverait d'une mort honorable face aux Hordes.

Wilf ferraillait, encore et encore, volontairement aveugle à tout cela.

Il vit des Lanciers refluer, non loin de lui, et aperçut bientôt la cause de cette agitation. Le baron Conrad de Greyhald, qui tentait visiblement de le rejoindre pour mourir à ses côtés, avait créé un mouvement de terreur autour de lui. La Hache-du-Soir scintillait entre ses vieilles mains : l'artefact, vraisemblablement enchanté pendant l'âge d'or des magiciens, tranchait l'acier des armures comme s'il s'était agi de papier. Sur le visage ingrat du Greyhalder, la rage et la vengeance dansaient main dans la main. Sa jouissance à faire payer les Lanciers était effrayante, même pour Wilf, pourtant son allié.

Pour ses années de captivité, pour la mort de son fils, et surtout pour les innombrables souffrances qui avaient été infligées à son peuple, sa lourde hache s'abattait, animée d'une force surnaturelle. Il avançait, seul parmi les cavaliers, sans qu'ils puissent interrompre sa progression.

Lorsqu'il parvint enfin au niveau du jeune roi, celui-ci mit pied à terre pour l'imiter. Son cheval était épuisé, et il ne tenait pas à être le seul en selle. Profitant d'un reflux provisoire, il fit signe au baron de le suivre. Avec Pej, le triangle de braves continua ainsi de marcher sur l'ennemi.

Ils firent peu à peu le vide autour d'eux. Comme les Lanciers ne se bousculaient pas pour venir les affronter, ils eurent bientôt le champ libre pour observer la progression de la bataille. Wilf avait échoué à mourir : il dut contempler le désastre dont il était l'artisan…

Mazhel menait une charge, au loin. À la tête d'une centurie de Lanciers Saints, il semblait déjà avoir décimé une bonne partie des archers rebelles.

Plus proche, un amas de cadavres, qui jonchaient une zone où l'infanterie baârnienne venait de commettre un massacre... Parmi les corps, des soldats de toutes les Provinces du Sud, depuis la Terre d'Arion jusqu'à Blancastel... Mais aussi, tombés presque aux pieds de leur roi, Hjor et Dislav, les deux résistants, qui avaient insisté pour s'engager dans l'armée au lendemain de la Nuit des Egorgés...

Les Guerriers du cantique ne bondissaient plus, fauchés en plein vol par le lourd acier du Baârn. La garde de Fael et les valeureux chevaliers castelois avaient également fini par succomber sous le nombre... Les engins de guerre greyhalders, eux, avaient été renversés sur le flanc. L'huile s'étant répandue, puis enflammée, provoquant des incendies dispersés.

Seuls les patrouilleurs du Kentalas, représentant des troupes plus fraîches et moins exposées, tenaient encore bon. Wilf décida d'aller leur prêter main forte, flanqué de ses deux ombres mortelles. Comme toujours pendant les combats, Pej demeurait silencieux. Conrad, lui, haletait comme un vieux cheval, mais semblait résigné à ne pas mourir autrement que piqué par une lance.

En chemin, tous trois purent admirer une splendide percée, menée par Jih'lod et Ygg'lem, à la tête de leurs Tu-Hadji. Les géants tatoués volaient au secours des troupes d'archers, bien qu'il soit sans doute déjà trop tard… Ygg'lem, héroïque, lança même sa lance en travers de la gorge d'un moine-soldat qui s'apprêtait à achever un arbalétrier allié. Puis, sans marquer le moindre temps d'arrêt, il se rua à mains nues sur les autres Lanciers.

Subjugués par son audace, les trois compagnons s'immobilisèrent le temps de l'observer.

Ce fut alors que Mazhel passa au galop, souhaitant apparemment regagner un autre point délicat du champ de bataille. D'un geste presque négligent, il perfora de son épée la poitrine du jeune Tu-Hadji.

Puis, alors qu'Ygg'lem s'effondrait sans un cri, le pharaon poursuivit sa route vers l'est. Clamant quelques ordres précis, il laissait à ses troupes le soin de se défendre contre cette attaque des Tu-Hadji.

Wilf pâlit de chagrin et de colère. Plus que jamais, l'injustice de la guerre lui apparaissait concrètement. Il vit Jih'lod tomber à genoux aux côtés de son fils. Le grand guerrier disparut un instant, dans les remous de la bataille qui faisait rage tout autour. Puis il se releva, redevenant visible. Il portait le corps d'Ygg'lem dans ses bras.

Sous les yeux de Wilf, toujours immobile, le Tu-Hadji quitta le chaos du combat, le temps d'aller étendre son fils quelques mètres plus loin. Enfin, s'étant assuré que son cadavre ne serait pas piétiné par les chevaux des moines-soldats, il regagna la mêlée au pas de course. L'expression de son visage, d'ordinaire si placide, s'était faite décidée, en témoignage de la fureur froide qui l'avait envahi.

Aussitôt, les autres Tu-Hadji s'unirent pour ouvrir le passage à sa lance. Dans une danse harmonieuse et habile, ils le protégèrent des attaques ennemies. Ainsi, ils lui permirent de donner corps à sa vengeance.

Et Jih'lod massacra les Lanciers Saints, aussi vite qu'ils se présentaient à lui. Wilf marqua un temps d'arrêt, en admiration devant l'avancée impitoyable de son vieil ami.

Face à ce spectacle, il sentit bientôt Pej s'agiter à côté de lui.

— Tu veux le rejoindre ? demanda-t-il au colosse.

Le Tu-Hadji, légèrement embarrassé, acquiesça en baissant les yeux.

— Au point où nous en sommes… dit-il. Je crois que je préfère mourir aux côtés des miens…

« Mais… Ne le prends pas mal, mon ami.

Le jeune roi hocha négativement la tête.

— Au contraire, je préfère ça. Va, et venge Ygg'lem !

Il accepta l'étreinte spontanée du géant - la première depuis qu'ils se connaissaient - puis le regarda partir. Lorsqu'il eut perdu sa silhouette dans les mouvements du combat, il se tourna vers Conrad.

— Allons-y… décréta, à sa place, le vieillard.

De toutes façons, une colonne de Lanciers venait à leur rencontre, sonnant la fin de leur répit. Alors qu'ils se campaient sur leurs jambes, ils entendirent également une cavalcade derrière eux.

Le jeune roi et son vassal allaient s'installer dos à dos pour attendre leurs adversaires. Mais, en se retournant, Wilf vit qu'aucun ennemi ne les prenait à revers. Ce n'était qu'Andréas, qui déboulait au triple galop.

Parvenu à leur niveau, le Ménestrel sauta de son cheval.

— Je ne sais pas où sont passés Djulura et Oreste, avoua-t-il tout en tirant son épée… Je les ai perdus de vue pendant la bataille.

Wilf pensait deviner ce que cela signifiait… Il eut l'impression qu'on enfonçait un poignard glacé dans ses entrailles. Pendant ce temps, la charge des moines-soldats se rapprochait.

— Et Lucas ? demanda-t-il d'une voix tremblante.

Andréas hocha la tête.

— J'ignore ce qu'il est devenu, soupira-t-il. Je crois qu'il était resté près d'eux…

Les épaules du jeune souverain finirent de s'affaisser. Il n'eut toutefois pas l'occasion de pleurer ses compagnons, car Conrad tirait sur sa manche avec insistance.

Wilf tourna donc sur lui-même, juste à temps pour faire front aux Lanciers qui chargeaient. Du coin de l'œil, il remarqua qu'Andréas prenait place à ses côtés.

Lorsque la ligne de cavaliers fut sur eux, lances brandies en avant, les trois rebelles passèrent à l'attaque. La Hache-du-Soir siffla deux fois, coup sur coup, comme ses larges lames faisaient des moulinets à hauteur des moines-soldats. Deux têtes, couvertes de leur calotte noire, roulèrent à terre.

Andréas, saisissant à deux mains son imposante épée blanche, choisit de trancher les pattes des destriers ennemis. Les chevaux aux membres brisés tombèrent, entraînant leurs cavaliers. La charge, quant à elle, fut brisée net, comme les montures suivantes se cabraient. Plusieurs Lanciers Saints firent une chute mortelle.

Wilf, enfin, ayant esquivé la première lance, se glissa contre le poitrail du cheval de tête pour attraper sa bride. Avec une pression cruelle, il tordit l'encolure du destrier, jusqu'à lui faire perdre l'équilibre. Celui-ci, couché en pleine course, chuta dans les pattes des montures suivantes, qui tombèrent à leur tour. Alors, le jeune roi sauta par-dessus les corps renversés des chevaux, et massacra les soldats prisonniers sous leur monture. La Lame des Étoiles se leva et s'abattit comme la hache d'un bûcheron, dessinant de lourdes traînées rouge dans l'espace.

La deuxième salve de Lanciers connut approximativement le même sort. Ce ne fut qu'à la troisième charge que les compagnons essuyèrent leurs premières blessures sérieuses.

Le baron Conrad, perclus de fatigue, n'avait pas été assez prompt à se mouvoir, face à la poussée adverse. Une lance ennemie lui avait perforé l'épaule de part en part. Un morceau de sa hampe brisée était d'ailleurs resté fiché dans la plaie, et ressortait dans son dos tandis que le vieillard continuait à se battre.

Dès l'accalmie suivante, Andréas et Wilf arrachèrent la pointe de lance hors de la blessure. Le baron perdait énormément de sang, mais il conservait, grâce à sa hache magique, assez de forces pour se battre. Les trois guerriers marchèrent donc une nouvelle fois sur les Lanciers.

Ils n'étaient pas encore tout à fait les seuls survivants de leur camp. Par endroits, la lutte continuait, acharnée. Le pharaon avait repris la tête de son armée, l'envoyant sus aux patrouilleurs kentalasiens.

De l'autre côté du champ de bataille, en revanche, les combats avaient pratiquement cessé. C'était surtout des gémissements et des râles qui se faisaient entendre... Presque toute l'armée du Sud gisait dans la neige.

Le blizzard s'était calmé, révélant l'aspect du carnage dans toute son horreur. Fondu, piétiné, la tapis blanc de l'hiver était maculé de boue et de sang. Les épées et les casques brisés jonchaient le sol, tandis que les mourants se tordaient de douleur.

Wilf, dans sa cécité de haine et d'épuisement, n'eut pas à souffrir de ce spectacle. Il ne voyait plus que le bout de son épée, et l'ennemi accourant vers lui. À peine avait-il conscience de la présence des deux ultimes fidèles qui mourraient bientôt à ses côtés.

Il n'aurait pas imaginé les choses de cette manière, d'ailleurs. Depuis toujours, il avait cru que se serait Lucas et Pej qui se trouverait auprès de lui, lorsque sonnerait la dernière heure. Mais, dans cette bataille, rien ne s'était passé selon ses prévisions…

Bien plus tard, le baron tomba. Son corps n'était plus qu'une plaie, tant ses blessures étaient multiples. Wilf eut l'impression que le seigneur de Greyhald ne tentait même pas de parer le coup mortel. Sans doute avait-il épuisé jusqu'à la dernière goutte de son sang.

Lorsqu'il le vit chuter à terre, sa puissante hache redevenant terne comme du simple métal, un sourire satisfait fendait néanmoins sa face de bouledogue. Wilf l'envia un instant, puis reprit le combat.

Il avait été blessé plus d'une fois, mais ses pouvoirs de régénération avaient suffi à le garder en bonne santé. Andréas faisait de même, utilisant pour sa part les vertus curatives de la Skah.

Pas très loin d'eux, ils entendaient souvent un gloussement hilare et grinçant, qui paraissait se moquer d'eux. Une raillerie méprisante, faisant fi de leur résistance futile.

Par un bref regard, Wilf avait surpris Mazhel, juché sur son étalon, qui les observait à quelques mètres. Parfois ricanant, parfois riant à gorge déployée, il continuait d'envoyer ses Lanciers Saints contre eux, et semblait se réjouir du spectacle.

Ces manifestations d'amusement ulcéraient peu à peu le Roi-Magicien. Le pharaon devait se croire à l'opéra ou au théâtre de Mossiev, pensait-il. Pourtant, même dans ces endroits dédiés aux badineries, les gens civilisés montraient plus de décence. Sous couvert d'aristocratie, ruminait le jeune roi, Mazhel n'était qu'un barbare puéril, un enfant gâté, incapable de savoir se tenir…

Le mépris et la haine de Wilf envers les Orosians n'avaient jamais été aussi forts qu'en ce moment. Il lui semblait si injuste que sa détermination n'ait pas les moyens de s'exprimer… Si seulement, se disait-il, il avait eu ne serait-ce qu'une minuscule chance de les vaincre…

Bientôt, entre deux assauts de Lanciers Saints, il jeta un rapide coup d'œil vers le ciel. Étonné, il remarqua qu'il ne l'avait pas vu s'assombrir si vite. *Corbeaux et putains…* songea-t-il avec effroi. *Déjà le crépuscule…*

Ils s'étaient battus depuis le matin. Cela paraissait si loin… Mazhel ne serait donc jamais fatigué de ces joutes de gladiateurs ?

Fasciné par le soleil couchant, ivre de fatigue, le jeune roi ne vit pas arriver la charge suivante. Ses réflexes lui permirent d'esquiver les premiers coups, mais une lance traîtresse fut jetée contre lui au même instant.

Wilf l'observa sans pouvoir réagir : enserré comme il l'était entre les ennemis, impossible de l'éviter. Et ses deux mains étaient déjà occupées à manier son épée pour se défendre.

Pendant la seconde que mit la lance à parcourir la distance, depuis la main qui l'avait projetée jusqu'au cœur de Wilf, celui-ci crut que tout était terminé. Cette fois, il semblait pris au piège…

Juste avant le choc, pourtant, une ombre bleue le bouscula violemment. Trébuchant en arrière, Wilf vit Andréas recevoir la lance en pleine poitrine. Les autres attaques qui lui étaient destinées frappèrent également le Ménestrel, déséquilibré dans son mouvement héroïque.

Aussitôt, le jeune roi bondit, faisant tournoyer la Lame des Étoiles des deux côtés. Il trancha sans distinction cavaliers et montures, à travers l'acier des armures. Les Lanciers Saints qui ne tombèrent pas reculèrent dans la précipitation. Wilf les poursuivit sur quelques mètres, puis revint se pencher au-dessus d'Andréas.

Hélas, ce dernier était mourant. Le rouge du sang avait depuis longtemps maculé le bleu roi de son costume… Mais cette fois, il s'agissait du sien. Sa barbe majestueuse était collée de bile ensanglantée. Sa large lame, dans un dernier acte de fidélité, s'était curieusement brisée sous lui, quand il avait chuté.

Un flot rouge s'écoula de sa bouche alors qu'il tentait de parler.

Il tendit la main vers son roi, le regard paniqué à l'idée qu'il ne pourrait prononcer ces derniers mots.

Mais Wilf devinait. Ce soir-là, les talents d'orateur de son vieux serviteur s'avéraient inutiles. Le jeune homme prit la main du Ménestrel, notant que les moines-soldats revenaient déjà à l'assaut, puis déclara :

— J'ai toujours su que tu m'étais loyal, Andréas... Tes petites trahisons sont effacées de ma mémoire par ce geste de sacrifice. Dans l'esprit de ton roi, tu resteras comme l'homme qui a donné sa vie pour lui...

Wilf se releva, tandis que les paupières du Ménestrel se fermaient à jamais. Andréas, qui avait laissé sa place de chef au garnement de Youbengrad... Qui avait finalement accepté de se fier à ce jeune garçon récalcitrant... L'intéressé regrettait de ne pas l'avoir mieux connu, de ne pas l'avoir compris plus tôt.

Il jeta un regard autour de lui. Ce n'était pas sur cette scène-là qu'il aurait voulu voir mourir le Ménestrel.

L'espace d'un instant, Wilf fut tenté de faire appel à la Skah, en dépit de la promesse qu'il avait faite à Lucas. Mais il rejeta au loin cette idée. Si la Hargne s'emparait de lui, elle lui prouverait qu'il avait encore quelque chose à perdre… Il ne voulait pas se rendre coupable, en prime de tout le reste, d'un nouveau cataclysme.

De plus, les pouvoirs de l'âme extérieure avaient déjà démontré leur impuissance contre l'Orosian. Wilf choisit donc d'oublier cette tentation dangereuse : ravager le monde, avant de devenir un pantin de Fir-Dukein, aux côtés d'Ymryl… Voilà une perspective qui n'avait rien pour le séduire. Il préférait de loin mourir, ici et maintenant.

La lutte reprit donc de plus belle. Mazhel riait toujours, applaudissant même les meilleurs coups de Wilf. Ce dernier n'arrivait pas à croire que ses Lanciers lui restent fidèles.

Les heures passèrent.

Wilf Ier tomba au matin. Il avait attendu l'aube comme une délivrance…

Toute la nuit, pour ne pas se laisser vaincre par l'épuisement, il s'était répété ce serment : ne pas mourir avant que ne le touchent les premiers rayons du soleil… Bien entendu, il n'avait jamais imaginé sérieusement qu'il pourrait tenir jusque-là…

C'était une matinée froide, mais dégagée. À Fael, la vue sur l'océan devait être magnifique.

Imperceptiblement, le jeune roi sentit ses muscles se relâcher. Son corps avait outrepassé ses limites depuis longtemps. Et ses pouvoirs de régénération ne pouvaient plus rien pour lui.

Dans ce corps à corps, presque tous les Lanciers Saints avaient dégainé leurs épées, pour plus de mobilité. Pourtant, ce fut une lance, la première, qui le frappa.

La pointe acérée se ficha profondément dans sa cuisse, avant de se retirer d'un coup sec. L'artère, touchée, libéra aussitôt une petite fontaine de sang. Cela se vit à peine, sur son costume déjà poissé par les humeurs de centaines d'adversaires.

Wilf chancela. Par simple mécanisme, sa lame siffla, tuant un moine-soldat. Peut-être celui à qui il devait cette blessure… Il l'ignorait : sa vue se troublait et s'obscurcissait très vite.

L'ombre d'une épée attira son regard, sur la droite. Il crut qu'il l'avait esquivé, mais son mouvement n'avait pas été assez rapide.

La lame s'abattit sur son bras. Il tomba à genoux tandis que l'épée redoublait son coup, mordant à nouveau dans sa chair. Frappé au même endroit, l'os de l'épaule céda, cette fois.

Wilf eut d'abord l'impression que c'était seulement son épée qui lui avait échappé. Cela faisait des heures qu'il ne sentait plus vraiment son corps...

Puis, sans même un cri d'effroi, il réalisa que son bras droit avait été tranché. Le membre gisait dans la neige boueuse, à un mètre de là, la main toujours fermée sur la Lame des Étoiles.

Grognant comme un animal, le mourant se servit alors de sa main gauche pour briser une dernière nuque, selon un geste enseigné autrefois par Cruel-Voit.

De toutes les directions, les coups fusèrent sur lui, à la manière d'une pluie d'acier.

Enfin, il s'écroula, comme un glaive s'enfonçait profondément dans son front.

Il bascula sur le dos, l'épée plantée entre ses yeux fermés. Sur le pommeau de l'arme, la croix d'évêque triomphante scintillait au soleil.

DEUXIÈME PARTIE

AILE-DE-CORBEAU

CHAPITRE 1

Le soleil se couchait sur la lande désertique du Worsh.

Un astre assombri, dont les derniers rayons saignaient dans le ciel rougeâtre. Au sol, c'était une terre noire et craquelée, impropre à toute tentative d'agriculture… La désolation à perte de vue.

Dans ce paysage accidenté et rocailleux, trois silhouettes avançaient à grandes enjambées. Trois jeunes Worshs : des chasseurs, armés de sagaies primitives. Ils suivaient une piste, à en croire leur façon de s'accroupir régulièrement pour observer les traces sur le sol.

Plus forts et plus résistants que n'importe quels hommes civilisés, ils appartenaient à cette race de guerriers qui terrorisait l'armée de Mossiev depuis des générations. Un pagne de peau pour tout vêtement, ils avaient la peau tannée par le soleil, et portaient fièrement les cicatrices de leurs luttes passées contre les bêtes sauvages. On les disait cruels et sanguinaires. Dans le Nord du continent, leur simple vue aurait suffi à faire fuir plus d'un soldat de métier…

Pourtant, les trois jeunes gens n'avaient encore jamais participé à un raid contre les terres civilisées. À leur âge, ils devaient se contenter de chasser pour ramener la viande qu'on partagerait au village.

Le plus vieux des trois s'appelait Un-Croc, et il ne devait pas avoir plus de vingt ans. Grand et puissamment musclé, comme tous ceux de son peuple, il semblait pourtant vaguement inquiet. De manière répétée, il s'arrêtait pour renifler la brise d'un air savant.

Le deuxième était plus détendu. Ce garçon souriant, nommé Plume-Tonnerre, était connu dans la tribu pour son caractère boute-en-train. Il fit mine de humer l'air en parodiant Un-Croc, ce qui provoqua le courroux de l'aîné.

Le dernier jeune homme dut intervenir pour apaiser Un-Croc. Un peu plus petit que les deux autres, il avait un physique légèrement plus nerveux. Il se tenait étrangement, par rapport à ses semblables : sa posture le faisait paraître moins massif et ramassé qu'eux, ses membres déliés semblaient toujours prêts à la course… Il avait, enfin, de longs cheveux noirs qui pendaient de chaque côté de son visage. De toute évidence, c'était lui qui menait ce petit groupe. On l'appelait Aile-de-Corbeau.

— Tu es idiot, aujourd'hui ! lança-t-il à Plume-Tonnerre.

Il soupira.

— Qu'est-ce qui te prend de nous taquiner comme ça ?

L'intéressé resta silencieux, mais Un-Croc s'esclaffa :

— Tu poses la question ? Je ne vois qu'une chose capable de le mettre dans cet état d'excitation !

Plume-Tonnerre, rougissant, foudroya son congénère du regard :

— Tais-toi, balourd ! s'exclama-t-il.

Il fit le geste de le frapper, mais s'interrompit en comprenant que la situation risquait de dégénérer. Pas vraiment furieux, il se mit même à rire pour masquer son embarras…

Aile-de-Corbeau, lui, hochait la tête avec une lassitude amusée.

— Je vois… sourit-il. Tout ça pour une fille ! se moqua-t-il.

— Et assez vilaine, en plus… renchérit Un-Croc, savourant visiblement sa vengeance.

Plume-Tonnerre serra les poings et jeta sa sagaie dans un geste rageur. Puis, retrouvant presque aussitôt sa mine joviale :

— Je sais ce qui ne va pas, avec vous deux… C'est simple : vous êtes jaloux ! les chicana-t-il.

Un-Croc haussa les épaules :

— Peut-être que *nous*, nous n'avons pas besoin d'attendre le Soir de la Tribu pour coucher avec une fille, suggéra-t-il.

— Eh ! s'écria Plume-Tonnerre. C'est interdit !

Soupirant et secouant la tête, Aile-de-Corbeau intervint encore pour les séparer :

— Tu ne vois pas qu'Un-Croc te fait marcher ?

« Vous êtes incroyables, tous les deux... Et ce n'est pas de cette manière qu'on ramènera du gibier !

Retrouvant leur calme, les deux Worshs acquiescèrent avec sérieux.

— Tu as raison, Aile-de-Corbeau, fit Un-Croc. Assez plaisanté...

Ils se remirent en route, de nouveau vigilants. Aucun des trois compagnons ne souhaitait revenir bredouille, pour être la risée du village...

La chasse n'était pas aisée, dans cette savane aride. Rien n'y poussait, mis à part une poignée d'arbres épineux aux formes biscornues et noirâtres, mais les caches étaient malgré tout nombreuses. Entre les rochers, au fond des grottes obscures, il existait mille refuges où pouvaient se tapir les animaux traqués.

Les fauves, qui constituaient souvent le meilleur gibier qu'on puisse trouver, régnaient sur de vastes territoires. Situer leur antre était généralement le fruit de journées entières de recherche…

Quand la faim se faisait sentir, il fallait donc se rabattre sur des proies plus maigres, d'ordinaire parmi les divers lézards qui peuplaient la région. Parfois, les membres de la tribu devaient même se contenter d'araignées pourpres, mygales à la chair juteuse mais très amère. Lorsqu'on en arrivait à cette extrémité, les jeunes chasseurs étaient fréquemment montrés du doigt.

Aujourd'hui, Aile-de-Corbeau et les autres suivaient une bonne piste. Depuis la veille, ils avaient découvert les traces d'un gros ours des cavernes. Après lecture des empreintes, il semblait s'agir d'un vieil animal, aussi le combat s'annonçait-il facile.

De l'avis général, la piste d'un vieil ours constituait une rare aubaine, considérée même comme une sorte de bénédiction. Cet animal donnerait davantage de viande qu'un sanglier carnivore ou bien qu'un tigre à dents de sabre, et présenterait bien moins de danger à abattre. Pour rien au monde, les trois jeunes gens n'auraient donc voulu rater une telle occasion…

À l'affût, ils poursuivirent leur chemin entre les plateaux rocheux du Worsh. De nombreux massifs de basse altitude, de teinte grise ou brune, réduisaient leur visibilité et gênaient la traque :

les hommes, même Worshs, ne grimpaient pas aussi bien que les bêtes.

Malgré tout, Aile-de-Corbeau persistait à penser qu'ils auraient acculé leur proie avant la tombée de la nuit. Un ours cacochyme ne trouverait pas refuge dans les hauteurs comme un jeune félin... Il devait se terrer quelque part dans les maigres buissons de la région, non loin d'eux.

Les heures passèrent, pourtant, lui donnant peu à peu tort.

En dépit des espoirs du jeune barbare, l'ours demeura introuvable.

Le ciel, rouge terne, commençait tout juste à s'obscurcir lorsque ses compagnons proposèrent de rentrer au camp.

— Nous nous sommes rapprochés du village, au fil de la journée, fit remarquer Plume-Tonnerre. Pourquoi ne pas passer la nuit chez nous ? Nous reprendrons la traque demain à l'aube...

Aile-de-Corbeau ne répondit pas, mais fit un tour sur lui-même pour examiner les alentours.

C'était l'heure où les charognards sortaient de leurs antres pour aller fureter dans la fraîcheur du soir. Les grands fauves, également, rejoignaient les points d'eau, y guettant leur maigre subsistance. Mais pas ici, si près de Dent-d'Oiseau...

Les bêtes féroces avaient appris à se méfier des parages du village Worsh.

Peut-être pourrions-nous prendre un chacal, rumina le jeune barbare. *Si nous avions de la chance...*

Cela l'ennuyait de rentrer les mains vides, alors qu'ils avaient été si près de la gloire. Il se tourna vers ses congénères en haussant les épaules.

— Regagnez le village si vous voulez, dit-il. Je vais fouiller ces quelques cavernes, puis je vous rejoindrai.

— Attendons demain ! insista Un-Croc en soupirant. Nous sommes épuisés. L'ours ne va pas disparaître pendant la nuit...

Croisant le regard d'Aile-de-Corbeau, son aîné comprit que rien ne le ferait changer d'avis. Il le connaissait bien...

Fataliste, il lui souhaita donc bonne chasse et emboîta le pas de Plume-Tonnerre.

— Quelle tête de buffle ! pesta ce dernier en s'éloignant. Ramène-nous de la viande, au moins ! ajouta-t-il avec un large sourire.

Aile-de-Corbeau les observa s'en aller avec une moue amusée. *Ces deux-là ne changeront jamais,* se dit-il. Plume-Tonnerre aurait laissé échapper un troupeau entier de sangliers plutôt que de manquer une seule fois le Soir de la Tribu... Quant à Un-Croc, fidèle à son habitude, il préférait rentrer se remplir l'estomac à Dent-d'Oiseau, où la viande était bien réelle, au lieu de courir après un gibier hypothétique. *Il a peut-être raison*... médita Aile-de-Corbeau. Plus d'une fois, les chasseurs n'avaient trouvé au bout de la piste que des restes rongés par les chacals...

Mais le jeune barbare avait l'intuition qu'il forcerait l'ours avant le lendemain. Et il faisait toujours confiance à son instinct.

Cela lui avait réussi, jusqu'ici, puisqu'il était le garçon de la tribu qui ramenait le plus de gibier. Plume-Tonnerre et Un-Croc n'étaient pas de mauvais traqueurs, pourtant. Mais ils n'avaient pas, à eux deux, la moitié de son inflexible volonté...

Ils eurent bientôt disparu dans la poussière brun-rouge de l'horizon. Le barbare aux longs cheveux noirs se remit en marche, suivant maintenant seul la piste de sa proie.

Pas une seule allusion au danger n'avait été faite. Ce n'était pas dans la nature des Worshs de raisonner en ces termes. Dans ce désert infesté de menaces mortelles, les bêtes sauvages ne constituaient pas un motif de crainte : la prudence, disait-on à ce sujet, n'amenait que la famine.

Aile-de-Corbeau entra dans trois grottes avant de débusquer enfin l'animal. Ce dernier devait être malade, peut-être mourant, pour s'être réfugié si près d'un village humain. Le jeune homme savait que sa proie serait donc affaiblie, mais aussi très agressive.

Il s'immobilisa à l'entrée de la caverne, les narines frémissantes. À l'odeur, il comprit aussitôt qu'il avait trouvé ce qu'il cherchait. Sa sagaie fermement tenue en main, il fit un pas dans l'obscurité.

Une forme grisâtre remua au fond de la grotte. Un râle menaçant se fit entendre.

D'un bond, Aile-de-Corbeau regagna l'extérieur. Il préférait se battre dans la pénombre du crépuscule que dans les ténèbres de l'antre.

— Allez, viens ! encouragea-t-il le vieil animal.

De sa lance rudimentaire, il martelait la paroi rocheuse pour agacer l'ours.

Avec un grognement puissant, ce dernier s'approcha enfin de l'entrée. Ses pattes griffues battirent furieusement l'air devant Aile-de-Corbeau. Qui recula encore…

L'ours quitta son refuge pour de bon. Il avait l'air malade, comme l'avaient deviné les chasseurs, mais il n'était pas aussi efflanqué que l'aurait cru Aile-de-Corbeau. Plus grand, plus massif… *Plus de viande,* fut la seule pensée que ce constat inspira au barbare.

Dans une tentative d'intimidation, la bête se dressa alors sur ses pattes arrières. Gigantesque, exhibant la fourrure plus blanche de ses flancs, elle dominait le chasseur de toute sa hauteur.

Ses griffes sifflèrent encore, tout près du visage d'Aile-de-Corbeau, cette fois.

L'animal, rongé par la vieillesse, était cependant trop lent pour l'atteindre. Pourtant, le jeune Worsh restait extrêmement vigilant.

L'ours arborait un sourire trompeusement paisible. Une expression de bonhomie qui ne le quitterait pas lorsqu'il se jetterait sur son adversaire pour le déchirer…

Aile-de-Corbeau anticipa un nouveau coup de griffe et en profita pour planter sa sagaie dans l'aine de la bête. Le silex s'enfonça profondément au cœur des chairs. Le sang s'écoula, poissant la fourrure de l'animal.

Aveuglé par la douleur, l'ours se rua soudain sur le barbare. Ses griffes et ses crocs fondirent vers la gorge nue d'Aile-de-Corbeau.

Le jeune homme, fléchissant les genoux, bondit au moment précis où ces attaques allaient le frapper. En plein vol, il saisit une nouvelle sagaie et la planta de toutes ses forces dans un flanc de la bête. Son corps, musclé et agile comme celui d'un chat, retomba lestement au sol.

Il roula aussitôt sur lui-même pour se mettre à distance. Puis, accroupi à quelques mètres, il observa son œuvre.

L'ours se vidait de son sang. Rendu fou par l'odeur de la mort, il était agité de soubresauts nerveux. Avec circonspection, Aile-de-Corbeau tira son poignard et s'approcha. Il n'avait jamais pris de plaisir à voir les bêtes souffrir.

Il leva son arme, et l'abattit fermement dans la nuque de l'animal.

— Merci, vieil ours… dit-il en l'achevant.

Puis, après un silence respectueux de quelques instants, il se saisit à deux mains de la dépouille sanglante. Comme si la bête n'avait pas pesé le poids de trois hommes, il la hissa sur ses épaules.

Enfin, la tête légèrement courbée, les bras en croix pour stabiliser sa charge, il se mit en marche vers Dent-d'Oiseau.

Plus tard, alors que la nuit était tombée depuis longtemps, Aile-de-Corbeau était assis avec les autres autour du feu. Il avait amplement été félicité par la tribu, pour la quantité de viande qu'il avait ramenée seul. D'autres s'occuperaient de dépecer l'animal à sa place.

Mais, pour l'instant, c'était le Soir de la Tribu, la nuit de pleine lune où les Worshs célébraient de primitives festivités. Des danses tribales s'organisaient autour des hautes flammes, et le vin pillé aux civilisés coulait à flots dans les cornes de buffle. Les patriarches exhibaient leurs cicatrices de guerre en racontant leurs exploits, sous les regards émerveillés des jeunes garçons.

De temps en temps, un couple de jeunes gens s'éloignait du cœur de la fête. Lors du Soir de la Tribu, les garçons avaient le droit de coucher avec les filles qui n'étaient pas encore mères. Les sourires en coin et les œillades égrillardes des anciens les encourageaient à se courtiser sans complexe. Le reste du mois était consacré à la survie et à la guerre.

Aile-de-Corbeau n'était pas assis à l'écart, mais il n'était pas non plus entièrement à l'esprit de la fête. Le regard perdu dans les cieux étoilés, il avait peu mangé, et écouté d'une oreille distraite les félicitations qui avaient plu sur lui.

L'air un peu absent, il gardait le regard rivé sur les cieux. Il voyait les oiseaux qui les traversaient par volées entières, gracieux corps jetés dans la nuit. De nombreuses espèces vivaient en liberté dans le village barbare : compagnons symboliques des meilleurs guerriers Worshs, ces animaux étaient considérés comme sacrés.

Mais Aile-de-Corbeau ne suivait pas ces nuées des yeux. Il avait l'âme vague, perdue, errant quelque part dans les astres.

Il était souvent ainsi. Il se sentait souvent seul.

Le spectacle des étoiles exerçait sur lui une fascination qui lui attirait parfois les moqueries de Plume-Tonnerre, mais il n'y pouvait rien. Quelque chose en elles fixait son attention. Avec un magnétisme profond. Une urgence.

C'est une bonne vie... se répétait le jeune Worsh comme pour s'en convaincre. *Il n'existe rien d'autre que je puisse désirer...*

Pourtant, l'impression subsistait. Aile-de-Corbeau avait l'intuition d'un manque. Et il savait, au fond de lui, qu'il n'était pas vraiment à sa place ici.

Chapitre 2

Deux étendards rouge sang encadraient la forme monstrueuse.

Au cœur de la Forteresse-Démon, dans une salle aux dimensions de cathédrale, Fir-Dukein recevait.

L'immensité était coupée en deux par une allée de tissu pourpre. Sur les murs, de chaque côté, des suppliciés se vidaient lentement de leur sang. Le précieux liquide se déversait, goutte à goutte, jusque dans des rigoles étudiées pour le recueillir. Puis, acheminé par de complexes canalisations, il rejaillissait dans les fontaines, pour animer les jardins dépravés de la citadelle.

Empalés ou bien crucifiés, les malheureux laissaient échapper des râles lamentables, en dépit de leurs lèvres cousues. On était dans la Salle des Gémissements, comme aimaient à l'appeler les officiers qanforloks. Le Roi-Démon avait donné des consignes strictes pour ne pas y entendre le moindre hurlement : à ses rares heures de repos, il ne souhaitait pas être distrait.

À ce moment précis, il y accueillait son plus fidèle serviteur, celui dont il avait fait son fils adoptif. Le prince Ymryl…

Le guerrier en armure argentée était agenouillé aux pieds de son maître, les yeux baissés.

— J'ai échoué, mon père… confessa-t-il.

Sa voix, noble et grave, emplissait admirablement cet endroit de cauchemar.

— Je n'ai pu m'acquitter de la mission que m'aviez confiée.

La forme qui lui faisait face prit une profonde inspiration.

— Le jeune Wilf est mort, mon père… poursuivit Ymryl. Je suis arrivé trop tard pour le sauver.

Le silence.

Le prince leva lentement les yeux sur son maître. Son regard glissa sur les marches tachées de sang, jusqu'au trône d'os et d'acier où était assise la créature répondant au nom de Fir-Dukein.

Elle avait eu forme humaine, autrefois. Mais c'était difficile à croire.

Ymryl n'avait jamais connu son seigneur autrement que sous son apparence actuelle. Un monstre terrifiant, à la fois magnifique et répugnant, comme certains insectes. De la taille de deux hommes, large comme trois, le Roi-Démon avait une peau écailleuse, d'un noir si mat que même l'obscurité en devenait lumineuse. Deux grandes ailes d'oiseau-diable pendaient de part et d'autre de ses épaules. Ses crocs, ses griffes, ses dards barbelés : autant d'armes effilées comme les meilleures lames, et dont la cruauté larvée déchirait le regard de l'observateur. Ses yeux : deux flammes plus sombres que la nuit. En sa présence, même la température ambiante ne respectait plus aucune règle. L'air était glacial, et aussi brûlant comme en enfer. Quant aux battements de son cœur... Lents, puissants, inexorables...

Fir-Dukein suintait les ténèbres.

— Je crois, commença-t-il d'une voix sépulcrale, que cet échec n'est pas pour te déplaire...

« Tu ne m'as jamais approuvé sur ce sujet, n'est-ce pas ?

Le prince s'inclina encore plus profondément.

— C'est exact, mon père... Mais je vous ai toujours obéi.

« J'avoue ne jamais avoir compris pourquoi vous teniez tant à faire de ce Wilf notre allié... Et je crois que je l'ai haï pour cela. Aujourd'hui, pourtant, je regrette qu'il soit mort... car telle n'était pas votre volonté.

« J'accepterai donc le châtiment que vous jugerez utile...

Le Roi-Démon éclata d'un rire sinistre.

— Comme si tu avais le choix... se gaussa-t-il. J'ai déjà trouvé une punition adéquate, ne te fais pas de souci... Mais, avant tout, je voudrais avoir la confirmation de sa mort.

Ymryl l'interrogea du regard.

— C'est très curieux, continua Fir-Dukein. Car je ressens toujours sa présence... l'écho de son essence vitale. Peut-être ne s'agit-il que d'une rémanence, mais...

Il soupira, exhalant un souffle fétide.

— Ah... hésita-t-il Es-tu *vraiment* sûr qu'il soit mort ?

— Absolument sûr, répondit sans tergiverser le prince. Une épée lui a été planté en plein cœur du front. Plantée... jusqu'à la garde, mon père. Des centaines de témoins ont vu son cadavre.

La forme démoniaque soupira sur son trône.

— Bien... Ou plutôt, dommage...

« Il me vient tout de même une idée : ne pourrait-il pas y en avoir eu plusieurs ?

— Je ne comprends pas, maître... admit Ymryl, interloqué.

— Lorsque les Sœurs ont donné vie au Sang d'Arion, expliqua le Roi-Démon, qu'est-ce qui nous prouve qu'elles n'ont fait naître *qu'un seul* clone ?...

« Il me semble tout de même étrange de continuer à percevoir sa présence... Et si les Sœurs, toujours prévoyantes, avaient ressuscité *deux* répliques d'Arion ?

Les yeux d'Ymryl s'agrandirent.

— Cela reste assez improbable... finit-il par dire, s'étant ressaisi. Nul source ne mentionne qu'elles aient disposé de plus d'un œuf-lune...

Fir-Dukein hocha sa tête reptilienne.

— Qui sait ? grogna-t-il. Je veux que tu t'intéresses à cette piste, mon fils... Et tu feras vite, ayant à cœur de te racheter à mes yeux... Je suis déjà particulièrement curieux d'entendre tes conclusions.

Le Prince-Démon s'inclina de nouveau, faisant traîner ses longs cheveux dans la poussière d'ossements et le sang séché.

— Bien, mon père, dit-il gravement. Votre volonté est ma raison.

Tout en jurant sa fidélité au sombre seigneur, le prince Ymryl ne pouvait s'empêcher d'émettre de forts doutes sur l'hypothèse avancée. Mais il ne lui appartenait pas de juger...

Rattrapé par ses pensées, il dut néanmoins consentir à examiner la supposition du Roi-Démon. Bien entendu, il aurait le temps d'y penser plus tard, mais déjà l'écho des questions se répercutait dans son esprit : si son maître avait raison, où se cachait le second Wilf? Qui pouvait-il être?

Un bref instant, le prince songea à l'ancien écuyer de son rival, ce Guajo... Il l'avait souvent observé alors qu'il espionnait Wilf, et le jeune Arrucian l'avait plus d'une fois surpris... Et il y avait cette vague ressemblance, entre le maître et le domestique... Ces mêmes cheveux noirs, cette même peau brune... Se pouvait-il que...?

Ymryl chassa cette idée saugrenue. Les deux clones d'Arion ainsi réunis par le hasard: la coïncidence aurait été un peu forte... Mais s'agissait-il, dans ce cas, d'une coïncidence?...

Il ne put y réfléchir plus avant, car le Roi-Démon poursuivait ses exigences.

— Autre chose, mon fils... disait la voix caverneuse. Je sais ce que tu fais...

Il ne semblait pas attendre de réponse.

Pourtant, le prince tressaillit à cette phrase énigmatique. Quelques instants passèrent.

— Je sais qui tu vois en cachette... reprit Fir-Dukein. La belle duchesse Djulura...

Sa langue bifide courut sur la corne noire de ses lèvres de façon abjecte tandis qu'il prononçait son nom. Ymryl serra les poings.

— Il faut que cela cesse, ordonna le Roi-Démon. Définitivement.

Ymryl se sentit frissonner.

— À vos ordres, père, obtempéra-t-il.

Mais le monstre siffla de colère.

— Ne fais pas mine de ne pas comprendre, fils ! grogna-t-il. Il ne s'agit pas seulement de me promettre de ne plus la voir…

« Votre prochaine rencontre sera la dernière, tu m'entends ? Je veux que tu la tues. Elle ne nous est plus d'aucune utilité, maintenant. Tu peux considérer cela comme… ta punition pour n'avoir su empêcher la mort de Wilf.

Le Prince-Démon resta un instant immobile, l'air interdit, comme souffleté par une gifle invisible. Puis il s'inclina respectueusement :

— Oui, mon maître.

* * *

Le matin qui suivit le Soir de la Tribu, Aile-de-Corbeau se leva très tôt.

Tout en se servant un bol d'eau fraîche au puits du village, il observa la première montée au ciel d'une famille de hérons. Il vit leurs formes effilées lacérer les lueurs rouge pâle du soleil naissant, puis disparaître au zénith. Il aurait voulu être un oiseau, lui aussi, pour saluer chaque aube d'un vol majestueux. Pour gagner le firmament.

La plupart de ses congénères dormaient encore profondément, épuisés par les réjouissances de la veille. Tout était silencieux.

Aile-de-Corbeau aimait ces moments de calme, et en savait en profiter avec recueillement. À cette heure, le soleil n'était pas encore un ennemi. La lumière était belle, à sa manière.

Des voix attirèrent bientôt son attention. De l'autre côté du village, certains de ses congénères étaient déjà réveillés.

Sans se presser, le jeune homme se dirigea vers eux.

Il les rejoignit. Il s'agissait de guerriers à l'entraînement, comme le garçon l'avait deviné. Isolés symboliquement par un muret en briques de terre, ils s'exerçaient au combat à l'écart de la vie du village.

Encore un peu ensommeillé, l'un d'eux se frottait les yeux avec insistance. Un autre se massait les tempes avec une expression pitoyable.

Pourtant, ces hommes n'avaient rien de vulnérable, et Aile-de-Corbeau le savait… Bien au contraire, ils faisaient à eux seuls toute la fierté du peuple Worsh.

Les Furies.

C'était ainsi que l'on nommait, depuis toujours, les plus grands guerriers de la nation barbare. Tous les jeunes chasseurs avaient rêvé, un jour ou l'autre, de devenir plus tard un Furie. Mais rares étaient ceux qui montreraient le courage et la détermination suffisants pour sacrifier à la longue initiation prônée par les anciens de la tribu. Peu nombreux étaient les élus : les autres deviendraient de simples guerriers, ou resteraient chasseurs, selon leurs aptitudes.

Dans l'ancien Empire, on parlait des Furies avec crainte. Il se disait, au sein des armées du Nord, que ces combattants barbares savaient faire appel à une transe de guerre, qui les plongeait dans une folie meurtrière. De nombreuses rumeurs circulaient sur leur compte, dont la plupart étaient terrifiantes. On les disait invincibles et, du point de vue d'un soldat impérial, cette légende n'était pas loin de la stricte vérité.

Il y avait aussi les oiseaux… Ces derniers, qui les accompagnaient partout, renforçaient leur aura de mystère dans l'esprit des civilisés. Ces ombres planant à la verticale des combats, ces formes perchées sur leurs épaules, conféraient aux Furies l'aspect d'êtres mythiques.

Ce matin, Aile-de-Corbeau n'était pas surpris de la présence de plusieurs volatiles, tout autour du terrain d'exercice. Les Furies ne se séparaient jamais de leurs fidèles compagnons à plumes, bien que le lien qui les unissait restât opaque pour les profanes. Ceux qu'ils appelaient leurs frères célestes les suivaient dans le moindre de leurs mouvements, et c'était là tout ce que l'on pouvait savoir.

N'ayant rien de mieux à faire, le jeune chasseur s'assit en tailleur sur un bord du terrain d'entraînement. Il commença à observer les techniques de lutte de ses aînés.

L'un d'entre eux l'aperçut et le salua. C'était un géant aux muscles saillants, dont l'épaule massive abritait un rouge-gorge qui piaillait.

Aile-de-Corbeau lui rendit son geste amical, et s'attarda sur les deux Furies qui se roulaient dans la poussière, au centre du cercle. Il reconnut Faucon-Sable et Vent-Noir, deux jumeaux dont on disait qu'ils s'affronteraient encore dans la tombe pour savoir lequel était le plus fort. Non loin d'eux, un couple de flamants noirs suivaient attentivement leurs jeux guerriers.

Un paon, enfin, paradait, le bec dans les plumes. Jouant de ses mille couleurs d'un air indifférent, il méprisait somptueusement toute l'assemblée. Son acolyte humain, un Furie à la peau et aux cheveux dorés, était le père de Plume-Tonnerre. Pour le moment, il pratiquait les exercices de respiration propres à cette caste guerrière.

Aile-de-Corbeau ne put s'empêcher de sourire, en l'observant. À Dent-d'Oiseau, l'orgueil de cette famille était bien connue, et le père ne se remettrait sans doute jamais des humiliations que lui procurait quotidiennement Plume-Tonnerre... Le jeune chasseur, toujours entre deux farces, avait dernièrement trouvé le moyen de scandaliser tout le village en proclamant haut et fort qu'il ne souhaitait pas devenir un Furie. *Pas question,* avait-il dit, *d'être épié en permanence par un de ces volatiles de malheur...* Il n'avait pas été puni, car les anciens avaient jugé que son âge était celui des provocations, mais la honte n'en avait pas moins rejailli sur les siens.

Tout cela n'avait pas beaucoup d'importance aux yeux d'Aile-de-Corbeau... Plume-Tonnerre était son ami, c'était tout ce qui comptait.

— Tu veux t'entraîner un peu avec nous ? proposa soudain le géant qui l'avait salué, un guerrier baptisé Buffle.

Tiré brutalement de ses pensées, Aile-de-Corbeau cligna des yeux. S'entraîner au combat avec les Furies ?... Il n'était pas courant que ce genre d'honneur soit accordé aussi spontanément.

— Tout le monde dort, insista Buffle. Ça ne fera pas de jaloux... Alors ?

Souriant, Aile-de-Corbeau accepta d'un hochement de tête. Il se leva, sans s'aider de ses mains.

La fierté lui fit bomber le torse, et il tâcha de prendre un air plus humble lorsqu'il s'en aperçut. Pourtant, plus que le plaisir de raconter cet événement à ses jeunes amis, c'était le défi de la lutte qui le motivait.

À observer les Furies dans leurs duels matinaux, il avait pris l'habitude de commenter en pensée leurs techniques de combat. Les guerriers barbares étaient puissants et habiles, mais le jeune homme se demandait parfois s'ils ne faisaient pas un peu trop confiance à leur force et leur souplesse. Sans le dire à personne, il avait jugé plus d'une fois que ses aînés manquaient d'inventivité.

Cela s'arrêtait à quelques détails… Mais souvent, il avait l'impression que lui-même ne s'y serait pas pris de cette manière… Que sa réaction aurait peut-être été plus efficace. Bien sûr, c'était ridicule… Il n'était qu'un jeune chasseur…

Il rougit en songeant à sa vanité : croire qu'il pouvait faire mieux que les Furies… Si ces derniers avaient pu imaginer qu'il pensait cela !

Mais peut-être que les Furies l'avaient justement percé à jour, se dit-il. C'était pour cela qu'ils lui faisaient cette proposition… pour lui prouver qu'il avait tort ?

Il soupira en hochant la tête, se moquant de lui-même. Les Furies ne lisaient pas dans les pensées… *Personne* ne lisait dans les pensées, d'ailleurs… D'où avait bien pu lui naître une telle fantaisie ?

Un peu troublé, comme à chaque fois que lui venait une de ces idées bizarres, Aile-de-Corbeau finit tout de même par se mettre en garde. Attrapant la hachette à lames de silex qu'on lui lançait, il fit face à son adversaire.

Buffle sourit en faisant craquer les os de ses poings. Il avança, les mains nues et ouvertes.

Aile-de-Corbeau vit venir la paume vers son visage, et l'esquiva, tout en mettant sa hachette hors de portée du bras qui voulait la saisir. Il changea sa jambe d'appui, intuitivement, pour prendre son adversaire à contretemps.

Buffle perdit brièvement l'équilibre et s'avança de nouveau. La hachette siffla à ses oreilles. Aile-de-Corbeau avait cru pouvoir toucher son aîné, car il était bien placé pour cela. Mais il avait senti sa main dévier au dernier moment. *Pourquoi ?* s'interrogea-t-il.

Les larges mains du Furie s'élancèrent vers les côtes du jeune chasseur. Il les voyait venir : son corps fut parcourut d'un frisson nerveux.

Il n'avait qu'un bond à faire, un petit pas en arrière, et elles se refermeraient sur du vide…

Les poings de Buffle se serrèrent dans leur course.

Aile-de-Corbeau resta immobile.

Les coups le frappèrent de plein fouet, lui bloquant la respiration. Il leva la tête, à la recherche d'air, luttant contre une sensation de noyade.

Au même moment, les paumes de Buffle tombaient sur ses hanches et, l'ayant saisi, le soulevaient de terre. Sans douceur, le géant le projeta enfin dans les airs.

Aile-de-Corbeau retomba un peu plus loin, après un copieux vol plané. Se massant les articulations, il se releva en chancelant. La hachette lui avait échappé.

Son regard, noir de jais, croisa celui de Buffle. L'étonnement était présent dans les yeux du Furie.

— Par les serres de Vieux-Condor ! dit-il après un bref sifflement d'admiration. Tu te débrouilles très bien…

Aile-de-Corbeau haussa les épaules sans comprendre. Il avait perdu, pourtant… Il n'avait même pas réussi à toucher son adversaire.

— Je n'ai pas été assez rapide… rumina-t-il, légèrement vexé.

Il ne saisissait pas ce qui s'était passé. À un moment, tout lui avait semblé facile… Puis il était resté stupidement immobile, attendant le coup.

Il soupira. Après tout, c'était évident : il n'était pas encore un guerrier. Son esprit ne pouvait même pas concevoir de vaincre un Furie au combat…

— Tu as évité la première attaque ! s'exclama Buffle. J'ai rarement vu un garçon de ton âge opposer une telle résistance, tu peux me croire… Dis-moi, il sera bientôt temps pour toi de subir l'initiation, n'est-ce pas ?

Aile-de-Corbeau acquiesça.

Buffle ne répondit plus rien, mais l'observa un moment en souriant dans sa barbe.

— Pourquoi ? finit par l'interroger le jeune chasseur.

Buffle fit un geste évasif.

— Oh, pour rien. Enfin… je me dis que tu feras sans doute un bon guerrier, petit corbeau… On dirait que tu as ça dans le sang.

Le jeune homme hocha la tête poliment.

Buffle venait de lui faire comprendre qu'il avait toutes ses chances de devenir un Furie. C'était inespéré, pour un orphelin comme lui…

Il ne put cesser d'y songer, tout en reprenant l'entraînement.

Lui, un Furie… Luttant pour la gloire de la tribu. Luttant contre le sinistre Mangeur d'Oiseaux, et ses armées de Qanforloks. Ses amis seraient fiers de lui…

Pourtant, il était inquiet.

Quelque chose lui disait que les Furies ne seraient peut-être pas toujours vainqueurs. Et que lui-même ne serait jamais l'un des leurs...

Tout en parant un coup de Buffle avec son avant-bras, il eut une vision figée de Dent-d'Oiseau. Le temps s'arrêta sur cette scène matinale de la vie du village, qui s'animait peu à peu. Quelque chose faisait frissonner le jeune homme, mais il ne savait pas quoi.

Il tourna sur lui-même, entraînant son adversaire dans un roulé-boulé sur le sol. Les yeux dans les nuages, il remarqua alors le détail qui le mettait mal à l'aise.

Les vautours.

Ces oiseaux charognards planaient par dizaines au-dessus des siens. C'était assez courant, toutefois... Presque assez pour qu'Aile-de-Corbeau parvienne à ne pas y voir un sinistre présage.

Chapitre 3

— Il t'a dit ça? s'exclama Plume-Tonnerre, stupéfait.

Aile-de-Corbeau venait de raconter à ses amis sa conversation matinale avec Buffle. Lorsqu'il avait narré comment le Furie s'était entraîné à la lutte avec lui, les deux jeunes Worshs n'avaient pu dissimuler leur jalousie. Même Plume-Tonnerre qui, en dépit de ses fanfaronnades, espérait comme chaque garçon devenir un jour membre de cette caste sacrée.

Un-Croc, lui, administra finalement une tape dans le dos du jeune orphelin. Sa vexation passée, il semblait fier pour son compagnon de chasse.

— Je l'ai toujours su, dit-il. Tu as l'étoffe pour être un Furie…

— Sûr… renchérit Plume-Tonnerre en mâchouillant un bout de racine.

Aile-de-Corbeau ne savait que répondre. Il regarda distraitement autour d'eux, sondant l'immensité brune du Worsh.

Depuis la fin de la matinée, ils étaient repartis à la chasse. Tous les trois, comme d'habitude.

Mais un mauvais pressentiment oppressait la poitrine du jeune barbare.

— Nous devrions faire un feu et monter le camp, déclara-t-il. La nuit ne va plus tarder à tomber.

— Oui, acquiesça Un-Croc. (Il soupira.) J'espère que nous aurons plus de succès demain…

Plume-Tonnerre ricana :

— Bah, ne t'inquiète pas… Si nous deux ne sommes pas à la hauteur, Aile-de-Corbeau ramènera bien un ours… Ainsi il pourra encore faire le beau devant toute la tribu !

L'intéressé ne releva même pas la tête.

— C'était une plaisanterie, précisa Plume-Tonnerre, inquiet de l'avoir vexé.

Mais Aile-de-Corbeau ne l'avait simplement pas écouté. Il était perdu dans ses propres pensées, et se demandait ce qui l'angoissait tant, depuis quelque temps.

— Comment ? fit-il donc, en se redressant brusquement. Oui, tu as sûrement raison… répondit-il sans savoir de quoi il était question.

Plume-Tonnerre haussa les épaules avec une moue écœurée, puis tous trois continuèrent de monter leur campement, dans la pénombre qui s'installait.

Bientôt, leur petit feu fut allumé. Quelques flammes au milieu de nulle part. Ils se trouvaient au cœur d'une plaine dégagée, sans cavernes ni rochers pour dissimuler un prédateur.

Silencieusement, ils s'attaquèrent à leurs provisions.

— Je ne sais pas si je serai un Furie, déclara bientôt Aile-de-Corbeau, rompant le mutisme général. Je crois que non…

Les deux autres le regardèrent avec curiosité.

— Pourquoi dis-tu ça ? demanda Un-Croc.

Aile-de-Corbeau soupira, dessinant des arabesques dans le sable avec la pointe de sa sagaie.

— Vous savez bien pourquoi… C'est gentil à vous de faire comme si j'étais des vôtres… Et je ne pourrai jamais vous exprimer toute ma reconnaissance, mais…

— Tu es des nôtres ! s'écria Plume-Tonnerre, scandalisé. Les anciens ont prononcé l'Acceptation, tu as rejoint la tribu comme n'importe quel nouveau-né !

Aile-de-Corbeau sourit.

— À ceci près que je n'étais pas un nouveau-né… J'ai peur, mes amis. Peur que mon ancienne vie ne vienne un jour briser l'harmonie de la tribu.

« Je dors mal, vous savez. De plus en plus de souvenirs… Je n'arrive pas à savoir quoi que ce soit de précis, mais toutes ces images… Des bribes de conversations, les gens qui m'ont aimé…

— Tu es en train de recouvrer la mémoire ? interrogea Un-Croc, une lueur étrange dans les yeux.

Aile-de-Corbeau ouvrit les mains dans un geste impuissant.

— Je ne sais pas… dit-il.

Il comprenait que ses amis soient troublés. Il connaissait le rapport particulier que le peuple Worsh entretenait avec l'amnésie. C'était d'ailleurs la raison pour laquelle il l'avait recueilli, quelques mois plus tôt.

Les barbares l'avaient trouvé, errant dans la lande terrible, incapable de seulement se souvenir de son nom. En d'autres circonstances, ils auraient massacré l'étranger. Mais pour les Worshs, les amnésiques avaient toujours été considérés comme sacrés. C'était un don du ciel, qui en faisait des êtres à part, un bon présage pour la tribu…

Ils l'avaient baptisé Aile-de-Corbeau. Ce dernier était devenu l'un des leurs.

Depuis ce jour, pas une fois on ne l'avait considéré comme un étranger. Trop vieux pour être adopté, trop jeune pour accéder au statut d'adulte, il avait été confié aux bons soins des deux jeunes chasseurs, dont il était devenu l'ami.

Parmi les Worshs, la vie avait été simple. Leur existence était dure mais saine, et les lendemains ne posaient pas de questions, tant ils semblaient immuables.

Mais la paix de l'esprit ne durerait pas. Tout cela était en train de changer.

— Dis, tu resteras avec nous, même si tes souvenirs reviennent ? demanda Plume-Tonnerre, d'un ton anxieux. Tu es notre frère, maintenant…

Aile-de-Corbeau lui serra l'épaule avec lassitude.

— Je le souhaiterais, confessa-t-il. Mais j'ai probablement une vraie famille qui m'attend. On me pleure peut-être… Un jour ou l'autre, il faudra bien que j'affronte mon passé. Et… Comment dire… Il y a des choses *urgentes*, dans le chaos de ma mémoire. Je le sens.

— Il faudra en parler aux anciens, proposa Un-Croc avec sérieux. Ils pourront certainement t'aider. Tu sais pourquoi notre peuple honore l'amnésie ?

Aile-de-Corbeau le savait. Comme tous les jeunes gens de Dent-d'Oiseau, il avait écouté les légendes du peuple Worsh, contées par les vieux Furies de la tribu.

Les légendes… médita-t-il. Celles qui narraient le combat des barbares contre leur ennemi héréditaire, le Mangeur d'Oiseaux. Ce maître ténébreux de l'Est, régnant sur un royaume de créatures monstrueuses, était la seule menace pour les Worshs. Aile-de-Corbeau avait le sentiment de l'avoir connu, lui aussi, mais peut-être sous un autre titre... Celles, également, de la transe guerrière qui faisait des combattants Worshs des bêtes enragées, décuplant leurs forces. Mais, par-dessus tout, celle qui relatait les origines du peuple barbare.

L'amnésie...

Les chasseurs racontaient des choses étranges à ce sujet. Ils disaient que le Worsh, ce désert hostile, n'avait pas toujours existé. Autrefois, il s'était agi d'une côte forestière, où la chasse et la cueillette étaient faciles... Autrefois, les Worshs portaient un autre nom, depuis oublié, et ils pratiquaient la magie.

Mais un jour, cette magie s'était retournée contre eux. Un cataclysme avait transformé leur forêt en lande aride. Le peuple tout entier était tombé dans un profond sommeil.

Lorsqu'ils s'étaient réveillés, ils avaient oublié qui ils étaient. Ils se souvenaient à peine à quoi avait ressemblé leur pays. Ils étaient alors devenus des barbares, n'ayant d'autre choix pour survivre.

Cette légende troublait Aile-de-Corbeau à chaque fois qu'il l'entendait, car il lui semblait déjà la connaître. Dans son autre vie...

Il revoyait un géant couvert de tatouages, qui la lui racontait dans les hauteurs d'une forteresse. Au bord de la mer.

Les rivages… Pourquoi cette image lui procurait-elle une telle ivresse ?

Et qui était cet homme tatoué, si semblable par ses traits aux Worshs dont le jeune homme partageait la vie à présent ? Le même visage fin et exotique, la même carrure impressionnante… Seuls les cheveux différaient : ceux des Worshs étaient clairs, brûlés par le soleil, tandis que l'homme de son souvenir les avait très noirs, comme lui-même.

Aile-de-Corbeau aurait donné cher pour remettre en place ces bribes de souvenirs, qui se répercutaient en mille échos cruels dans le vide immense de sa mémoire.

Un-Croc avait raison. Les anciens, héritiers d'une tradition d'amnésiques, connaissaient certainement de nombreux secrets sur la mémoire et ses mystères. Il fallait qu'il demande leur aide.

Perdu dans ses réflexions, il sentit à peine la main d'Un-Croc se poser sur son bras. Il crut d'abord à un geste amical, et s'apprêtait à remercier le barbare pour sa compassion. Mais il ne s'agissait pas de ça. Un-Croc, dès qu'il eut obtenu son attention, lui désigna un point sur la ligne d'horizon.

Au bout du doigt pointé du chasseur, on pouvait discerner la silhouette d'un cavalier solitaire.

Il traversait cette grande plaine au petit trot, et se dirigeait vers eux.

Aile-de-Corbeau et ses deux compagnons échangèrent un regard intrigué. Seuls les civilisés montaient à cheval. Et aucun d'entre eux ne s'était jamais aventuré aussi loin dans le Worsh…

— Qu'est-ce que ça signifie ? s'interrogea Un-Croc, la voix basse et grondante.

— Peu importe ! chuchota Plume-Tonnerre. (Il ricana.) Nous ne sommes pas de si malchanceux chasseurs, finalement : ce cheval va faire la joie de la tribu ! Il paraît même que la chair de ces bêtes-là est très tendre…

Le jeune trublion en salivait d'avance, jaugeant d'un œil mauvais le cavalier. Dans le Worsh, les étrangers n'avaient jamais été autre chose que des ennemis…

— Attends, ordonna cependant Aile-de-Corbeau. J'aimerais voir à quoi il ressemble, avant de l'attaquer.

Obéissant à cette injonction, les chasseurs laissèrent approcher l'intrus et sa monture. Au cœur du désert, le cheval avançait d'un trot fatigué, soulevant dans son sillage une traînée de poussière rougeâtre.

Lorsque le cavalier fut assez proche, Aile-de-Corbeau le dévisagea en silence. Il s'agissait d'un homme trapu, vêtu de cuir noir et brun. De larges bracelets ceignaient ses avant-bras, et ce détail rappelait vaguement quelque chose au jeune amnésique…

Il continua d'examiner le nouveau venu, tandis que celui-ci mettait pied à terre. L'étranger ne montrait pas la moindre trace de peur envers les trois Worshs.

Croisant son regard bleu acier, Aile-de-Corbeau sentit l'impression de familiarité s'intensifier. L'image d'un homme possédant ces mêmes traits s'imposa bientôt dans sa mémoire mutilée. Un homme… qui s'était battu contre lui !

Les visions affluèrent soudain, brèves et violentes.

Un vaste palais, dominant la banquise…

L'agresseur chutait à travers une vitre, pour aller s'empaler sur une grille en contrebas.

Poignard-Gauche… murmura alors la voix intérieure du jeune chasseur, sans que cela ne lui évoque de souvenirs plus précis. Mais il état certain, à présent, d'avoir déjà rencontré cet individu…

Aile-de-Corbeau fit un pas en avant, les sourcils froncés. *Qui es-tu, Poignard-Gauche ?* s'apprêtait-il à demander.

Il n'en eut jamais le temps.

L'étranger venait de se jeter sur lui, tirant ses armes avec dextérité. Alors qu'un frisson de surprise parcourait l'échine d'Aile-de-Corbeau, son agresseur avait déjà franchi la distance qui les séparait. Un glaive avait jailli dans sa main droite, tandis qu'une longue dague crantée apparaissait dans son poing gauche.

Figé, le jeune homme observa d'abord son adversaire sans réagir. Les yeux d'acier de Poignard-Gauche ne luisaient plus : ils étaient maintenant froids et implacables, comme deux portes closes sur son âme.

Au dernier moment, Aile-de-Corbeau se jeta enfin en arrière. La lame la plus longue de son agresseur lui dessina une entaille peu profonde sur le torse.

Poignard-Gauche jura et se remit en garde.

— Viens te battre, misérable ! cracha-t-il en voyant Aile-de-Corbeau hésiter. Ici, tu n'as plus ni Trollesque ni Tu-Hadji pour voler à ton secours !

Sans bien comprendre ce qui se passait, Un-Croc renifla avec colère, et saisit la hache de silex qui pendait à sa ceinture. Comme si son geste était parvenu à sortir ses compagnons de leur torpeur, ces derniers l'imitèrent.

Aile-de-Corbeau se plaça à la pointe du triangle qu'ils formaient, laissant les deux autochtones couvrir ses flancs.

— Restez en arrière ! les mit-il en garde, de peur qu'ils essaient d'encercler l'intrus. Cet étranger est dangereux…

Il n'aurait pu dire comment il le savait, mais il en avait la certitude. Poignard-Gauche lui adressa alors un sourire sans joie. Son air sûr de lui n'avait rien pour démentir l'intuition de l'amnésique.

Ce dernier vit à peine venir le coup suivant. L'étranger vêtu de cuir était d'une vivacité terrifiante… Cette fois, cependant, Aile-de-Corbeau n'attendit pas le dernier moment pour réagir, et parvint à esquiver l'attaque de justesse.

En déséquilibre, il tenta à son tour de toucher l'intrus, mais celui-ci dévia sa hache sans difficulté. Le jeune chasseur se demanda d'où son adversaire pouvait détenir une telle expérience. D'ordinaire, les citoyens de l'ancien Empire étaient connus pour être faibles et peu endurcis…

Aile-de-Corbeau ne cessait de revoir l'image de cet inconnu, passant à travers une fenêtre et s'empalant sur la grille d'un palais… Il avait l'impression troublante de danser avec un fantôme…

— Tu as cru que j'avais été tué, n'est-ce pas ? rugit l'étranger. Cela a bien failli être le cas... Mais j'ai le cuir plus dur que ça, comme tu vois !

À cet instant, Un-Croc et Plume-Tonnerre intervinrent à leur tour dans la lutte. Presque dans un même mouvement, ils profitèrent du fait que Poignard-Gauche plastronnait pour bondir sur lui.

Un-Croc balança son bras armé en avant, et manqua de toucher l'étranger. Celui-ci, cependant, parvint à se mouvoir comme une anguille entre les deux chasseurs, et le coup ne fit que le frôler.

Déjà, il avait saisi le poignet de Plume-Tonnerre pour lui faire lâcher sa hache.

Dès que cela fut fait, il attrapa le jeune homme en continuant de lui tordre le bras, et le plaça devant lui à la manière d'un bouclier.

Pris au piège et vulnérable, Plume-Tonnerre en était réduit à serrer les dents, se débattant en vain.

Face à ce spectacle, Un-Croc et Aile-de-Corbeau retinrent leur coup suivant. De peur de toucher leur ami, ils se contentèrent de tourner autour de l'étranger, dansant d'un pied sur l'autre.

— C'était une bonne idée de te réfugier ici, dans le Worsh, concéda Poignard-Gauche en fixant Aile-de-Corbeau. (Un rictus cruel étira ses lèvres.) Mais tes barbares ne suffiront pas à te protéger... Cette fois, tu es enfin à ma merci !

Tout en prononçant ces paroles, l'étranger fit glisser sa lame courte sur la gorge de Plume-Tonnerre, lui ouvrant une plaie béante au niveau de la trachée.

Tandis que le sang jaillissait de la blessure comme d'une fontaine, il repoussa le corps du chasseur vers l'avant, le faisant tomber dans les bras d'Un-Croc.

Aile-de-Corbeau cria le nom de son ami, le voyant s'affaisser contre Un-Croc en l'inondant de sang. Les deux mains serrées sur le manche de sa hache, il détourna ensuite un regard chargé de haine vers Poignard-Gauche.

Mais ce dernier fondait déjà sur lui, ses lames lancées comme deux épieux en direction de sa poitrine.

Aile-de-Corbeau para l'attaque dans un unique moulinet, sans réfléchir. Puis il profita de cette ouverture pour frapper.

L'étranger recula d'un bond, l'air surpris. La hache ne semblait pas l'avoir profondément blessé, mais le cuir qui recouvrait son torse était tout de même lacéré sur une longue diagonale.

Poignard-Gauche jura de nouveau. Son rictus s'était transformé en moue de douleur.

Ayant observé avec satisfaction le sillon sanglant qu'il avait creusé sur son ennemi, Aile-de-Corbeau revint à la charge.

Il comprit, une seconde trop tard, que Poignard-Gauche l'avait attiré dans un piège. Se mouvant comme si sa blessure n'était en fait qu'une simple égratignure, l'étranger bloqua la hache du jeune chasseur avec sa lame crantée. De son autre main, il exécuta un coup d'estoc qui toucha Aile-de-Corbeau droit au visage.

L'amnésique ne dut sa survie qu'à un ultime réflexe, qui lui fit pencher la tête sur le côté au moment précis où la lame sifflait vers lui. Il sentit l'acier lui mordre la joue, et un goût de sang lui envahir la bouche. Mais il avait échappé au pire.

Se dégageant du corps à corps non sans une certaine panique, Aile-de-Corbeau recula pour scruter de nouveau son adversaire. Il suppliait sa mémoire de lui dire qui était cet homme mystérieux, et la raison pour laquelle ils s'affrontaient. Possédait-il un point faible ? Était-il possible de le vaincre, en dépit de son incroyable science des armes ?

Le regard du jeune homme tomba sur le corps de Plume-Tonnerre, qu'Un-Croc venait de déposer à terre. Croisant le regard du Worsh, Aile-de-Corbeau lut dans ses yeux qu'il n'y avait plus rien à espérer pour leur compagnon.

Une rage redoublée lui sembla alors faire bouillir le contenu de ses veines. *Peu m'importe ton art et ton expérience,* promit-il intérieurement à l'étranger. *Tu vas payer pour ça...* Tandis qu'Un-Croc venait prendre place à ses côtés, l'air aussi déterminé que lui-même, il leva donc en direction de Poignard-Gauche un regard meurtrier.

Et la lutte reprit de plus belle...

Dans ce combat acharné, les chasseurs n'étaient pas trop de deux pour faire face à la redoutable efficacité de leur adversaire. Ce dernier les épuisait peu à peu, semblant prendre plaisir à ce jeu de prédateur.

Il parait toutes leurs attaques avec une facilité déconcertante, et s'arrangeait toujours pour que les deux compagnons se gênent entre eux. Au bout d'une minute, Aile-de-Corbeau comprit avec effroi qu'ils n'auraient pas le dessus.

Il continua de se battre, avec l'énergie du désespoir, se demandant quand Poignard-Gauche se lasserait de leur compagnie, et se déciderait enfin à leur porter le coup fatal.

Levant brièvement les yeux au ciel, il aperçut à l'horizon les formes de plusieurs oiseaux. *Des*

Furies ! songea-t-il alors avec espoir. *Si les oiseaux nous voient, leurs maîtres viendront à notre secours...*

S'accrochant frénétiquement à cette idée, il poursuivit sa résistance envers les attaques de l'étranger, tâchant tant bien que mal de ménager ses forces.

Chaque esquive devenait plus périlleuse, chaque parade plus précaire. Un-Croc, qui faisait preuve de plus de fougue et ne cherchait pas à gagner du temps, souffrait déjà de nombreuses blessures.

Aile-de-Corbeau vit bientôt les oiseaux esquisser un cercle dans le ciel, loin sur la ligne d'horizon... Puis il les observa s'éloigner, pour disparaître dans l'immensité du désert...

De toute évidence, les yeux célestes des Furies n'avaient rien remarqué de leur combat désespéré...

Le jeune amnésique sentit alors ses dernières forces l'abandonner. Sans conviction, son bras tenta mollement de parer la lame courte de Poignard-Gauche, qui se ficha cependant dans son épaule avec un craquement d'os brisé.

Aile-de-Corbeau s'était plus ou moins résigné à son sort, à cet instant. Il s'apprêtait à laisser choir sa hache, ouvrant un à un ses doigts engourdis par l'effort.

Pourtant, il ne put s'y résoudre. Un seul regard sur la dépouille de Plume-Tonnerre le convainquit de périr l'arme à la main. Il se redressa dignement, savourant - peut-être pour la dernière fois - le souffle du vent brûlant sur son visage.

Ce fut alors qu'apparut un nouvel arrivant...

Quittant tranquillement l'abri du rocher qui l'avait dissimulée, la silhouette approcha des trois belligérants.

C'était un homme jeune, portant la toge. Lui non plus n'était pas un inconnu pour Aile-de-Corbeau... Ce dernier scruta ce visage brun et ces cheveux noirs, en vain. Il ne pouvait mettre de nom sur ce physique pourtant familier.

Maudissant sa mémoire défaillante, il fléchit les genoux pour éviter un coup de taille provenant de Poignard-Gauche. La lame de l'étranger passa juste au-dessus de sa tête.

L'inconnu en toge avançait toujours. À son côté, était pendu un fourreau de bois laqué. La garde d'une épée en émergeait, une poignée forgée d'or blanc dont la vue fit à Aile-de-Corbeau l'effet d'un coup de tonnerre.

La Lame des Étoiles... souffla la voix de ses souvenirs prisonniers.

Mais le jeune chasseur ignorait toujours ce que signifiaient ces mots... Il avait tellement l'impression de connaître cette épée, d'avoir fréquenté son porteur… Il sentait qu'il était à deux doigts de recouvrer la mémoire…

— Allons, défends-toi, l'encouragea le nouveau venu. Tu peux vaincre cet adversaire.

Aile-de-Corbeau frissonna de tout son corps en reconnaissant cette voix familière. *Guajo…* murmura-t-il intérieurement. Ce jeune homme s'appelait Guajo, même s'il lui semblait l'avoir connu portant d'autres vêtements que cette toge.

Poignard-Gauche s'était retourné, surpris de ne pas avoir senti la présence de l'intrus plus tôt.

Un-Croc en profita pour se jeter sur lui avec toute la férocité d'un guerrier worsh, et Poignard-Gauche le repoussa au prix d'une nouvelle estafilade. Un-Croc rugit de satisfaction : c'était la première fois qu'il parvenait à blesser ce terrible adversaire.

Aile-de-Corbeau dut quitter Guajo des yeux pour venir au secours de son compagnon. Poignard-Gauche paraissait furieux de s'être laissé surprendre, et faisait pleuvoir sur le Worsh une série d'attaques traîtresses.

L'amnésique para tous les coups de l'étranger à la place d'Un-Croc. Son bras se mouvait avec une vélocité qui l'étonnait lui-même. Et les paroles de Guajo continuaient de résonner à ses oreilles : *« tu peux vaincre... »* avait dit le mystérieux observateur.

Oui, je le peux... médita silencieusement Aile-de-Corbeau. Sans bien savoir pourquoi, il parvint peu à peu à s'en convaincre.

Les assauts de Poignard-Gauche se firent de plus en plus violents, à mesure que celui-ci prenait la mesure de la résistance adverse. Cessant de jouer avec ses proies, l'étranger commença à se battre de toute son énergie, la sueur perlant bientôt sur son front.

Un-Croc, qui voyait bien à quel point il était dépassé par cette lutte, rompit le combat. Redoutant de gêner son ami, il avait visiblement décidé de laisser les deux adversaires régler seuls leur duel.

Les attaques et les esquives gagnèrent encore en vitesse. Les combattants se déplaçaient en mouvements circulaires, faisant tournoyer le sable et la poussière autour d'eux. À certains moments, ils ne semblaient former qu'un seul corps torturé au milieu du désert.

Bien souvent, Aile-de-Corbeau croyait qu'il ne réussirait pas à parer l'attaque suivante... Il se souvenait de son combat amical contre Buffle, et de cette étrange paralysie qui s'était emparée de lui face à un adversaire jugé supérieur. Toutefois, il se battait pour défendre sa vie, à présent, et devait trouver en lui les ressources nécessaires.

D'ailleurs, la voix paisible de Guajo était là pour le lui rappeler. Chaque fois qu'il se sentait faillir, il entendait les mots d'encouragement du jeune homme en toge... Peu à peu, Aile-de-Corbeau acceptait l'idée d'être un combattant beaucoup plus redoutable qu'il ne l'avait imaginé. Cette prise de conscience faisait tomber les barrières de son hésitation, et il recouvrait toute son habileté.

Lentement, la tendance venait donc à s'inverser. C'était maintenant Poignard-Gauche qui paraissait en difficulté, la panique se lisant malgré lui dans ses yeux de tueur.

Un tueur... songea Aile-de-Corbeau. Voilà ce qu'était son adversaire... Il se souvenait presque...

Il se souvenait d'un autre homme, qui se battait de la même manière, usant de stratégies et de mouvements similaires à ceux employés par Poignard-Gauche... *Un borgne ?... Oui : un homme avec un seul œil bleu pâle, portant un chapeau à larges bords...* Un homme qu'il avait aimé. *Mon père ?...*

Tout était flou dans cette mémoire en lambeaux. En tous les cas, l'homme de son souvenir était meilleur épéiste que son adversaire actuel. Lui ne se serait jamais laissé surprendre par la botte qu'Aile-de-Corbeau était en train d'exécuter…

La lame de sa hache glissa avec un crissement d'acier sur le glaive de Poignard-Gauche, l'écartant vers l'extérieur. Tournant sur lui-même, le jeune amnésique vint donner un coup du manche de son arme dans les doigts de son adversaire, le faisant lâcher sa dague crantée.

L'espace d'une fraction de seconde, il croisa alors le regard du maître-tueur, et lui sourit avec cruauté.

Puis, profitant de la vulnérabilité passagère de l'étranger, il abattit sa hache avec vigueur. La lame primitive trancha net la main de Poignard-Gauche, tandis que ce dernier contemplait son moignon avec incrédulité.

Aile-de-Corbeau, de son poing nu, lui asséna alors un coup sec dans l'abdomen, le faisant se plier en deux. Enfin, frappant la nuque du tueur avec le manche de sa hache, il le força à tomber à genoux.

Dans un mouvement presque aérien, le jeune chasseur leva sa hache pour en finir… Il allait décapiter Poignard-Gauche, lorsque quelques mots s'échappèrent de ses lèvres ensanglantées :

— Je suis vaincu… admit le maître-tueur.

Cependant, Aile-de-Corbeau nota qu'il semblait curieusement satisfait, en disant cela.

— Tu ignores ce que tu fais en me tuant… sourit le tueur en relevant les yeux. La Congrégation ne te le pardonnera jamais. Le Cercle Intérieur, pauvre fou ! Ce sont les Magisters eux-mêmes qui vont devoir se déplacer…

« Ils vont venir pour toi, tu m'entends ?

Poignard-Gauche partit alors d'un rire diabolique, comme s'il avait perdu la raison.

Aile-de-Corbeau, qui le toisait d'un regard méprisant, abaissa sa hache sans pitié. La tête du maître-tueur fut ôtée de ses épaules du premier coup, venant rouler non loin de la dépouille de Plume-Tonnerre.

Pendant un court instant, il sembla à Aile-de-Corbeau que la tête tranchée continuait de se rire de lui…

Il ignora le frisson qui lui parcourait l'échine, et se tourna vers Guajo.

Son arme lui tomba des mains.

— Je crois… dit-il, chancelant légèrement. Je crois que je suis en train de retrouver la mémoire…

CHAPITRE 4

C'était un vaste charnier. Une indécente pile de cadavres où Wilf avait été jeté.

Se rendant compte qu'il était prisonnier sous des dizaines de dépouilles, il avait d'abord cru suffoquer. Il avait dû escalader les corps, cherchant ses prises sur les visages sans vie, les membres mutilés. Pour atteindre enfin la surface... Alors, il avait pu respirer plus librement.

Cette odeur de cauchemar... cet air chargé de mort... Je me souviens...

Il avait vu des soldats, chargés de monter la garde. Sa tête lui faisait atrocement mal. Ses doigts avaient parcouru son front, et touché la plaie encore ouverte. Pourtant, la blessure se refermait peu à peu... il le savait.

Ces sentinelles portaient des uniformes ennemis. Wilf ne se souvenait plus pourquoi, mais il en avait conscience. Cette calotte noire, cette croix brodée sur leurs surcots... Il se tapit dans l'ombre en les voyant approcher.

Le jeune miraculé ne se souvenait même plus de son nom. Sa vision était encore brouillée, mais ses sens suffisamment aux aguets pour réaliser qu'un officier avait rejoint les soldats.

— Qu'avez-vous fait de la dépouille du jeune chef rebelle ? avait demandé celui-ci.

— L'évêque Darlov a tenu à la voir de ses yeux, avaient répondu les sentinelles. Puis il nous a ordonné de la faire disparaître avec les autres.

L'officier avait soupiré de satisfaction, avant de déclarer :

— Bien. Brûlez tout…

Alors, Wilf avait su qu'il ne devait pas rester sur place. Son instinct l'avait poussé à se fondre dans les ombres, à ramper dans la neige jusqu'à ce qu'il se trouve loin des ecclésiastiques.

Il avait fui, là où la présence humaine se faisait moins oppressante, là où il pourrait cesser de se cacher. Il était allé vers le Nord.

— J'ai vécu comme une bête pendant des semaines… murmura celui qui avait porté le nom d'Aile-de-Corbeau. Et j'ai été recueilli par les barbares worshs… Tout me revient, à présent. Je m'appelle Wilf, n'est-ce pas ?

Guajo hocha affirmativement la tête. Un-Croc, lui, ne pipait mot, se contenant d'observer les deux hommes avec curiosité.

Victime d'un soudain vertige, Wilf chancela de nouveau. Le jeune Worsh dut alors lui prêter son bras pour le soutenir.

Relevant les yeux vers Guajo, le malheureux déclara :

— Je ne sais pas... Je ne sais pas si je souhaitais réellement me souvenir de tous ces événements... articula-t-il, au bord de la nausée.

L'Arrucian vint le maintenir à son tour.

— Ta réaction est normale, dit-il d'une voix tranquille. Ta mémoire a rompu les barrages qui la retenaient prisonnière, elle se déverse en toi avec violence... Mais cela va s'arranger, promit-il.

Wilf tâcha d'acquiescer, tremblant de tout son corps.

— Qui d'autre... a... survécu ? interrogea-t-il en claquant des dents.

Guajo baissa le menton avec chagrin.

— Je l'ignore. Hélas, j'ai dû fuir de manière solitaire, après notre défaite. Mais... je suis presque certain que Lucas est toujours en vie.

Le roi déchu lui lança un regard intrigué.

— Je sens son esprit, expliqua laconiquement l'Arrucian.

Mais Wilf avait déjà un autre sujet d'étonnement :

— L'Épée des Étoiles, fit-il en désignant la lame à la ceinture de son compagnon. Comment as-tu pu la reprendre à Mazhel ? Et que signifie ce vêtement ? Je ne t'ai jamais vu porter la toge...

Guajo se contenta d'abord de sourire tranquillement. Il s'assura que Wilf pouvait tenir debout avant de le relâcher, puis il reprit :

— Le pharaon n'a jamais touché l'Épée des Étoiles, déclara-t-il. Il n'en a pas eu le temps. C'est justement pour la mettre à l'abri que j'ai quitté la bataille après ta chute... J'ignorais, à ce moment, que le So Kin serait aussi puissant en toi... assez pour régénérer ton corps après une telle blessure.

Le regard du jeune roi était toujours braqué sur l'arme mythique. L'épée forgée par Zarune... médita-t-il en lui-même. Un autre souvenir s'imposa alors à sa conscience. Le submergea. C'était l'image de la belle Orosiane, scellée à jamais dans son sarcophage. Sans se l'expliquer totalement, Wilf en ressentit une émotion poignante. Comme autrefois...

— Je n'ai su que plus tard que tu avais survécu, continuait Guajo. J'espère que Mazhel ne l'a pas appris également, mais j'ai peu d'espoir à ce sujet... C'est pourquoi je suis venu te chercher : tu n'es plus en sécurité, ici. J'ai appris que le maître-tueur avait retrouvé ta trace, et je l'ai suivi jusqu'ici. Je me doutais qu'un limier comme Poignard-Gauche saurait me mener jusqu'à toi, même au cœur du désert. Mais il faut maintenant nous méfier : les Lanciers du pharaon ont très bien pu faire la même chose…

Il marqua une courte pause, puis poursuivit, faisant écho aux pensées de Wilf :

— Durant ces mois, je n'ai pas perdu mon temps. Conservant précieusement ton épée, j'ai également apporté mon soutien à Jão, l'Orosian rebelle.

« Ensemble, nous avons délivré Celle-Qui-Dort de sa prison. Zarune est libre, mon ami… Et elle a hâte de te rencontrer.

Le visage du jeune homme s'éclaira à cette nouvelle. Le fait de ne plus imaginer la dame céleste dans ce coffre de marbre l'emplissait de sérénité…

Pourtant, ce soupir de soulagement fut de brève durée. En effet, bien des aspects du discours de l'Arrucian suscitaient en lui davantage de curiosité qu'ils n'en contentaient.

Bientôt, fixant intensément son ancien écuyer, le roi demanda :

— Guajo, qui es-tu vraiment ?

L'intéressé prit une lente inspiration.

— On dirait que tu as enfin appris à poser les bonnes questions, mon ami… chuchota-t-il avec un demi-sourire. Qui suis-je vraiment ?… Je me le demande chaque jour, comme nous tous…

Du regard, Wilf le pressa de satisfaire à son interrogation, sans détour.

— Je retrouve bien là tes manières de monarque ombrageux, le taquina Guajo. Mais tu as gagné : je vais te répondre franchement. Mon véritable nom, celui que je portais avant de le renier pour toi, est Pangéos.

« Pangéos, Seigneur de Toutes les Provinces…

Face à cette déclaration, Wilf resta coi un instant. Il ne savait s'il devait éclater de rire ou bien se mettre en colère.

— Pangéos, l'ancien dieu de l'empire ? demanda-t-il d'une voix grinçante. Bon sang, Guajo, à quoi joues-tu ?

Le visage brun de l'écuyer s'éclaira d'un sourire.

— Voyons, majesté… Tu sais bien qu'il n'y a pas de dieux… Nous autres, Orosians, sommes des êtres de chair et de sang, tout comme vous.

Wilf ne répondit rien. Peu à peu, le doute se faisait dans son esprit.

— Tu serais donc réellement Pangéos ?… finit-il par dire, sa voix portant malgré lui la trace d'un respect craintif.

Guajo acquiesça. Paisiblement, il croisa ses mains sur le devant de sa toge.

— Je t'ai accompagné, majesté. Et je n'ai pas à rougir d'avoir choisi ton camp, ajouta-t-il. C'est peut-être la meilleure décision que j'aie prise depuis des siècles…

Bouche bée, Wilf scrutait son écuyer comme s'il ne l'avait jamais vu.

— Je n'en reviens pas… murmura-t-il sincèrement. Mais pourquoi ? Pourquoi m'avoir rejoint, puis servi comme un domestique ? Et surtout, pourquoi m'avoir poignardé, lors de notre première rencontre ?

— Pour que tu me remarques, bien entendu. Je savais que tu survivrais à un simple coup de couteau, et je savais que Lucas ne te laisserait pas m'exécuter… C'était le meilleur moyen de m'accrocher à vos pas sans éveiller l'attention.

— Mais pourquoi en tant que simple écuyer ? se récria le jeune souverain. Tu aurais pu te présenter à nous…

Guajo eut un bref éclat de rire.

— Disons que j'ai eu à cœur de cultiver l'humilité, vertu qui m'avait fait défaut depuis trop longtemps… Et je ne voulais pas vous révéler ma véritable identité : je n'avais encore pris aucune décision à ton sujet.

Une expression pensive traversa le regard de l'Orosian, puis :

— D'ailleurs, j'ai aimé être Guajo, l'écuyer. Ces quelques mois furent les plus sereins que j'ai connus depuis un très, très long moment. Finalement, ce personnage naïf n'était qu'un reflet possible de ma nature réelle. Une partie de mon âme... Et peut-être même la meilleure, qui sait ?

— Tout de même... s'étonna Wilf. Quand je pense que nous n'y avons vu que du feu ! Guajo, toujours serviable, avec son tempérament si bon enfant...

L'Orosian souriait toujours.

— Tu sais... commença-t-il. Je n'ai pas dû beaucoup travailler pour composer ce brave Guajo. Sans me travestir, j'avais déjà en moi une bonne partie de cette sincérité un peu candide... Mais voyager avec vous m'a donné le sens des réalités : j'ai compris que j'avais vécu de trop nombreux siècles dans les illusions de notre cité céleste.

« J'ai compris également que c'était cette naïveté qui m'avait perdu, face à Mazhel. C'est grâce à mon manque de méfiance qu'il a pu m'évincer, et prendre ma place à la tête de ce continent. Oui, c'est par la fourberie qu'il m'a vaincu, en dépit de mes pouvoirs supérieurs aux siens, et de mon autorité sur le Dôme de Uitesh't. Hélas, je ne m'en suis pas rendu compte avant qu'il ne soit trop tard !

— Ensuite, banni de « l'Étoile du Csar », il ne te restait plus qu'à joindre la cause des rebelles... conclut Wilf à sa place.

Mais le demi-dieu le démentit :

— Ce n'est pas tout à fait exact. Mazhel avait gagné : il n'avait pas besoin de me tuer. J'aurais pu continuer à vivre dans notre cité, déchu mais jouissant d'une sécurité relative… J'aurais pu également retrouver Jâo et les siens… Mais c'était à toi que je voulais lier mon destin. Wilf, ce grain de sable qui venait compromettre tous nos plans millénaires…

Le jeune homme secoua la tête, peinant encore à y croire.

— Je ne sais même plus comment je dois t'appeler, à présent…

L'Orosian haussa les épaules.

— Je propose que tu continues de m'appeler Guajo, dit-il. Après tout, c'est sous ce nom que j'ai repris goût à la vie… Et je crois bien que je m'y suis habitué.

Un-Croc, qui avait conservé jusque-là un silence total, toussota avec gêne.

— Je ne sais pas de quoi vous parlez, mais je sais que Plume-Tonnerre devrait recevoir les rites…

Son regard familier se posa sur l'étranger en toge, puis sur Wilf.

— Dis-moi, Aile-de-Corbeau, ou quel que soit ton nom aujourd'hui… Si tu es toujours mon frère de chasse, acceptes-tu de conduire avec moi notre compagnon au village ?

Wilf posa les yeux sur la dépouille de son camarade, et sentit le chagrin l'envahir à nouveau.

— Oui, répondit-il, un peu honteux de s'être replongé aussi vite dans sa vie passée. Nous allons le porter ensemble, bien sûr…

Il regarda le barbare au fond des yeux.

— Vous serez toujours ma famille, déclara-t-il. Des obligations vont bientôt me rappeler loin d'ici, Un-Croc, j'en ai peur. Mais je veux que tu me croies : jamais je n'oublierai ce que les Worshs ont fait pour moi…

Un-Croc ne dit rien, mais Wilf sut qu'il avait compris. Le jeune roi lisait une peine profonde dans le regard du barbare. Et son propre cœur saignait également. *Plume-Tonnerre,* songeait-il avec amertume. *Tu ajoutes ton nom aux milliers qui sont déjà morts par ma faute… Ce n'est pas juste…*

Ensemble, ils saisirent le corps du jeune chasseur.

Sans un mot de plus, il prirent la direction du village, Guajo l'Orosian dans leur sillage.

* * *

Ce soir-là, à Dent-d'Oiseau, on célébra les rituels funèbres pour Plume-Tonnerre. Sa dépouille, étendue sur un lit de ronces à la lisière du campement, fut incendiée selon la coutume. Le vent du désert serait chargé de répandre ces cendres dans les cieux, là où volaient les aigles et les âmes, si l'on en croyait les superstitions worshs.

Les anciens du village chantèrent à voix basse, salués par le silence de la tribu. Cette mélopée sans paroles s'éleva dans la nuit, comme les hautes flammes du brasier funéraire. Avec Un-Croc et le père de leur défunt compagnon, Wilf se saisit d'une torche et mit le feu à la couche mortuaire. En accomplissant ce geste, il acceptait d'être Aile-de-Corbeau - une dernière fois.

Ensuite, la tribu entière alla s'asseoir en cercle, au centre du campement. Le silence respectueux se mua peu à peu en bourdonnement de conversations, chacun chuchotant à son voisin des souvenirs qu'il avait partagés avec Plume-Tonnerre.

Wilf, lui, ne se livra pas à cette tradition. Pensif, il fixait toujours le brasier qui illuminait la nuit du worsh... Il observait cette ombre allongée, qui était le corps de son frère, partant en fumée avec ses sagaies et ses trophées de chasse. *Tout ça est de ma faute...* enrageait-il.

Pendant presque une heure, il ne cessa de se remémorer le passé. Son ancienne vie, si exigeante… Il sentait que son existence auprès des Worshs touchait à sa fin, et éprouvait un certain malaise à accepter cette réalité. *Wilf doit dire adieu à Aile-de-Corbeau…* Et c'était un cap difficile à franchir.

Parmi tous les souvenirs qu'il brassait sans ordre, plusieurs le troublaient et réclamaient des réponses. Il savait qu'il aurait bientôt à s'entretenir avec Guajo pour éclaircir certains points. Mais pour l'instant, l'une de ces questions le taraudait plus que les autres… À la lumière des connaissances qu'il avait acquises sur la culture worsh, il devait reconsidérer la portée d'une légende, autrefois contée par Pej…

Cette vieille histoire Tu-Hadji avait pour vocation de mettre en garde ce peuple contre l'utilisation du pouvoir corrompu par la Hargne. Elle disait comment, peu après la contamination de la Skah par Fir-Dukein, certains Tu-Hadji s'étaient laissés aller à se servir de l'énergie souillée. Pour se défendre contre des ennemis puissants, ils avaient fait appel à l'ancien pouvoir, au mépris du péril et des mises en garde… La légende racontait comment cette imprudence avait provoqué une véritable apocalypse sur leur pays, ravageant tout et transformant des milliers d'hectares de forêt en désert brûlant. Pej ajoutait que ces malheureux Tu-Hadji avaient alors vu leur clan entier tomber dans un profond sommeil, duquel ils s'étaient réveillés amnésiques…

À l'époque où le guerrier lui avait fait ce récit, Wilf s'était demandé dans quelle partie du monde pouvaient vivre aujourd'hui les descendants de ces Tu-Hadji déchus. Il comprenait, aujourd'hui… Il s'agissait des Worshs, bien entendu. D'ailleurs, les ressemblances étaient multiples, et le jeune homme aurait fait le rapprochement depuis le départ s'il n'avait pas lui-même perdu la mémoire.

Songeur, il se dit d'abord que Pej et Jih'lod seraient contents d'avoir enfin une réponse à cette interrogation séculaire. Peut-être leur peuple pourrait-il même renouer des relations amicales avec ces lointains cousins… Puis l'émotion l'étreignit, tandis qu'il repensait à ce désert peuplé de Tu-Hadji déchus. Ce désert qui l'avait accueilli depuis de longs mois…

Ce fut la voix de Guajo qui le tira soudain de ses méditations :

— À quoi penses-tu ? demanda l'Orosian.

Wilf lui expliqua brièvement ses conclusions à propos de la légende qui faisait des Worshs d'anciens fils de Tu-Hadj. Guajo l'écouta attentivement, puis fronça les sourcils. De toute évidence, cette révélation avait éveillé en lui un grand intérêt.

— Incroyable… murmura-t-il bientôt. Se peut-il que ?… Non, ce serait une coïncidence trop miraculeuse…

— De quoi parles-tu ? l'interrogea Wilf, intrigué à son tour.

Guajo prit une inspiration pensive, faisant glisser un doigt sur le fourreau de l'Épée des Étoiles, qu'il avait déposée entre lui et le jeune homme.

— Ton histoire me rappelle quelque chose, finit-il par déclarer. Tu dois savoir que c'est Zarune qui a forgé l'Épée des Étoiles ? Pour vous donner, à Arion et toi, le pouvoir de domestiquer les Dragons Etoilés… Ce que tu ignores peut-être, c'est que ce fut également Zarune qui déroba ces créatures fabuleuses à notre peuple.

Wilf acquiesça :

— Ça ne m'étonne pas tellement. Quel rapport avec les Worshs et les Tu-Hadji ? demanda-t-il.

— Lors de la guerre qui opposa nos serviteurs Elfyes aux Tu-Hadji, expliqua l'Orσsian, Zarune eut peur que nous ne décidions de nous servir des Dragons contre nos ennemis. Elle partageait la philosophie des Tu-Hadji, et soutenait déjà leur lutte contre l'esclavage. Elle savait aussi que ces derniers ne pourraient rien contre des armes aussi puissantes que les Dragons…

« Elle décida donc de les emmener, et de les cacher dans un lieu secret. Certains de ses partisans nous révélèrent plus tard qu'elle les avait dissimulés dans un Refuge Tu-Hadji : le dernier endroit où nous pourrions les retrouver… Mais il fut dit également que ce Refuge avait été détruit par la suite, le paysage changé et tous les repères disparus, si bien que les Dragons Etoilés s'en trouvaient perdus à jamais. Pour ceux de ma race, qui avaient forgé ces créatures de leurs propres mains, cette nouvelle fut un véritable drame… Nous avions quitté l'océan et renié nos sœurs les Voix, nous avions travaillé sans relâche à partir des instructions stellaires pour donner naissance aux Dragons… Par la faute de Zarune, le drame de notre schisme, nos siècles d'efforts, tout se trouvait réduit à néant ! Tu comprends à présent pourquoi elle fut haïe et enfermée si longtemps…

Les yeux de Wilf brillaient maintenant d'intérêt.

— Je comprends… dit-il entre ses dents. Mais quand tu parles de ce Refuge Tu-Hadji détruit, tu veux dire qu'il pourrait s'agir du Worsh ? C'est bien ce que tu penses ?

Son regard se posant avec une certaine excitation sur la Lame des Étoiles, Wilf attendit impatiemment la réponse de son compagnon.

— Pourquoi pas, répondit ce dernier. Cela expliquerait pourquoi nul n'a pu localiser les Dragons depuis tout ce temps. Personne ne vient jamais dans le désert…

Le jeune roi déchu hocha vigoureusement la tête.

— Si c'est vrai, cela veut dire que nous sommes plus proches de la victoire que nous ne l'avons jamais été, déclara-t-il. Avec les Dragons Etoilés sous mes ordres, je n'aurais nul besoin d'une armée pour vaincre Mazhel et sa Théocratie.

« Et il n'y a qu'un seul moyen d'en avoir le cœur net, conclut-il en se levant.

Saisissant au passage l'Épée des Étoiles dans son fourreau de bois laqué, il se dirigea vers l'ancien de la tribu. En silence, il vint s'agenouiller près de lui, bientôt suivi par Guajo.

Le doyen et chef du village était un vieux Furie boiteux du nom de Pied-de-Chacal. Voyant les deux jeunes gens approcher, il leva sur eux un regard interrogateur.

— Je ne veux pas manquer de respect à Plume-Tonnerre, ni à sa famille, commença Wilf à voix basse. Mais nous avons besoin de parler avec toi maintenant, Pied-de-Chacal… Il nous faut faire appel à ta sagesse, et à la mémoire de la tribu.

Lisant la gravité qui animait le regard de son jeune protégé, le vieillard acquiesça.

— Éloignons-nous, dit-il seulement.

Il se leva, les flammes du feu de camp jetant des ombres mouvantes sur son visage encadré de cheveux blancs, et rejoignit une tente située à l'écart. Wilf et Guajo lui emboîtèrent le pas, avant de s'asseoir tous deux en face de lui.

— Je vous écoute, fit Pied-de-Chacal, impassible.

Wilf observa sa vieille figure couturée de cicatrices, ses traits marqués par les éléments et les rudes combats… Impossible de savoir ce que le Furie était en train de penser. Mais une chose était certaine : il n'appréciait sans doute pas la présence d'un étranger dans l'enceinte de son village. Comme tous les autres Worshs, il toisait Guajo avec un mépris mêlé de suspicion.

— Je sais que tu as le pouvoir de te faire l'écho de la mémoire du Worsh… commença timidement Wilf. En tant qu'ancien, tu peux appeler à toi les souvenirs des âmes envolées, les choses des temps oubliés… Mon compagnon et moi te demandons de le faire pour nous, ce soir. Nous voulons savoir si une femme est venue ici, autrefois, avant le cataclysme… Une femme avec des dragons…

À ces mots, les pupilles de Pied-de-Chacal rapetissèrent subitement. Il braqua ses yeux sans âge sur le jeune homme.

— C'est un grand secret, auquel tu fais référence… souffla-t-il. Mais je ne devrais pas m'en étonner : tu es un Sans-Mémoire… Nous avons bien fait de t'accueillir parmi nous.

Tout en parlant, le vieillard ranimait les braises rougeoyantes de son foyer. Puis, d'un geste sec, il jeta dedans une poignée de sable odorant. Une fumée opaque se répandit vite sous la tente, l'emplissant de son parfum d'encens, et rendant l'atmosphère un peu étouffante.

— Au contraire, rectifia doucement Wilf. C'est parce que j'ai retrouvé la mémoire que je me pose cette question… Le Worsh possède donc des souvenirs sur cette femme et ces dragons ? demanda-t-il, plein d'espoir.

Le Furie acquiesça gravement, avalant de longues bouffées de fumée.

— Le Worsh se souvient, confirma-t-il. La Fille du Ciel est venue, il y a longtemps… Elle est venue en volant, et ses oiseaux étaient brillants comme l'argent. Ses oiseaux avaient des dents plus tranchantes que celles d'un lion…

« Le monde était différent, alors. C'était la guerre… Notre peuple aussi était différent. Nous connaissions la magie... Nous avons accueilli la Fille du Ciel. Elle a dit que nous devions veiller sur ses grands oiseaux, sans quoi le monde risquait d'être détruit... Elle vécut quelque temps parmi nous, forgeant la magie qui permettrait à un humain de dominer ces oiseaux d'argent. La mémoire du Worsh dit qu'elle forgea la magie en forme d'épée. Puis elle repartit, nous laissant la garde des plus redoutables créatures que le monde devait connaître.

Lentement, Wilf fit glisser en dehors de son fourreau la Lame des Étoiles.

— Oui... murmura l'ancien. Le Worsh se souvient : c'était bien cette épée...

— Mais alors, où se trouvent les Dragons, aujourd'hui ? intervint Guajo.

Le vieux Furie pinça les lèvres, mais consentit finalement à répondre :

— Toujours cachés ici... Sous nos pieds.

« Ici, à Dent-d'Oiseau...

Wilf et Guajo échangèrent un regard fébrile.

— Comment peut-on accéder à l'endroit où ils reposent, Pied-de-Chacal ? demanda le jeune souverain. Nous avons besoin de le savoir : le sort du monde en dépend...

Le doyen de la tribu observa avec circonspection ce chasseur qu'il avait connu et abrité parmi les siens.

— Tu es venu parce que notre veille se termine ? dit-il, et le ton n'était pas vraiment celui d'une question. Je l'ai su dès qu'on m'a rapporté qu'un Sans-Mémoire avait été découvert non loin du village… Ce jour-là, il y a déjà trois saisons, je me suis douté que notre tâche de gardiens touchait à sa fin. Car tu vas repartir avec les oiseaux, Aile-de-Corbeau… C'est bien ça ?

Wilf se contenta de hocher la tête, la gorge serrée par l'émotion.

— Oui, dit-il enfin. Je vais partir. Et j'emmène avec moi les Dragons Etoilés…

CHAPITRE 5

Au cours de cette même nuit, Guajo et Wilf descendirent dans la retraite millénaire des créatures. Il n'y avait pas un instant à perdre… Les Lanciers étaient peut-être déjà à leurs trousses.

Pied-de-Chacal ne les accompagnait pas, mais il leur avait révélé le passage qui menait à cette grotte secrète où étaient endormis les Dragons. La fin de la quête. L'aboutissement de ces années de lutte.

Les adieux aux Worshs avaient été brefs et pudiques, même si le jeune homme se sentait déchiré d'abandonner Un-Croc et ses autres amis… Son ancienne vie le rappelait à elle, impérieusement. Son ancienne vie, pour un nouveau départ. Il n'avait pas le choix, pas plus qu'il ne l'avait eu depuis longtemps, d'ailleurs. Lui, le rebelle de Youbengrad, se trouvait soumis aux caprices du destin et du devoir depuis des années, qui avaient paru si longues… Parfois, il lui arrivait de penser que seule la mort le délivrerait de ce poids. Parfois, oui, son existence prisonnière lui paraissait insoutenable, et il en appelait la fin de ses vœux.

Pour le moment, il suivait le tunnel étroit qui le mènerait aux Dragons…

Ce chemin souterrain dessinait de nombreux méandres sous Dent-d'Oiseau. Le trajet se révéla bientôt plus long que Wilf ne l'aurait cru.

— Je commence à me demander si nous arriverons un jour dans cette caverne, ronchonna-t-il.

Il supposait que la chaleur devait être insupportable pour un être humain normal, mais la température élevée de son corps le préservait de cet inconfort. Il ne se faisait pas non plus de souci pour Guajo, sachant que les Orosians ne souffraient pas de ces détails.

— Un peu de patience, lui répondit tranquillement l'ancien dieu. Le monde a attendu plus de mille ans avant de connaître à nouveau les Dragons… Il peut attendre une heure de plus…

Wilf acquiesça, ne pouvant réfuter la sagesse des propos de son compagnon. Tandis qu'ils s'enfonçaient tous deux vers ce qui lui semblait être le centre de la terre, il décida de s'occuper l'esprit en prolongeant la conversation.

— Tu as raison, soupira-t-il. Profitons-en pour éclaircir quelques interrogations qui demeurent à ton sujet… ajouta-t-il avec un sourire ironique. Et pour commencer, pourrais-tu enfin m'expliquer pourquoi tu ne nous as pas aidé davantage, au fil de nos aventures ? Tu en avais pourtant le pouvoir !

Guajo lui rendit son sourire.

— Je n'étais qu'observateur, pendant un long moment. Je ne souhaitais pas m'impliquer. Puis, lorsque j'ai compris que je te suivrai jusqu'au bout, j'ai jugé préférable de ne pas intervenir plus que nécessaire. Cela aurait attiré sur nous l'attention des autres Orosians, faisant ainsi plus de mal que de bien à notre cause… Ceux de mon peuple n'aurait pas été dupes de ma nouvelle apparence, si j'avais utilisé mes pouvoirs.

— Ta nouvelle apparence ? répéta Wilf.

— Oui. Nous autres, Orosians, avons la faculté de sculpter notre corps selon nos désirs. Mais c'est surtout la résonance de mon esprit que j'ai dû modeler pour ne pas être reconnu. Cela m'a demandé une complexe manipulation du So Kin.

Guajo parut songeur un instant, puis demanda :

— Te souviens-tu de notre combat contre les Ravisseurs elfyes ? Lorsque j'ai fait fuir un bataillon entier sans même me battre ?

— Bien sûr ! s'exclama Wilf, que cet incident n'avait jamais cessé d'étonner.

— Cela n'a pas été difficile, expliqua l'Orosian. Je me suis contenté de leur montrer mon vrai visage, l'espace d'un instant. Reconnaissant en moi l'un de leurs dieux, ces soldats superstitieux ont pris leurs jambes à leur cou !

— Je vois… fit Wilf avec un léger rictus. Et… quant à ta chance perpétuelle durant les combats ?

Cette fois, ce fut au tour du paisible Guajo d'incurver ses lèvres dans un sourire sombre :

— Quelle chance ?… murmura-t-il seulement.

Tous deux gardèrent le silence une courte minute, puis Wilf revint à la charge :

— Une dernière chose…

Guajo lui fit signe de poser sa question.

— Je m'interrogeais également sur ton attitude lors de notre ultime bataille contre Mazhel, avoua le jeune roi. Hesmérine de Blancastel m'a appris que tu avais eu un comportement étrange avant de perdre connaissance…

L'Orosian au visage brun se rembrunit légèrement.

— Je me battais contre Mazhel, soupira-t-il. Une lutte psychique comme je n'en ai jamais connue… Je suppose que Lucas a dû ressentir d'intenses perturbations dans son propre So Kin, ce jour-là ?

Wilf hocha affirmativement la tête. Il se rappelait l'inquiétude de son ami à ce sujet, au début de la bataille.

— J'essayais d'empêcher Mazhel d'utiliser ses pouvoirs, poursuivit Guajo. Sinon, il n'aurait fait qu'une bouchée des Chevaliers-Archivistes sensés le contenir... Hélas, il a fini par me vaincre. Je ne sais pas comment j'ai pu avoir le dessous face à lui : il avait dû cacher la véritable ampleur de son pouvoir depuis toutes ces années...

« Ensuite, libéré de mon emprise, il a eu l'esprit libre pour brûler le cerveau des malheureux archivistes... Je ne me suis relevé que plus tard, alors que l'issue de la bataille était déjà jouée.

Wilf acquiesça lentement. Il commençait à réfléchir, pour vérifier qu'il n'omettait pas de soulever une question, bien décidé à abreuver jusqu'au bout son insatiable curiosité. Mais il fut tiré de ses pensées par la faille qui s'ouvrit bientôt devant lui. Ils étaient probablement arrivés.

Le retour au présent fut brutal. Wilf réalisa soudain combien l'heure était cruciale.

Le chemin souterrain s'arrêtait là, laissant la place à une ouverture de vingt mètres de haut qui crevait la roche en face des deux jeunes gens. De l'autre côté, était visible une vaste grotte aux parois gris pâle.

Wilf et Guajo pénétrèrent silencieusement à l'intérieur. Et il restèrent sans voix devant le spectacle qui s'offrait soudain à eux.

À même le sol, lovés avec grâce et majesté, étaient couchés des dizaines de dragons. Leur sommeil profond leur donnait l'apparence de la pierre, mais Wilf sentait - au fond de lui - qu'ils étaient bien vivants.

Cédant à une impulsion subite, le jeune roi tira l'Épée des Étoiles hors de son fourreau. L'arme dégainée en main, il s'avança au centre de la caverne, et la leva vers le plafond rocheux. Au même instant, les dragons quittèrent leur aspect de statues pour commencer lentement à se mouvoir.

Malgré lui, Guajo fit un pas en arrière. Les yeux de Wilf étaient parcourus d'éclairs, et une énergie argentée crépitait tout autour de lui. Comme pour le saluer, les dragons dressèrent alors leur long cou, dans un ample et souple mouvement. Puis ils se mirent à barrir.

Leur cri, le même qui s'était déjà fait entendre lorsque Wilf avait touché la Lame des Étoiles pour la toute première fois, fit trembler les parois de la grotte. Des petits débris de roche et beaucoup de poussière grise se détachèrent du plafond pour chuter vers le sol. Ce chant profond et terrible résonnait encore lorsque Wilf abaissa son épée, et regarda autour de lui.

Guajo l'avait rejoint. Les Dragons Etoilés avaient quitté leur posture paresseuse pour se dresser sur leurs pattes. Certains dépliaient et refermaient leurs immenses ailes afin de les dégourdir. Wilf estima qu'il devait y avoir une centaine de ces créatures fabuleuses.

Chacune faisait environ trente mètres de long, pour autant d'envergure. Les écailles qui recouvraient leur corps semblaient faites d'acier argenté. Leurs yeux étaient d'un chrome bleuté, tout comme les griffes acérées qui luisaient au bout de leurs serres. Quant à leurs crocs, aussi longs et tranchants que des épées, ils arboraient un aspect d'ivoire immaculé.

Partagé entre respect et excitation, le jeune roi échangea un regard avec son compagnon Orosian avant de poursuivre son observation.

Les Dragons Etoilés... Une crête osseuse leur parcourait l'échine, jusqu'au sommet de leur crâne où elle se terminait en forme de couronne. Leur longue gueule fine évoquait à Wilf quelque hybride entre un oiseau de proie et un pur-sang. Ils possédaient également une queue de saurien, terminée en forme de flèche, qui parachevait leur posture à la fois gracieuse et naturellement menaçante.

Mais le détail le plus marquant, celui faisant qu'on ne pouvait les confondre avec aucune autre créature, c'était ce dessin discret qui couvrait leur corps. Wilf l'avait remarqué immédiatement : des étoiles laiteuses, tatouées sur toute la longueur des dragons, et reliées entre elles par une fine ligne blanche… Cela lui rappelait un peu des illustrations qu'il avait observées à Mossiev, dans de poussiéreux traités de médecine Shyll'finas sensés inventorier les points vitaux de l'anatomie humaine.

Pour ce qu'il en voyait, chaque dragon semblait posséder sa propre constellation gravée dans ses écailles. Ainsi, grâce au positionnement des étoiles, chacun d'entre eux était unique.

— Ils sont magnifiques… murmura-t-il, admirant leur apparence pâle et ruisselante, l'élégance qui contrastait avec leur physionomie massive.

Puis, à l'intention de Guajo :

— Et ils semblent vraiment redoutables…

Le visage de l'Orosian se fendit d'un sourire.

— Tu ne les a pas encore vus se battre… déclara-t-il, énigmatique. Leurs capacités sont bien plus terrifiantes encore que tu ne l'imagines. Les Dragons Etoilés peuvent libérer des torrents de flammes et d'énergie pure sur leurs adversaires, ils crachent la foudre et sont capables de raser des cités entières, de réduire à néant des dizaines d'hectares… Certains replis de leur corps dissimulent des appendices organiques pouvant projeter un poison noir et gluant, de l'acide et bien d'autres toxines propres à décimer des bataillons de soldats en un unique passage…

Wilf se tourna vers son ami, l'air intrigué :

— Comment peux-tu en savoir autant sur les Dragons ? demanda-t-il.

L'Orosian lui rendit son regard étonné.

— Rappelle-toi, Wilf… Ces créatures, je les ai construites…

Le jeune homme acquiesça. Ses yeux brillaient de nouveau d'excitation contenue. Il songeait déjà à la vengeance qu'il allait pouvoir prendre contre la Théocratie. Tendant la main, il vint flatter l'immense museau d'un des dragons. Ce dernier baissa la tête et tendit le cou, comme pour inviter son maître à l'enfourcher.

— J'espère que tu as raison, murmura le roi. Et qu'ils seront assez puissants pour vaincre Mazhel. Mon peuple souffre depuis beaucoup trop longtemps…

Guajo ne répondit que par un signe de tête confiant. Lorsque Wilf se hissa sur le dos du dragon, il vint prendre place derrière lui.

Alors, un frémissement parcourut l'assemblée des dragons. Le sol trembla de plus belle… et s'ouvrit sous eux, révélant une crevasse sans fond. Les dragons déployèrent leurs ailes, et se mirent à voleter au-dessus de ce gouffre.

Puis, mené par le dragon sur lequel étaient juchés Wilf et Guajo, le vol des créatures plongea brusquement vers l'abîme. Les deux amis s'agrippèrent de toutes leurs forces à la crête de l'animal, tandis que défilaient les parois rocheuses à une allure prodigieuse.

Penché sur l'encolure du dragon, les cheveux battus par le souffle de la vitesse, Wilf crut que ce piqué allait les emmener jusqu'aux magmas brûlants du cœur de la planète. Mais il vit bientôt une série de boyaux souterrains succéder à la crevasse. Les dragons retrouvèrent leur chemin dans les entrailles de la terre, slalomant habilement entre les brèches qui crachaient avec colère des rivières de lave. Ils parvinrent enfin à la surface, ressortant par le cratère d'un volcan endormi.

Wilf, soudain aveuglé par la lumière de l'aube, dut mettre sa main devant ses yeux. Depuis le ciel, il lui fallut quelques instants pour se situer. Guajo lui montra du doigt le village de Dent-d'Oiseau, non loin de là : le jeune roi ne put s'empêcher d'avoir une ultime pensée mélancolique pour Aile-de-Corbeau, et la vie qu'il avait menée parmi les Worshs…

Mais le moment n'était plus à la nostalgie, se dit-il. Fixant le soleil qui rougeoyait juste au-dessus de l'horizon, il ordonna aux créatures de prendre de l'altitude.

À son signal, cent Dragons Etoilés fusèrent dans le ciel pourpre.

Troisième partie
L'ENVOL DES DRAGONS

CHAPITRE 1

Le vent sifflait aux oreilles de Wilf et se prenait dans sa longue chevelure. Le fourreau de son épée claquait contre sa cuisse bronzée. La vitesse, conjuguée au grand air, lui procurait une ivresse euphorique. Il avait la sensation que le ciel lui appartenait, d'un horizon à l'autre. Derrière lui, planaient majestueusement les dragons, futurs instruments de sa victoire.

L'armée céleste devait faire sa première escale dans la région de Fael, où Guajo avait décelé la présence de Lucas. S'il y avait eu d'autres survivants à la désastreuse bataille de Mossiev, ils se seraient vraisemblablement réunis en un même lieu.

Wilf n'aurait pu accepter l'idée d'aller livrer bataille sans savoir lesquels de ses compagnons étaient encore en vie, ni s'ils se trouvaient en sécurité. Pour ce qu'il en savait, Lucas et les autres pouvaient très bien avoir été emprisonnés par la Théocratie.

À mesure que les dragons approchaient de Fael, Guajo déclarait sentir plus précisément la présence de l'ancien novice. Finalement, il fut en mesure de le localiser avec certitude : Lucas se trouvait quelque part en mer, non loin des côtes de Fael…

Qu'était devenu son fidèle ami ? se demandait Wilf avec inquiétude. Avait-il vécu sur une île ? À bord d'un navire ? Comment avait-il pu échapper aux agents que Mazhel n'avait sans doute pas manqué d'envoyer à ses trousses ? Le jeune roi savait qu'il aurait bientôt la réponse à toutes ces questions, mais cela n'était pas suffisant pour calmer son impatience…

Fondant vers l'Ouest à tire d'ailes, sa monture volante passa loin au-dessus du castel des ducs. Mais pas encore assez loin, au goût du jeune homme… La cité de Fael, le port, la forteresse qu'il avait tant aimée, étaient réduits à l'état de ruines. Apparemment, il n'y vivait plus le moindre habitant, comme si les lieux avaient été marqués par quelque malédiction. Seule trace de civilisation au milieu des décombres : le drapeau de la Théocratie, flottant au sommet de l'unique tour qui avait été épargnée…

Pendant un instant, Wilf fixa son regard sur cet étendard noir, marqué de la croix ansée. Il sentit sa rage enfler, comme toujours lorsqu'il était confronté à ce symbole honni. Il lui semblait que sa colère allait exploser, que sa vengeance ne pourrait pas attendre une seconde de plus pour s'accomplir. *Pas encore...* se dit-il pour s'apaiser. *Mais très bientôt...*

Quelques minutes plus tard, les dragons survolaient les criques et les plages qui dentelaient la côte arionite. Parmi les mille cachettes que dissimulaient ces falaises encaissées, Guajo guida l'armée volante tout droit vers le refuge de Lucas.

Enfin, au détour de deux colonnes de roc, formes titanesques plantées dans la mer comme des aiguilles de pierre, Wilf aperçut quelque chose. Un galion, qui portait les armes de la Terre d'Arion... Ses voiles étaient amenées, et il tanguait à peine, protégé des remous comme des regards indiscrets par les colonnes de pierre.

C'était un fier navire de la marine faelienne, avec sa coque de bois brun, ses mâts élégants et les dorures qui paraient ses flancs. Sans doute le seul qui avait pu échapper à la Théocratie, pensa Wilf, depuis que la guerre avait été perdue...

Maintenant tout proche, le jeune souverain put remarquer plusieurs formes humaines sur le pont. Parmi elles, il était presque sûr de reconnaître Lucas, avec sa robe et son manteau gris. Cela n'était pas très étonnant, à présent qu'il y pensait : si Guajo avait pu sentir le So Kin de l'ancien religieux, la réciproque était certainement possible. Surtout maintenant, puisque Guajo ne cherchait plus à dissimuler son aura d'Orosian à ses alliés…

Ordonnant aux autres dragons de se poser sur une plage proche, Wilf fit atterrir celui qu'il chevauchait. Après avoir ralenti son vol à l'aide des ses immenses ailes, la créature toucha le pont du galion sans même lui faire subir la plus petite secousse.

Wilf et Guajo mirent alors pied à terre, découvrant enfin qui d'autre composait l'équipage de ce navire.

La silhouette grise était bien celle de Lucas, accompagné de Djulura, d'Oreste et d'une dizaine de soldats du Sud que le jeune homme se souvenait d'avoir eu sous ses ordres. Djulura attira immédiatement son attention, car elle était visiblement enceinte. À en juger par la rondeur de son ventre, Wilf estima même qu'elle serait bientôt à terme.

Personne ne parlait, chacun détaillant les compagnons qu'on avait cru mort… Un moment de silence total saluait l'arrivée du monarque à bord de ce navire, l'ultime bâtiment de sa flotte. Les occupants du galion, de toute évidence, n'en croyaient pas leurs yeux.

Le roi Wilf, qui avait pourtant été massacré devant eux, revenait aujourd'hui à dos de dragon… Il se présentait ainsi, à moitié nu, les cheveux longs et la peau tannée... Était-ce bien leur souverain, ou seulement un barbare qui lui ressemblait ?

Bouche bée, les derniers des rebelles avaient vu la nuée de dragons les survoler. Puis l'un d'entre eux s'était posé, comme pour qu'ils puissent l'observer de plus près. Et maintenant, c'était au tour de leur roi de se montrer, accompagné de son écuyer qu'on avait cru mort également...

Lucas fut le premier à émettre un son :

— Wilf... C'est bien toi, mon frère ?

Il avança timidement, imité par le jeune monarque.

— Wilf... répéta-t-il, les larmes aux yeux. Il n'y a pas de supercherie : je pourrais reconnaître ce regard entre mille ! Mais... comment est-ce possible ?...

Sans répondre, Wilf vint étreindre son vieux camarade. Chacun des deux, ayant retrouvé son frère d'armes, avait le sentiment que le monde retrouvait un peu de réalité.

— Tout a été si confus, depuis la bataille de Mossiev... dit le spirite en séchant ses yeux humides. Mais tu es de retour, mon roi, et les choses vont enfin reprendre un sens...

À leur tour, Djulura et Oreste vinrent saluer Wilf chaleureusement, tandis que Lucas poursuivait :

— Ainsi, tu as fini par découvrir la cachette des Dragons Etoilés ! s'exclamait-il avec enthousiasme.

« Et toi, Guajo ? Que s'est-il passé ?... C'est idiot, mais... il m'a semblé que tu maîtrisais le So Kin !

En entendant cela, Wilf ne put s'empêcher de sourire avec ironie.

— C'est une longue histoire... assura-t-il. Et... je crois que tu vas en goûter tout particulièrement la saveur, mon ami...

Oreste jetait des regards à droite et à gauche, apparemment tiraillé entre son désir de poser des questions et celui de faire ses propres révélations au souverain. Finalement, il déclara :

— Il faut que tu saches : nous ne sommes pas seuls, Wilf... Zarune est ici. Elle est arrivée il y a quelques jours, accompagnée par un Orosian nommé Jâo. Ce dernier est reparti aussitôt, mais Zarune est restée... Je comprends mieux, maintenant : elle devait attendre ton retour !

Ces paroles ne manquèrent pas d'éveiller l'intérêt de Wilf, qui demanda aussitôt :

— Puis-je la voir ?

Le Ménestrel haussa les épaules :

— Je l'ignore. Elle n'a pas quitté sa cabine une seule fois depuis son arrivée. Elle semble passer son temps à méditer...

Le jeune homme acquiesça.

— Bien. J'irai la voir tout à l'heure. Pour le moment, je crois que nous avons de nombreuses choses à nous dire…

Descendus dans le carré des officiers, les compagnons purent apprécier leurs retrouvailles tout en échangeant leurs informations. Lucas et les autres survivants de la bataille contèrent comment ils avaient regagné Fael après la débâcle, avec l'espoir d'organiser la défense de la Terre d'Arion. Hélas, il était déjà trop tard, lorsqu'ils avaient franchi les murailles de la cité des ducs. L'armée du pharaon les talonnait de trop près…

Ils avaient donc dû se résoudre à fuir, dérobant de justesse ce galion dans le port, avec une poignée d'ultimes fidèles. Tandis qu'ils larguaient les amarres, Fael était déjà livrée aux flammes par les moines-soldats… Le navire était ainsi devenu le seul refuge.

— Depuis, la Théocratie n'a eu de cesse de nous poursuivre, expliquait Djulura, mais les hommes du Nord ne savent pas manœuvrer en mer, c'est bien connu… Et ils ne possèdent pas le dixième de notre connaissance de cette côte. (Elle ricana.) Le pharaon a perdu de nombreux bâtiments en les envoyant à notre recherche, ajouta-t-elle fièrement. Mais je ne vous cache pas que ces victoires ont été nos seules sources de joie au cours des derniers mois…

Wilf hocha la tête avec compassion. Il ne cessait d'observer ses anciens camarades, tâchant de deviner dans quelle mesure la guerre et la défaite avaient pu les changer…

Au départ, avisant le ventre rond de Djulura, il en avait déduit que les choses allaient mieux entre la duchesse et Lucas. Mais ce dernier, le bonheur des retrouvailles vite estompé, ne montrait aucun signe de félicité. Wilf connaissait son ami, et savait que Lucas aurait dû faire preuve de plus d'espoir alors même qu'il s'apprêtait à devenir père. Il y avait un mystère derrière cette grossesse, le jeune roi en avait l'intuition…

Quelque temps plus tard, lorsque toutes les révélations eurent été faites, et tous les sujets débattus, il s'arrangea pour s'isoler avec le spirite. Tous deux remontèrent sur le pont, prétextant d'aller respirer un peu d'air frais à la faveur du crépuscule. Wilf proposa qu'ils aillent s'asseoir à la proue, et ils furent bientôt juchés sur les rambardes dorées qui dominaient l'océan. À l'horizon, on voyait la plage et les cent silhouettes de dragons, qui se reposaient en ayant gracieusement glissé leur long cou sous leur aile.

Lucas semblait pour l'heure encore plus fortement perturbé : il venait d'apprendre, entre autres choses, que le bon Guajo n'était autre que Pangéos, le dieu qu'il avait vénéré toute sa jeunesse…

Wilf savait également que son camarade avait dû enterrer son mentor, l'abbé Yvanov, mort à la bataille de Mossiev. On pleurait aussi Ygg'lem, Andréas, Conrad et tant d'autres… Et le roi savait maintenant que Sarod, l'enfant résistant, grand artisan de la Nuit des Égorgés, avait été dénoncé après la débâcle, puis martyrisé en place publique. Pourtant, ces nombreuses morts ne pouvaient à elles seules expliquer le comportement dépressif de Lucas. Face aux épreuves, le spirite s'était toujours montré plus solide que cela… Jusqu'à présent.

— Pas de nouvelles des Tu-Hadji ? demanda Wilf pour entamer la conversation, bien que cette question ait déjà été posée dans l'après-midi.

Lucas, pas dupe, se contenta de hausser les épaules.

— J'espère que Pej et Jih'lod s'en sont tirés… marmonna le souverain pour lui-même. Quant à toi, Lucas, j'aimerais assez savoir ce qui te tourmente à ce point. Tu es venu à mon aide chaque fois que j'en avais besoin, alors si je pouvais t'être utile à mon tour…

Lucas leva enfin les yeux vers Wilf.

— Je te remercie, dit-il. Mais tu ne peux rien pour moi. C'est une souffrance que je dois affronter seul…

— Dis-moi au moins de quoi il est question ! explosa soudain Wilf, saisissant l'épaule de son compagnon.

Ce dernier soupira.

— C'est tellement futile, déclara-t-il, le regard dans le vague. Le sort du continent est de nouveau sous notre responsabilité… Le destin de millions de gens… Il faut vraiment que je me ressaisisse.

Wilf hocha la tête avec lassitude.

— C'est à propos de Djulura, n'est-ce pas ?

— Tu as deviné… murmura Lucas, capitulant. Je suis toujours amoureux d'elle, tu comprends ?

Wilf haussa les sourcils.

— Où est le problème ? demanda-t-il. Tu l'aimes, vous allez avoir un enfant…

— Ce n'est pas mon enfant, avoua abruptement Lucas, la voix rauque.

De nouveau, le jeune monarque fit les yeux ronds.

— Nous ne nous sommes pas touchés depuis qu'elle a été guérie de sa folie, ajouta Lucas. Pas une seule fois…

— Mais alors… ? commença Wilf.

— Je ne sais pas… soupira le spirite. J'ignore de qui elle est enceinte. Même si j'ai ma petite idée sur la question… L'important, c'est qu'elle en aime un autre. Et moi, je ne parviens pas à l'oublier !

CHAPITRE 2

Wilf n'avait jamais vu son ami dans un tel état, pas même lorsque celui-ci avait dû abjurer sa foi pour survivre. Ses yeux étaient cernés, son teint blême… Sa sagesse mystique ne parvenait visiblement plus à faire barrière à ses sentiments tourmentés…

Le jeune roi, en dépit de l'amitié profonde qui l'unissait à la duchesse, ne pouvait s'empêcher de lui en vouloir un peu, face à Lucas qui n'était plus que l'ombre de lui-même. Mais il savait aussi que Djulura n'avait pas un cœur de pierre : si elle faisait souffrir Lucas, elle devait le regretter autant que lui. C'était simplement ses sentiments qui avaient changé… Alors, qu'aurait-il pu faire pour aider son camarade ? enrageait Wilf. Il n'en avait pas la moindre idée.

Le spirite blond reprit :

— Tu es le seul à savoir que je n'ai pas eu de rapports intimes avec Djulura au cours des derniers mois : je ne l'ai dit à personne d'autre, pour ne pas la mettre dans l'embarras. Garde le secret, s'il te plaît.

Le monarque allait donner son accord, lorsqu'une autre voix s'éleva près d'eux.

— Cela ne sera pas nécessaire, déclara le nouveau venu.

Wilf et Lucas se tournèrent subitement vers celui-ci, n'en croyant pas leurs yeux.

— Ymryl ! rugit Wilf, la voix chargée de haine. Tu n'aurais jamais dû te montrer… menaça-t-il, l'épée levée pour appeler à lui les Dragons Etoilés.

— Attends ! le conjura le Prince-Démon. Laisse-moi seulement une minute pour m'expliquer…

Après un coup d'œil échangé avec Lucas, le roi accepta d'abaisser son arme. Mais son regard restait toujours aussi dur alors qu'il le posait sur le serviteur de Fir-Dukein.

Les trois hommes restèrent une seconde à s'observer, immobiles. Curieusement, le guerrier d'Irvan-Sul semblait être simplement monté depuis les cabines, au lieu d'utiliser la magie comme à son habitude. Plongé dans leur conversation, les deux amis n'avaient pas vu approcher sa haute silhouette en armure d'argent.

— Que veux-tu ? cracha Wilf.

Le prince baissa ses yeux noirs, et tira lentement son épée. D'un geste qui ne prêtait pas à confusion, il la jeta au loin.

— Crois-tu que je vais t'épargner parce que tu seras désarmé ? grinça le jeune roi, un peu décontenancé malgré tout. C'est bien mal me connaître !

Ymryl releva les yeux et braqua son regard dans celui de Lucas, ignorant impérialement Wilf.

— La mascarade a assez duré, dit-il d'un ton neutre. Je suis venu chercher Djulura. Elle… et mon enfant.

Sa déclaration fit l'effet d'un coup de tonnerre. Chacun resta silencieux un instant, Wilf ne sachant s'il devait exploser de colère ou bien se taire comme Lucas.

— Je le savais, murmura alors ce dernier. Comment aurais-je pu ne pas m'en douter ?…

Le spirite semblait plus déprimé que rageur, à la différence de Wilf. Le jeune roi, lui, aurait volontiers demandé à ses dragons de dévorer le prince pour le faire taire… Il n'arrivait pas à croire que Djulura portait l'enfant d'un de leurs pires ennemis. Il ne pouvait l'accepter !

Pourtant, il devait reconnaître qu'Ymryl semblait s'être exprimé sans morgue particulière, et qu'il ne cherchait apparemment pas à blesser Lucas. Il se contentait d'énoncer une vérité.

— Je comprends que cela vous paraisse odieux, ajouta-t-il, sa voix dépourvue d'agressivité confirmant l'impression de Wilf. Mais pour moi, c'est tout le contraire… Cet amour est le seul miracle, *le seul,* dont je puisse me targuer…

« Nous pouvons nous battre si vous le souhaitez, mais je suis simplement venu pour elle.

À ces paroles, Wilf sentit la haine bouillir en lui. L'attitude du Prince-Démon lui était encore plus insupportable que s'il s'était montré belliqueux. Il fit un pas dans sa direction, les yeux pleins d'étincelles de colère, mais Lucas tendit le bras pour le retenir.

— Il est sincère, dit-il. Il aime Djulura, je le sens. Et c'est quelque chose que je comprends fort bien… Je sais aussi combien cela peut changer un homme. Écoutons ce qu'il a à dire, veux-tu ?

Masquant difficilement l'étonnement que lui inspirait la réaction de Lucas, Wilf acquiesça néanmoins.

— Hélas, je n'ai rien de plus à vous dire… murmura alors le Prince-Démon. Je ne suis pas venu ici pour quémander votre bénédiction. Mais simplement pour vous dire que j'emmenais Djulura de son plein gré.

— Qu'elle nous le dise elle-même ! s'exclama Wilf.

Joignant le geste à la parole, il se dirigea d'un pas décidé vers l'escalier qui descendait aux cabines. Lucas et Ymryl le suivirent sans oser prononcer un mot.

Après avoir ouvert plusieurs portes à la volée, le jeune roi finit par trouver les quartiers de Djulura. La diseuse était assise en tailleur sur sa couchette. La tête dans les mains, elle sanglotait silencieusement. Lorsque Wilf surgit dans la chambre, elle leva vers lui des yeux désolés.

— Est-ce que ces horreurs sont vraies ? l'interrogea abruptement le jeune souverain. Vas-tu vraiment nous trahir pour rejoindre le Roi-Démon ? J'ai besoin de l'entendre de ta bouche, duchesse…

À ce moment, Ymryl et Lucas, qui étaient resté dans la coursive derrière Wilf, se frayèrent un chemin pour prendre place dans la cabine. Oreste, qui venait de voir Wilf apparaître comme un fou sur le pas de sa porte, rejoignit également la petite assemblée.

— Que se passe-t-il ? fit le Ménestrel, notant avec stupéfaction la présence du Prince-Démon.

Djulura hocha la tête avec désespoir.

— Je ne voulais causer de tort à personne… soupira-t-elle, les yeux encore pleins de larmes. À aucun d'entre vous ! Vous êtes les quatre hommes que j'ai le plus aimés…

— Corbeaux et putains… grinça Wilf entre ses dents. Alors il disait la vérité ? Tu vas partir avec lui ? Djulura, tu as été la première personne à me révéler mon destin… La première personne à qui j'ai pu faire confiance !

La duchesse acquiesça avec tristesse.

— J'espère que tu pourras me pardonner, Wilf. Mais je sais ce que je dois faire… Car mon cœur appartient désormais à Ymryl ; il nous est impossible de le nier plus longtemps.

Tout en disant ses mots, elle s'était levée et avait rejoint le prince noir, glissant sa main dans la sienne.

Tournant son regard rougi vers Lucas, elle dit d'une voix rauque :

— J'ai voulu te le dire cent fois… Je n'ai jamais pu. (Elle marqua une pause, ravalant un sanglot.) Je comprends que tu me détestes.

Le spirite ne répondit rien, mais la regarda dans les yeux. Son regard bleu se fit plus limpide que jamais, et chacun put y lire ses pensées comme dans un livre ouvert : *Je ne te détesterai jamais, Djulura…*

Lorsqu'il parla enfin, tous se rendirent compte qu'ils avaient retenu leur souffle.

— Je vais être en paix, dit tranquillement l'ancien novice. Je redoutais ce moment depuis si longtemps… À présent, je suis libéré de cette attente. Libéré…

Il croisa les mains sur son ventre, comme à son habitude, et parvint même à sourire.

— Au fond de moi, ajouta-t-il en désignant son cœur, je serai toujours ton ami… Mais tu sais que nous devrons nous battre dans des camps opposés, si tu choisis de suivre Ymryl. Je voudrais croire à ton bonheur, mais je t'imagine mal servant dans l'armée de Fir-Dukein, luttant contre tout ce en quoi tu as jamais cru…

Wilf observait la scène avec une vague nausée. Il ne parvenait pas à réaliser que sa plus ancienne alliée allait les trahir. Rejoindre les forces du Mal…

— Je vais te tuer ! s'écria-t-il subitement, levant le poing sur Ymryl. C'est toi qui l'as corrompue avec ta magie noire !

Il s'apprêtait à frapper le prince, voyant que ce dernier n'esquissait pas le moindre mouvement pour se défendre. Mais il dut interrompre son mouvement, car Djulura s'était interposée entre eux. Debout devant son amant, elle fixait le jeune roi en tremblant d'émotion.

Le visage de Wilf se ferma, devenant comme une statue de pierre. Le regard empli de colère, il baissa la tête, et demeura immobile.

Ce fut alors le Prince-Démon lui-même qui prit la parole :

— Comment pouvez-vous la croire capable de rejoindre les forces du Mal ? Est-ce possible de la connaître si mal ? Et vous vous dites ses amis !…

Wilf et les autres levèrent vers le serviteur de Fir-Dukein des yeux intrigués.

— Elle n'abandonne pas ses allégeances, continua ce dernier. C'est moi qui renie la mienne.

Le silence se fit alors total, Wilf, Lucas et Oreste tentant de déceler si leur vieil ennemi disait vrai.

— Je sais que rien ne pourra racheter les atrocités que j'ai commises jusqu'à aujourd'hui, déclara celui-ci. Je ne vous demande pas de m'apprécier... Mais je vous conjure de ne pas faire payer mes fautes passées à Djulura. Regardez-la : elle est toujours celle que vous avez connue ! Celle que vous avez aimée...

« Aujourd'hui, j'ai rompu tous les liens qui m'unissaient au Roi-Démon. J'ai perdu mes privilèges, et une bonne part de mes pouvoirs. Je ne suis plus l'immortel fils de Fir-Dukein. Djulura a dû me cacher ici depuis des jours : j'ai vécu à fond de cale, dans la peur d'être retrouvé par mon ancien maître...

Wilf secouait à présent vigoureusement la tête.

— Tout cela me semble une aberration, dit-il. C'est un nouveau piège, une ruse à laquelle toi et ton maître mêlez Djulura pour nous attendrir. Mais je ne marche pas... Quel gage aurions-nous de ta bonne foi ?

Le prince le fixa de ses yeux noirs. Il y eut comme une décharge d'électricité crépitant entre les deux hommes.

— Je ne mens jamais, déclara Ymryl avec un imperceptible sourire. (Un nouveau silence…) Pour preuve de mon revirement, j'accepte de trahir mon père pour vous, en vous révélant ses projets. Mais il s'agira d'un marché : en échange, je veux que vous accordiez de nouveau votre confiance à Djulura.

Wilf et les autres échangèrent quelques regards, puis acquiescèrent.

— Nous n'aurions pu la bannir de nos cœurs, de toutes façons, conclut Oreste avec philosophie.

— Nous t'écoutons… ajouta Wilf en s'asseyant sur la couchette de la duchesse.

Les discussions entre le Prince-Démon et ses anciens adversaires durèrent jusqu'au petit matin. Par amour pour la belle diseuse, Ymryl trahit celui qui avait été son maître pendant plus de quatre siècles. Et il le trahit autant qu'il était possible, révélant jusqu'au moindre de ses secrets, des heures durant… Wilf apprit ainsi quels plans le Roi-Démon avait dressés à son égard : Fir-Dukein voulait le corrompre et le gagner à sa cause, afin de réduire à néant les espoirs des Tu-Hadji. Il avait tout tenté pour cela… Pendant des années, il avait chargé Ymryl de veiller à la sécurité de Wilf, mais aussi de l'amener à lui prêter allégeance. Seule la jalousie du prince, à l'époque, avait peut-être empêché ce projet d'aboutir…

Pourtant, cela n'était rien à côté des ambitions du Roi-Démon en ce qui concernait le continent. Fir-Dukein désirait le pouvoir absolu, la domination totale : il comptait dévaster le pays pour en faire une immense imitation de sa patrie, l'Irvan-Sul. Les Qanforloks et les Qansatshs envahiraient l'ancien Empire par millions. Quant au sort des humains, il n'y aurait pas pour eux de reddition possible : la seule issue serait la mort… Pour le moment, Fir-Dukein attendait patiemment d'envoyer ses armées à l'assaut. Au rythme où allaient les choses sous le joug de la Théocratie, le peuple du continent n'aurait bientôt plus la moindre ressource pour se défendre efficacement contre ses troupes démoniaques. Le moment venu, il lancerait sa campagne de conquête…

Par chance, le jeune Roi du Cantique aurait dorénavant les moyens de lutter, à l'aide des Dragons Etoilés et des informations stratégiques fournies par Ymryl. Le prince en armure d'argent avait dressé, durant toute la nuit, des cartes présentant les réseaux souterrains des Hommes-

Taupes, les emplacements des bastions Qansatshs, et livré tous les secrets militaires qu'il détenait en tant que général.

Wilf savait qu'il devrait néanmoins se méfier, car il n'était pas encore persuadé que le revirement d'Ymryl ne constituait pas qu'une vaste ruse. Mais dans tous les cas, il lui faudrait combattre le Roi-Démon, lorsqu'il aurait vaincu Mazhel et les Orosians... Le jeune monarque se prit une fois de plus à espérer que Pej avait survécu aux combats de Mossiev, et qu'il pourrait l'avoir à ses côtés lors de l'ultime bataille contre Fir-Dukein.

Alors que l'aube allait se lever, le prince fit une dernière déclaration :

— J'ai encore quelque chose à vous montrer, afin de prouver ma bonne foi, annonça-t-il. Ça te concerne, Wilf...

Le souverain leva les yeux, ne pouvant se retenir de froncer les sourcils avec suspicion.

— Il faut que tu me suives. Seul, si tu veux bien...

Oreste se raidit légèrement, mais Wilf lui adressa un regard apaisant. Djulura, elle, semblait faire une totale confiance à son amant. Quant à Lucas, paradoxalement, il paraissait être celui qui avait le mieux accepté le changement d'allégeance d'Ymryl.

Haussant les épaules, Wilf fit signe au prince de le devancer. Il lui emboîta le pas et se laissa conduire dans les profondeurs du galion.

— Où est-ce que tu m'emmènes ? demanda-t-il au bout d'une minute, alors qu'Ymryl descendait l'échelle qui menait à la cale.

— Un peu de patience… se contenta de murmurer le guerrier.

Finalement, il conduisit Wilf devant une petite porte qui paraissait s'ouvrir sur une réserve quelconque.

— Il y a là quelqu'un qui veut certainement te voir, déclara-t-il en glissant une clé dans la serrure.

Alors que Wilf, sur ses gardes, se demandait de qui Ymryl voulait parler, la porte s'ouvrit. Au fond de la petite réserve, assis parmi les tonneaux et les coffres de marine, il y avait un vieil homme. Wilf mit un instant à le reconnaître, puis s'écria :

— Père !

Spontanément, il courut vers le vieillard et lui saisit les mains. L'homme n'était plus que le fantôme du soldat qu'il avait été autrefois, mais c'était bien Holm, le père adoptif qui avait élevé Wilf durant ses toutes premières années.

— Mon petit… murmura l'ancien esclave des Hommes-Taupes, la voix brisée par l'émotion.

C'est un miracle ! Toutes ces années, j'ai tellement souhaité voir un jour l'homme que tu étais devenu…

Tandis que le vieux soldat et le jeune roi s'observaient sous toutes les coutures, Ymryl éleva discrètement la voix :

— Je l'ai emmené avec moi, lorsque j'ai quitté la Forteresse-Démon. Seule Djulura savait qu'il était ici. Mon maître et moi le gardions prisonnier, comme éventuelle monnaie d'échange… mais j'ai pensé que cela te ferait plaisir de le retrouver.

Pour la première fois, Wilf leva un regard presque reconnaissant sur celui qui avait été sa némésis. Puis il se tourna de nouveau vers son père adoptif, et se laissa submerger par la vague de souvenirs d'enfance qui envahissaient sa mémoire.

Sans un mot de plus, Ymryl s'éloigna et les laissa à leurs retrouvailles.

CHAPITRE 3

Le lendemain matin, les Dragons se préparaient à reprendre la route. Ils iraient droit vers la cité céleste des Orosians, autrefois connue sous le nom d'Étoile du Csar. Wilf sentait approcher l'heure de sa vengeance contre la Théocratie, et cette perspective le mettait dans un état de fébrilité inhabituel.

Peu avant le départ, alors qu'il était debout à la poupe du galion, les coudes appuyés sur la barre en forme de large roue, Lucas vint le rejoindre. Le souverain se retourna pour lui faire face.

Il vit, derrière son ami, le soleil qui commençait à peine à colorer la falaise. Sur la plage, les dragons n'avaient pas bougé depuis leur arrivée. Ils semblaient dormir d'un sommeil profond.

— Vous êtes toujours résolus à m'accompagner? demanda Wilf.

Lucas hocha affirmativement la tête. La veille, il avait été convenu que tous se joindraient à l'attaque contre les Orosians. Guajo serait bien sûr de l'aventure, mais aussi Oreste. Djulura et Ymryl, également: Lucas était parvenu à les convaincre de rester tous deux à leurs côtés, à bord du galion... Et le prince, s'il était loin d'avoir été accepté dans les cœurs des rebelles, constituait néanmoins un allié dont la science des batailles serait fort utile. Seuls Holm et Zarune - qui n'avait toujours pas daigné se manifester - demeureraient en compagnie de l'équipage.

— Comme vous voudrez, soupira Wilf. J'espère seulement que vous ne prendrez pas de risques...

— Si tout se passe bien, nous nous contenterons de chevaucher les dragons, assura Lucas. Mais ce n'est pas de cela que j'étais venu te parler.

Wilf lui fit signe de continuer.

— Tu sais que j'étudie régulièrement le So Kin, depuis les quelques mois que j'ai passé dans les abysses... Et, depuis un certain temps maintenant, j'ai commencé à comprendre la raison de tout ceci...

— Tout ceci ? répéta Wilf.

— Oui. Notre existence. Le fait que nos destins soient liés, et les projets des Voix à notre égard... Je crois que je sais à présent ce que nous pouvons faire ensemble.

— Tu peux préciser ? soupira le souverain.

— Ce que je veux dire, c'est que grâce à ton potentiel, nous pourrions rendre le So Kin utilisable par tous... Sans qu'une initiation soit nécessaire, sans mutations ni risque de devenir fou… Tu imagines ce que cela représente ?

Le jeune roi acquiesça, soudain pensif. Cette perspective avait tout pour éveiller son intérêt. Depuis longtemps, il se battait pour délivrer la Skah de sa corruption, et l'offrir de nouveau aux humains et aux Tu-Hadji. S'il pouvait en être de même avec le So Kin, il parviendrait peut-être à vraiment changer la face du monde… Il se souvint des rêves étranges qu'il faisait parfois à ce sujet, voyant les peuples vivre en harmonie avec toutes forces les mystiques qui les entouraient… Il avait eu cette vision, un jour : il savait que l'humanité devrait évoluer, ou s'éteindre.

Avec sérieux, il s'adressa donc à Lucas :

— Dis-m'en plus, s'il te plaît…

Le spirite sourit de satisfaction, ravi d'avoir obtenu l'attention de son interlocuteur.

— Nous avons déjà évoqué la particularité de ton âme, n'est-ce pas ? Tu n'en possèdes pas qui te soit propre, et c'est ainsi la somme de toutes les âmes qui t'insuffle la vie… Voilà ce à quoi j'ai pensé : si tu étais initié au So Kin, je suppose que l'humanité entière le serait en même temps. Ainsi, le pouvoir de l'âme intérieure serait en quelque sorte domestiqué, nous en ferions don à tous nos prochains… Pense un peu aux conséquences que cela pourrait avoir… Le monde connaîtrait un nouvel âge d'or !

Wilf hocha la tête, étonné :

— Mais c'est impossible, tu le sais… Depuis ma chute dans le soleil souterrain d'Orkoum, je suis incapable de subir l'initiation au So Kin. Tout au plus puis-je éviter les mutations et la folie grâce aux exercices mentaux que tu m'as enseignés !

— C'est là que tu te trompes, poursuivit Lucas. Je pense que tu peux dépasser ce handicap, si tu reçois l'aide adéquate. J'en ai parlé avec… Guajo - Lucas avait buté sur ce nom, peinant toujours à accepter l'idée que l'écuyer arrucian et la divinité de l'Empire ne faisaient qu'un. Il pense comme moi. D'après lui, il y a une personne qui aurait le pouvoir de rendre sa liberté au So Kin figé en toi.

— Qui ça ? le coupa Wilf.

— Zarune. Guajo pense même que c'est à cette fin qu'elle nous a rejoints. Les possibilités que j'ai entrevues ne lui ont sans doute pas échappé…

Le jeune roi demeura songeur un moment.

— Ainsi, Zarune pourrait réveiller mon pouvoir du So Kin… médita-t-il. Je suppose que cela ne serait pas sans danger ?

Lucas fit la moue.

— Je n'ai aucune réponse à te fournir sur ce point, avoua-t-il. Cela peut-être très dangereux pour toi, ou parfaitement inoffensif: c'est quelque chose qui n'a encore jamais été testé sur personne, et pour cause.

— Je tenterai l'expérience, dans tous les cas, affirma Wilf en fronçant les yeux. Je suis le seul à pouvoir jouer ce rôle de catalyseur... Pour la première fois, le fait d'être dénué d'âme individuelle me sera utile, ajouta-t-il avec un reste d'amertume. Et... les générations à venir seront plus libres si elles peuvent communier avec le So Kin...

Lucas sourit.

— Je ne t'ai pas toujours connu un tel sens du sacrifice, dit-il.

— Disons que je n'y avais pas de prédispositions particulières, répliqua Wilf en riant tout bas. Mais j'ai abandonné depuis longtemps l'ambition de choisir mon destin... J'ai été créé pour le bien de l'humanité, même si cela ne me plaît pas. (Il eut un nouvel éclat de rire, plus cynique.) Si Zarune n'avait pas donné l'ordre de ressusciter Arion, je n'aurais jamais eu la chance de vivre. Alors, j'estime que je lui dois bien ça...

L'ancien moine acquiesça pensivement.

— Tu ne crois pas que nous devrions aller la voir, justement? C'est un peu étrange qu'elle ne se soit toujours pas montrée… Peut-être attend-elle que *nous* prenions la décision de la mêler à notre dessein ?

— Possible, admit Wilf. Tu as raison, descendons la trouver… C'est le meilleur moyen de le savoir.

Sur ces mots, le jeune roi fit signe à Lucas de le précéder et jeta un regard au ciel matinal. Il savait que les Dragons Etoilés mettraient près d'une journée à rallier l'Étoile du Csar. S'il voulait attaquer aujourd'hui, il ne devait donc pas se mettre en route trop tard. Mais une conversation avec « Celle-Qui-Dort » méritait sans doute ce petit délai, se dit-il.

Parvenus devant la porte de sa cabine, les deux jeunes hommes échangèrent un regard embarrassé. Puis, haussant légèrement les épaules, Lucas se résolut à frapper trois petits coups qui résonnèrent sur le bois.

Un instant plus tard, sans qu'ils en aient vraiment eu l'espoir, le battant s'ouvrit. Zarune, dressée sur le pas de la porte, leva sur eux un regard tranquille.

— Je vous attendais, murmura-t-elle avec un sourire indéchiffrable. Entrez, je vous en prie…

Un peu étonnés, malgré eux, par la simplicité de la situation, les deux jeunes gens obéirent, et s'assirent dans les fauteuils que l'Orosiane leur désignait. Elle-même regagna sa couchette, sur laquelle elle s'installa en tailleur, les mains jointes devant elle.

De nouveau, Wilf et Lucas échangèrent un regard furtif. Par un haussement de sourcils appuyé, le jeune roi faisait signe à son aîné de prendre la parole. De son côté, l'Orosiane rebelle ne se permit pas de sourire, mais une lueur dans ses yeux clairs trahissait son amusement tranquille.

Elle portait une robe blanche toute simple, sous un manteau gris sans fioritures. Si elle ne s'était distinguée par l'absence totale de symboles religieux, elle aurait très bien pu passer pour une pèlerine de la Théocratie.

Physiquement, elle était pâle et fine, paraissant presque fragile. Ses longs cheveux blonds et ses yeux gris auraient dû la faire ressembler un peu à Djulura. Pourtant, cela n'était pas du tout le cas. Là où les traits, la silhouette, le regard de la duchesse évoquaient l'énergie, on ne lisait chez Zarune que douceur et patience. La seule chose qu'elles avaient en commun, c'était leur subtil détachement, comme si elles contemplaient le monde au-delà du visible. Toutes les deux, à leur manière, étaient des visionnaires, se rappela Wilf.

Il sourit intérieurement, car l'Orosiane était exactement telle qu'il se l'était représentée... Il lui semblait la connaître depuis toujours, alors qu'il n'avait jamais aperçu que son gisant sculpté dans la pierre...

Lucas s'éclaircit la gorge, et dit enfin :

— Zarune... Pardonnez-nous d'interrompre votre méditation, mais Wilf et moi tenions à faire votre connaissance avant de partir pour Mossiev...

— Où vous allez livrer bataille à mes frères et sœurs, dit l'Orosiane. Je sais. Si vous le permettez, j'avais bien l'intention de vous accompagner...

Un peu surpris, Wilf acquiesça néanmoins. Il lui était un peu difficile de se faire à l'idée que cette frêle jeune femme était plusieurs fois millénaire, et qu'elle avait dû affronter bien plus de guerres que lui, tout au long de son histoire...

— Bien, déclara-t-il d'une voix neutre. Je ne vois pas de quel droit je pourrais vous l'interdire... Après tout, c'est grâce à vous, si les Dragons et l'Épée des Étoiles sont en ma possession.

« À ce propos... Je dois avouer que j'ai maintes fois eu l'impression que vous tiriez les ficelles de ma destinée, dit-il encore plus bas. Au fil de mes voyages, j'ai rencontré toute sorte de gens qui m'apprirent comment vous aviez présidé à la résurrection d'Arion, dérobé les Dragons pour les cacher dans un Refuge Tu-Hadji, forgé l'épée qui nous permettrait, à moi ou à Arion, de contrôler ces créatures... Mises bout à bout, toutes ces révélations m'ont permis de me faire une idée sur vos desseins. Mais... à présent, j'aimerais assez entendre votre version des faits.

Zarune hocha la tête avec approbation.

— J'ai suivi votre parcours, depuis le tombeau où mes semblables m'avaient plongée en sommeil... commença-t-elle. Et, en effet, je pense que savez à peu près tout, aujourd'hui, des efforts que j'ai consentis pour lutter contre mes frères et sœurs. Je n'ai jamais pu m'habituer à leur esclavagisme et à leur cynisme... Depuis mon plus jeune âge, j'ai su que je ne voulais pas vivre dans le monde qu'ils étaient en train de bâtir.

« Lors du conflit entre Elfyes et Tu-Hadji, je me suis donc emparée des Dragons, et je les ai conduits dans la cachette où vous deviez les retrouver. J'avais de nombreuses visions prescientes, à l'époque. Beaucoup plus qu'aujourd'hui, où l'avenir est devenu si flou et chaotique... Dans ces prémonitions, je voyais Arion. Sans cesse. Je savais qu'il ne naîtrait que des siècles plus tard, mais j'étais prête à faire preuve de patience. J'ai donc forgé pour lui la Lame des Étoiles, afin de l'aider lorsqu'il partirait en croisade contre mes pairs. Car j'avais la certitude que lui seul, armé de son courage, de sa colère et son abnégation, pourrait vaincre mes frères et sœurs.

« Mais il y avait autre chose, dans mes prédictions. Je voyais la rébellion orosiane bâillonnée, pour des siècles… Je voyais les censeurs de Uitesh't me retrouver, puis m'enfermer dans ce sarcophage, au fin fond de Sylvedorel… Alors, j'ai créé l'ordre des Sœurs Magiciennes, pour qu'elles poursuivent mon œuvre en secret. Puis ce que je redoutais se produisit : dénoncée, je fus arrêtée par les autorités de mon peuple.

— Les Sœurs Magiciennes… lâcha Wilf à mi-voix. Elles m'ont toujours inspiré des sentiments bien mitigés…

Zarune acquiesça, et son regard se voila de tristesse.

— Je recrutai ces femmes parmi les humaines, dit-elle, et les chargeai de lutter contre les autres Orosians. À cette fin, pour préparer mon retour, elles devaient enseigner le So Kin autour d'elles, et soutenir les peuples contre la domination de mes semblables. Nous savons tous trois à quel point cette entreprise a échoué…

« Pourtant, une chose au moins s'est déroulée selon mes plans : lorsque Arion fut en âge d'accomplir sa destinée, l'une des Sœurs se souvint de l'Épée des Étoiles, que j'avais laissée à la garde de l'ordre avec pour consigne de la remettre au Roi-Magicien. Contre l'avis des autres, elle accomplit mes dernières volontés, et il s'ensuivit le glorieux règne que l'on sait.

— Pourtant, intervint Wilf dans un murmure, tout s'acheva dans un terrible cataclysme...

— C'est vrai, admit l'Orosiane, les yeux toujours empreints de chagrin. Je n'avais pas prévu la fourberie du Roi-Démon, et la folie qui s'empara des mages. Arion mourut avant d'avoir pu accomplir ce que j'espérais, à savoir retrouver les Dragons et les mener à l'assaut de Uitesh't... La tournure que prirent les événements me causa un tel choc que je demeurai plusieurs siècles avant de réagir. Dans ma prison, mon esprit s'engourdissait de plus en plus, et je perdais tout contrôle sur la Sororité. Bien des années plus tard, je parvins enfin à convaincre une poignée de Sœurs - les dernières parmi mes fidèles, à qui j'envoyais mes messages par le biais de la télépathie - de faire renaître Arion à partir de son sang et d'un œuf-lune. La suite de l'histoire, il me semble que vous la connaissez bien...

Wilf répondit au sourire de l'Orosiane. Il s'extasiait intérieurement sur l'impensable fil de coïncidences qui avait tissé leur destinée à tous. Des Voix de la Mer aux Orosians, des Orosians aux Dragons Etoilés... Puis la Lame des Etoilés, dont Arion avait fait son symbole sans jamais accéder au véritable pouvoir qu'elle détenait… Enfin, ceux qui s'étaient baptisés les Gens de l'Étoile, et qui avaient récemment montré qu'ils étaient toujours prêts à mourir pour la Monarchie… Le lien entre toutes ces époques lui semblait si fragile, si hasardeux, qu'il ne parvenait pas à considérer Zarune comme une manipulatrice. Elle n'était qu'une idéaliste, qui n'avait jamais cessé de lutter, et à qui les prochaines heures allaient peut-être enfin donner raison.

Wilf, profondément tombé sous le charme étrange de cette patricienne d'un autre âge, se prit à rêver de l'assaut contre l'Étoile du Csar. Mais, pour la première fois, ce n'était pas sa propre vengeance qui le motivait, ni même la libération de son peuple… À cet instant, il ne pensait qu'à la joie qu'il éprouverait en offrant à Zarune sa revanche sur les siens.

Il secoua la tête, s'arrachant à ces rêveries. Nul doute que l'Orosiane rebelle possédait un pouvoir inhabituel sur autrui… songea-t-il. Wilf et Lucas l'avaient senti dès le premier jour, lorsqu'ils avaient posé leur regard sur son visage endormi, sculpté dans la pierre de son sarcophage. Elle dégageait une aura mélancolique et poignante, appelant une fascination qui dépassait de beaucoup la simple séduction. Et c'était encore plus tangible à présent qu'elle se tenait devant eux en chair et en os. Pourtant, le jeune souverain était conscient du caractère inexplicable et inquiétant de l'attirance que Zarune exerçait sur lui, et ne comptait pas se laisser aveugler.

Un coup d'œil sur Lucas lui fit hausser les sourcils d'étonnement. Le spirite blond souriait, lui aussi, et son visage semblait avoir retrouvé sa sérénité surnaturelle. Dans les yeux bleus de l'ancien moine, on lisait une tendresse pudique, une naïveté dont Wilf ne savait s'il devait s'en amuser ou la redouter.

Il supposa toutefois que cela ne prêtait pas à conséquence, et se réjouit de voir son ami de nouveau paisible. Si l'Orosiane, se dit-il, avait le pouvoir d'adoucir un peu le chagrin causé par Djulura, il ne pouvait que s'en féliciter.

Et il n'était pas question, se promit-il encore, d'éprouver la moindre trace de jalousie envers son vieux compagnon, même alors que Zarune rendait au spirite son regard doux et complice...

Il toussota pour attirer de nouveau leur attention. Il régnait à présent dans la cabine une atmosphère à la fois feutrée et électrisée, qui s'était installée en moins d'une seconde.

— À présent... commença-t-il, mais il fut coupé dans son élan par une série de petits coups frappés contre la porte.

Zarune lui fit signe de laisser entrer le nouveau venu, et Guajo se joignit alors à eux.

Un sourire radieux sur le visage, l'Orosian avança vers sa congénère pour l'étreindre chaleureusement. Leurs regards se croisèrent un instant, bref échange où les siècles de non-dits furent balayés, laissant la place aux convictions qui scellaient aujourd'hui leur alliance.

— J'avais tort, et tu avais raison, dit seulement Guajo. J'aurais aimé te parler lorsque nous t'avons délivrée avec Jâo, mais le temps m'était compté…

— Je sais, répondit Zarune. Comme je savais, depuis toujours, que tu finirais par nous rejoindre, mon frère…

L'Orosian serra une dernière fois les mains de sa compatriote dans le siennes, puis prit place à côté d'elle, face à Wilf et Lucas.

— Il va être temps de nous mettre en route, déclara-t-il à l'intention du jeune souverain. J'étais simplement venu vous prévenir.

— Bien, déclara le souverain. Allons-y…

Son regard, à travers l'unique hublot de la cabine, se posa sur la plage visible à l'horizon. Les cent dragons, à présent recouverts d'une pellicule de sable fin, faisaient comme autant de dunes aux formes étranges.

Sur l'impulsion du jeune homme, ses compagnons se levèrent tous trois. Mais Zarune hocha la tête, un sourire amusé flottant sur ses lèvres.

— On dirait que vous oubliez la raison pour laquelle vous étiez venus me parler... Le So Kin figé dans votre corps, précisa-t-elle en regardant Wilf.

Elle poursuivit, laissant le jeune homme s'interroger sur la manière dont elle savait cela :

— La réponse est oui. Je pense pouvoir faire quelque chose. De plus, comme vous et Lucas, j'estime que c'est une expérience qui mérite d'être menée. Nous nous occuperons de ceci dès notre retour de Uitesh't.

Lucas la remercia avec enthousiasme.

Dès notre retour... répétait Wilf en pensée. *Nous parlons tous de l'assaut contre les Orosians comme s'il n'allait être qu'une formalité ! J'espère seulement que nous ne nous berçons pas d'illusions, et que les Dragons vont se montrer à la hauteur...*

Il y a encore quelque mois, j'ai perdu une armée entière face à un seul Orosian, songea le jeune roi avec un rictus nerveux. *Aujourd'hui, je dispose peut-être de nouvelles armes, mais c'est à des centaines d'entre eux que je m'attaque...*

CHAPITRE 4

Dans la nuit blanche de Mossiev, l'Étoile du Csar commençait à prendre forme. Les Dragons Etoilés, menés par le roi Wilf et ses fidèles, n'étaient plus très loin de leur objectif.

Soudain, les premiers jardins apparurent, et les ombres des dragons s'allongèrent sur cet horizon improbable. Au loin, on voyait les hauts bâtiments où les princes célestes devaient se livrer à leurs débauches habituelles. Un chant aigu s'éleva alors, déchirant la nuit. Wilf ignorait de quelle gorge de créature étrange provenait cette mélopée poignante, mais il devina qu'il devait s'agir d'une alarme. Les assaillants avaient été repérés.

Un sourire vint illuminer le visage du jeune roi tandis que l'air venait fouetter sa peau. Il tenait enfin sa revanche…

Jetant un œil derrière lui, il fit l'inventaire de ses suivants : Lucas, Guajo, Zarune, Oreste, Djulura et Ymryl volaient dans son sillage, montés comme lui sur le dos d'un dragon. Plus que tout le reste au sein de ce groupe hétéroclite, c'était la présence du Prince-Démon qui ne cessait de surprendre Wilf. Encore quelques jours plus tôt, jamais il n'aurait pu croire que tous deux se battraient un jour dans le même camp…

Après un dernier tour d'horizon, Wilf décida d'une stratégie. Il cria à ses compagnons l'ordre de se séparer en deux groupes, chacun entraînant une partie des dragons derrière lui. L'armée aérienne ainsi divisée, il leur commanda d'attaquer le cœur de la cité par les flancs. Pendant ce temps, lui-même prendrait la direction du Dôme de Uitesh't, suivi par le dernier tiers des créatures volantes.

Ainsi, la nasse des dragons se referma brutalement sur la capitale orosiane… Filant comme le vent sur le dôme aux parois violettes, Wilf eut néanmoins le temps d'apercevoir les premiers ravages causés par ses troupes sur les édifices périphériques. Conformément aux prédictions de Guajo, les Dragons Etoilés faisaient pleuvoir foudre et flammes sur la cité, dévastant des palais entiers en quelques secondes…

Exalté, Wilf fondit sur le sommet du Dôme, l'épée symboliquement tendue au-dessus du cou de sa monture. Sans réduire sa vitesse en aucune manière, le dragon traversa la paroi, qui fut pulvérisée sur le coup. L'immense baie vitrée, pourtant façonnée à partir d'énergie So Kin, vola en éclats. Le pouvoir des Dragons avait supplanté sa résistance, envoyant des milliards d'étincelles colorées à la ronde.

Presque surpris lui-même d'avoir percé les défenses ennemies aussi facilement, Wilf se retrouva donc à l'intérieur du sanctuaire orosian. Juste sous lui, il pouvait contempler les gradins du sénat, centre névralgique de la civilisation céleste... Contrairement à ce que le jeune roi avait cru, les lieux n'étaient pas déserts. De nombreux Orosians s'y étaient déjà rassemblés pour établir une stratégie contre les envahisseurs.

— Un peu trop tard, messires ! ricana Wilf en les englobant d'un seul regard.

Il les surplombait d'une vingtaine de mètres, depuis l'encolure de son dragon, et détaillait leur assemblée pour tenter de localiser Mazhel. Mais son vieil ennemi n'était pas dans le lot.

Encore un peu de patience... rumina-t-il en lui-même, avant de lancer l'assaut contre les Orosians présents. Ces derniers, s'étant contentés jusque-là d'ouvrir la bouche avec stupéfaction, se mirent alors à courir vers les issues.

Mais les dragons crachèrent, sur l'ordre de Wilf qui riait à présent aux éclats. Des torrents de flammes envahirent alors le sénat, réduisant les chaires à l'état de cendres, faisant fondre les murs... De nombreux Orosians flambèrent instantanément comme des torches, le corps tordu de douleur tandis qu'ils essayaient encore de fuir.

Les demi-dieux, autrefois invincibles, paraissaient à présent cruellement vulnérables. Depuis les hauteurs, Wilf observait leurs silhouettes minuscules prendre leurs jambes à leur cou, tenter en vain de se protéger… À chaque nouveau jet de flammes, il avait une pensée pour les souffrances qui avaient été infligées à son peuple. Il se rappelait également son dernier combat contre Mazhel : cette fois-là, c'était lui qui avait dû fuir… Et le jeune homme se connaissait assez pour savoir que sa soif de vengeance mettrait encore longtemps à s'étancher.

Il ne s'était pas attendu à voir ainsi fuir les Orosians, dont un seul avait mis toute son armée en déroute à Mossiev. Mais l'effet de surprise, l'impossible attaque qui les frappait ici, dans leur cité de luxe et de paresse… Cela pouvait peut-être expliquer un tel désarroi. De plus, Wilf se souvint que ses ennemis avaient conçu les Dragons Etoilés : ils devaient donc savoir ce qu'ils avaient à craindre… La plupart d'entre eux, voyant leurs terribles créations d'antan faire irruption dans leur refuge, avait dû connaître un moment de cauchemar éveillé. Nul doute qu'ils ne tarderaient pas à se reprendre, cependant.

Wilf devait se méfier, et ne pas sous-estimer ces adversaires quasi-divins.

Voyant qu'une poignée d'ennemis étaient parvenu à fuir dans le couloir central du Dôme, il s'apprêta à leur donner la chasse. Mais au dernier moment, un incident attira son attention ailleurs. On venait de frôler son esprit... À la deuxième tentative, il entendit distinctement la voix de Guajo.

Reviens, Wilf, lui disait son camarade.

Le jeune roi nota aussitôt la différence avec les précédentes expériences de communication psychique qu'il avait connues. Ce n'était pas du tout le même contact que celui de Lucas : moins doux, beaucoup plus intimant, l'esprit de Guajo n'était décidément pas celui d'un être humain...

Il faut changer nos plans... poursuivit ce dernier. *Jâo est ici, emprisonné : il vient de me le faire savoir par télépathie. J'ai peur que nos ennemis ne s'en prennent à lui, si nous n'allons pas le délivrer très vite !*

Wilf soupira. *Très bien, j'arrive,* pensa-t-il, tout en ignorant si son interlocuteur pouvait l'entendre. À regret, il fit donc volter son dragon, et regagna l'extérieur du dôme.

La vision de la cité lui fit un choc, offrant un spectacle épouvantable. Là où s'était dressé un joyau d'art orosian, il n'y avait déjà plus qu'un champ de bataille fumant. Les Dragons décimaient les habitants par dizaines, leurs traits foudroyants poursuivant les fuyards jusque dans les plus étroites ruelles. La résistance qui s'organisait paraissait ridicule, aussitôt anéantie par les terrifiantes créatures célestes.

Pourtant, Wilf dut bientôt faire face à son premier revers. Avant d'avoir pu atteindre Guajo pour évoquer le cas de Jâo, le roi fut témoin d'une scène qui lui glaça le sang. Face à lui, deux de ses dragons se livraient une lutte sans merci. Ils s'entre-déchiraient à l'aide de leurs griffes argentées, se lacérant l'un l'autre. Leur gueule, bavant encore quelques flammèches, s'ouvrait en grand pour mieux enfoncer ses crocs dans les chairs de l'adversaire.

Corbeaux et putains ! jura le jeune homme en lui-même. *Est-ce qu'ils deviennent fous ?*

Ce fut alors qu'il remarqua que ces deux dragons portaient sur leur dos un cavalier : Oreste pour le premier, et Ymryl pour le second.

Un rictus de rage déforma les traits de Wilf. *Ymryl ! J'étais certain qu'il nous trahirait !* enragea-t-il, avant de se rendre compte que sa conclusion avait peut-être été prématurée. En effet, en les observant davantage, il comprit que le Prince-Démon ne faisait que se défendre. C'était Oreste qui menait son dragon à l'assaut de leur allié, les yeux fixes, comme s'il avait perdu la raison.

— Il n'est pas dans son état normal ! s'exclama Guajo, qui avait rejoint le jeune roi. À l'aide du So Kin, les Orosians ont pris le contrôle de son esprit…

— Que pouvons-nous faire ? lui cria Wilf en retour, tâchant de couvrir la cacophonie de chaos et de destruction qui montait de toutes parts.

— Il va falloir que j'oppose mon propre pouvoir à ceux qui font ça, répondit l'ancien dieu. Mais j'ai bien peur que… (Il s'interrompit une fraction de seconde.) Oh non !

Alarmé, Wilf tourna son regard dans la direction qu'observait Guajo, et comprit pourquoi il n'avait pu retenir cette exclamation. Djulura, à son tour, semblait être tombée sous le joug des Orosians. Sur ses ordres, son dragon venait d'inonder d'acide plusieurs de ses congénères. Ces derniers, les ailes paralysées par le liquide gluant, chutèrent comme des pierres.

Mais cela n'en était pas fini des mauvaises surprises : avant même que Wilf et Guajo aient pu établir un plan d'action pour résoudre cette situation, un autre problème se profila en contrebas.

Des centaines de Seldiuks, marchant en rangs serrés, venaient d'émerger dans les rues, provenant sans doute de vastes complexes souterrains. Plus inquiétant encore : ils convoyaient d'immenses machines de guerre, chacune surmontée d'un siège où trônait un Orosian.

Ces choses ressemblaient vaguement aux Séraphins, les sphères cristallines empruntées par les habitants de la cité pour se rendre sur la terre ferme, à la différence près qu'elles étaient plus volumineuses, et hérissées de tiges métalliques à l'éclat sombre. Wilf n'eut guère le temps de s'attarder davantage sur l'observation de ces engins à l'aspect sophistiqué, mais il entendit distinctement le hoquet de stupeur qui échappa à Guajo. Lui accordant un bref coup d'œil, il décela l'angoisse et l'embarras sur son visage.

— Qu'est-ce que c'est, bon sang ? s'égosilla-t-il pour être sûr que l'Orosian l'entendrait.

Mais il n'eut pas besoin de la réponse de son camarade pour comprendre l'utilité des étranges machines. À peine avait-il terminé sa question que les tiges métalliques se mirent à vibrer, dégageant un son bourdonnant, aux limites de l'audible. Les pilotes des appareils, quant à eux, parurent subitement plongés dans une intense concentration. Aussitôt, une demi-douzaine de Dragons furent réduit en poussière.

L'effet avait été instantané. Seule une traînée dans l'air, résidu volatile et argenté, attestait de la présence des créatures, une seconde plus tôt.

Wilf jura et sentit son cœur s'accélérer. Malgré lui, il commençait à paniquer. La situation risquait de lui échapper.

— Ces dragons, nous les avons construits, lui expliqua Guajo. Nous connaissons tous les secrets qui les régissent et, hélas, nous pouvons les détruire… Mais j'ignorais que nous possédions autant de machines de défense !

— Comment cela fonctionne-t-il ? interrogea le souverain, criant toujours pour se faire entendre malgré les bruits des combats.

— Les Dragons Etoilés sont des créatures purement artificielles : elles ne se maintiennent en vie que grâce au So Kin. En faisant résonner ce dernier selon la fréquence adéquate, certains d'entre nous sont capables de dissoudre leurs particules, et de les renvoyer ainsi à l'état d'atomes…

« Enfin, jusqu'à présent, tout cela n'était que de la théorie… ajouta-t-il en avisant le regard noir que lui jetait Wilf. J'avoue que j'aurais dû te prévenir, mais je n'imaginais pas que ces prototypes avaient été reproduits en nombre suffisant pour nous tenir tête !

Le jeune homme le fit taire d'un geste impatient. Les sourcils froncés, il se plongea dans une réflexion intense, les yeux fixés sur les engins de guerre.

Il se sentait comme un enfant idiot. Il avait soudain l'impression d'avoir construit le plus magnifique des châteaux de sable, sans s'apercevoir que la marée montait. Un enfant inconscient, à qui il ne resterait bientôt plus qu'une poignée de limon boueux.

— Non ! s'écria-t-il. J'en ai assez de connaître la défaite ! (Il se tourna vers Guajo.) Que peux-tu faire contre ça ? Toi et Zarune ne pourriez-vous pas bloquer le So Kin de nos adversaires ?

L'Orosian plissa les yeux.

— Ils sont nombreux, déclara-t-il. Ça ne va pas être facile. Mais tu as raison : c'est ce que nous avons de mieux à faire. Lucas pourrait nous aider, lui aussi…

— Non, pas lui, le coupa Wilf. Je vais avoir besoin qu'il m'accompagne…

— Pourquoi ça ? s'étonna Guajo.

— Pour me protéger contre les autres Orosians. Je ne voudrais pas qu'on prenne le contrôle de mon esprit maintenant… Essayez de tenir bon, toi et Zarune. Je vais tenter de délivrer Jâo, afin qu'il puisse venir vous soutenir…

Guajo acquiesça et cria à Wilf que le rebelle devait être détenu quelque part dans les sous-sols du Dôme. Sans perdre un instant de plus, le jeune roi dirigea son dragon vers celui que chevauchait Lucas. Guajo, lui, faisait déjà signe à Zarune de le rejoindre au-dessus des machines de défense.

Le spirite blond, qui s'était évertué à empêcher Djulura et Oreste de commettre trop de dégâts, comprit immédiatement ce que Wilf attendait de lui. Fendant l'air sur sa monture volante, et il s'engouffra dans le sillage du roi et piqua vers le Dôme. Après un vol en rase-mottes de quelques secondes, les deux amis mirent pied à terre.

Une partie de l'édifice s'était effondrée, et une faille béante s'ouvrait non loin d'eux. En dépit des nuages de poussière qui encombraient la visibilité, ils parvinrent tous deux à franchir cette brèche qui semblait descendre vers les fondations du Dôme.

— Ça doit mener aux cachots ! fit Wilf en s'engageant parmi les décombres.

En effet, une minute plus tard, les deux jeunes gens débouchaient sur un réseau de galeries souterraines.

— Je sens la présence de Jâo, haleta Lucas. C'est par-là !

Suivant la direction qu'il avait désignée, ils reprirent leur course. Bientôt, parvenus à un carrefour, ils tombèrent nez à nez avec un groupe de

Seldiuks. Ces derniers semblaient aussi surpris que Wilf et Lucas.

L'escouade s'immobilisa un court instant, puis son officier ordonna d'attaquer les deux intrus. Dès lors, Wilf avait brandi la Lame des Étoiles, et Lucas ouvert les mains pour tisser le So Kin.

Lorsque les serviteurs des Orosians s'élancèrent, ils ignoraient qu'ils n'avaient déjà plus la moindre chance de survie. Wilf s'était placé de façon à protéger Lucas, tout en abattant son épée sur le plus d'adversaires possible. Il avait fait appel à sa faculté de se mouvoir plus vite que l'éclair, si bien que les malheureux soldats ne virent que quelques mouvements flous, à peine une traînée lumineuse, avant de succomber... Lucas, de son côté, utilisait ses pouvoirs de télékinésie pour écraser l'armure des Seldiuks autour de leur poitrine, broyant leurs os et enfonçant leurs poumons.

Tout en les tuant, Wilf se souvenait de ce qu'avait dit Guajo à propos de ces soldats, lors de la petite réunion d'état-major qui avait précédé la bataille. Les Orosians avaient créé les Seldiuks pour être leurs gardes du corps. Ces êtres étaient des surhommes, nés des œufs-lunes comme toutes les créations de leurs maîtres. Imaginés à partir d'hybrides non viables entre des sujets humains et elfyes, leurs capacités martiales étaient amplifiées par l'énergie du So Kin. Ils s'en trouvaient plus rapides, plus résistants, mais ne pouvaient manipuler cette énergie à leur guise. Il s'agissait, en fait, exactement du même processus qu'avait subi Wilf lors de sa chute dans le soleil souterrain d'Orkoum. À ceci près que son propre cas avait été accidentel, et que les pouvoirs qui en avaient résulté étaient d'une ampleur sans commune mesure…

Sans opposer de difficulté, les six soldats de l'unité furent donc liquidés, laissant Wilf et Lucas libres de poursuivre leur chemin.

Longeant toujours la galerie qui descendait vers l'endroit où Lucas percevait la présence de Jâo, ils coururent encore plusieurs minutes. Ils ne se seraient jamais attendus à ce que les sous-sols du Dôme de Uitesh't soient si profonds. Les corridors se suivaient et se ressemblaient, interminables. Au bout d'un moment qui leur sembla assez long, ils débouchèrent enfin sur une vaste salle.

Il s'agissait d'un gouffre, plus précisément, au milieu duquel le chemin continuait, tel un pont. Ni le fond de l'abîme, la voûte au-dessus d'eux, n'étaient visibles. Wilf, qui s'était senti étouffé par l'étroitesse des galeries, ressentait à présent le sentiment d'être écrasé sous cette immensité.

— Il faut continuer tout droit, murmura Lucas. Nous ne sommes plus très loin.

Wilf acquiesça et s'avança au milieu du vide. Il franchit le pont jusqu'à mi-distance, puis soudain… Il s'immobilisa, pétrifié.

— Que se passe-t-il ? demanda Lucas.

Sans répondre, Wilf se décala légèrement, afin de ne plus bloquer la visibilité de son compagnon.

Le spirite comprit alors ce qui paralysait ainsi Wilf.

En face d'eux, à l'autre bout du pont, se tenait une haute silhouette. Il s'agissait de l'Orosian Mazhel.

CHAPITRE 5

— Bienvenue… murmura le pharaon d'un ton grinçant.

Il s'avança de quelques pas vers Wilf et Lucas. Ces derniers n'avaient toujours pas esquissé le moindre geste. Le jeune roi se sentait totalement désarmé, et se flagellait mentalement de s'être ainsi éloigné de ses dragons.

— Je comprends que vous ayez tenu à venir jusqu'ici, poursuivit Mazhel avec morgue. C'est un endroit fabuleux ! Nous sommes dans les Passes de Deloss… murmura-t-il encore, tandis que sa main gauche tournait lentement pour tisser le So Kin.

Sur son ordre, une lueur diffuse vint alors éclairer le gouffre qui s'étendait de part et d'autre. Wilf et Lucas virent soudain sortir de l'ombre des milliers de plaquettes de cuivre, de la taille et de la forme d'un parchemin. Sur leur surface, on pouvait distinguer comme des messages gravés… Les deux compagnons regardèrent autour d'eux, sans comprendre.

À ce moment, le pharaon ouvrit les bras et leva les mains au ciel : son geste eut pour effet de faire apparaître de nouveaux objets, extirpés de l'abîme noir. Ces formes surgies de nulle part étaient celles de deux gigantesques cuves, dans lesquelles s'agitait un liquide fumant, mais aussi celles d'une demi-douzaine de globes argentés, dont la texture rappelait des cocons… Leur vue procura à Wilf comme une vive décharge électrique.

Cette réaction n'échappa pas à l'Orosian, qui éclata d'un petit rire moqueur.

— Ton corps se souvient, on dirait… susurra-t-il. Les œufs-lunes… Quel effet cela te fait-il de te retrouver enfin à l'origine de ton existence ? se gaussa-t-il encore. Peut-être devrais-je te laisser un moment pour célébrer tes retrouvailles avec ta famille ?

— Je préfère encore ma famille à la tienne ! cracha le jeune souverain. Qu'attends-tu, pharaon ? Combien de temps comptes-tu nous montrer tes jouets avant de passer à l'action ?

Mazhel, vexé, fronça les sourcils. Mais il se ressaisit vite :

— Rien ne presse, sourit-il. Observe ses plaquettes de cuivre : tu vois les gouttes de sang qui y sont enchâssées ? C'est le plus grand trésor du peuple de Uitesh't. Les gènes des Orosians les plus célèbres y sont sauvegardés, constituant pour nous la plus inestimable des richesses…

Cela nous permet de réaliser des accouplements exemplaires, de nous reproduire à volonté... Tu comprends que notre civilisation renaîtra toujours, et que tes misérables assauts ne sont que détails à nos yeux ? Je voulais que tu saches tout ça, avant de t'envoyer rejoindre tes soldats en enfer. Maintenant, puisque tu insistes... Prépare-toi à mourir !

Et, sur ces mots, l'Orosian fondit sur Wilf et Lucas. Ses mains nues étaient tendues en avant comme des serres.

Lucas tenta d'ériger une barrière entre eux et leur adversaire, en faisant appel au So Kin. Mais le pharaon pulvérisa cette défense comme si elle n'avait pas existé.

Sa main droite, brûlante, se referma sur la gorge de Wilf, qui commença immédiatement à suffoquer. Le jeune homme brandit son épée et, de toutes ses forces, l'abattit vers Mazhel.

La pointe de l'arme se ficha dans le bras de l'Orosian, qui recula avec un cri de surprise. Ayant lâché Wilf, il fit courir un regard stupéfait entre l'Épée des Étoiles et sa blessure.

— Zarune a bien fait les choses... chuinta-t-il. Cette lame est réellement impressionnante.

Wilf supposa que le pharaon faisait allusion au fait que l'arme était parvenue à le blesser, et cette considération lui redonna quelque espoir.

Hurlant à pleine gorge, il bondit à son tour sur Mazhel.

La Lame des Étoiles tournoya avec brio, et fusa vers l'avant avec une force et une précision terribles lorsque Wilf acheva son geste, un genou fléchi.

Le mouvement n'avait sans doute pas été visible à l'œil nu, réalisa le jeune roi. Pourtant, Mazhel avait été encore plus rapide que lui.

Bondissant par-dessus la lame comme s'il n'était aucunement concerné par les lois de la gravité, il s'était retrouvé juste dans le dos de son adversaire. Wilf se retourna aussi vite qu'il le put, redoutant sincèrement de ne pas voir venir le coup fatal.

Mais le premier regard qu'il jeta derrière lui le détrompa. En cet instant, c'était après Lucas que le pharaon en avait. Le spirite blond était déjà suspendu par la gorge, au-dessus du vide, Mazhel le tenant à bout de bras.

Wilf en profita pour frapper, et ne comprit que trop tard son erreur. Mazhel se déplaça comme une anguille, pour tenter d'éviter l'épée qui sifflait vers lui. Il y parvint en partie, s'en trouvant quitte pour une blessure légère à la hanche. Mais ce faisant, il avait dû lâcher sa prise sur Lucas, qui amorça une interminable chute dans l'abîme.

Les lèvres de Wilf s'ouvrirent sur un cri muet. Il faillit tendre le bras vers la main désespérément tendue de son ami, mais il savait que la distance était bien trop importante.

Se retenant d'agir par simple réflexe, il ordonna à son cerveau d'analyser toutes les options qui s'offraient à lui.

Lucas était perdu… C'était une idée insoutenable, mais il devait l'accepter : il n'y avait visiblement plus rien à faire pour le spirite. Restait à savoir ce que lui-même allait devenir.

Durant cet instant suspendu, l'esprit de Wilf tourna à vive allure. Il imagina la suite du combat, et son déroulement probable : Mazhel le tuerait à son tour, et s'emparerait de l'Épée des Étoiles. Ensuite, grâce à elle, il trouverait sans doute le moyen de contrôler les Dragons, et réduirait à néant l'armée de Wilf demeurée à l'extérieur… Le Roi-Magicien ne pouvait pas laisser ce scénario se produire. Même si cela impliquait une résolution douloureuse…

En une fraction de seconde, la décision du jeune souverain fut prise.

Accordant un ultime sourire à l'Orosian, qui bondissait déjà sur lui, Wilf se propulsa dans le vide à la suite de Lucas. Les bras en croix, la main droite fermée sur la garde de son épée mythique, il se laissa chuter sur le dos.

Un cri de rage, jaillit de la gorge de Mazhel, salua son geste. Pour la première fois depuis longtemps, Wilf avait le sentiment d'avoir fait un vrai choix. Il allait mourir à la fin de la chute… mais la Lame des Étoiles serait perdue dans l'abîme. Cela laisserait une chance aux Dragons Etoilés de vaincre les Orosians…

Les plaquettes de gènes défilèrent à toute vitesse, des milliers… puis l'obscurité reprit ses droits. Wilf ne voyait plus Lucas. Il eut soudain la peur ridicule de devoir tomber pour l'éternité, au cœur d'un gouffre de ténèbres sans fond.

Il revit sa vie défiler, le cœur battant, avec l'impression que le froid le prenait et gelait son sang dans ses veines…

Ce fut long, tellement long. L'angoisse, le bruit de tambour dans ses tempes… La durée de la chute dépassait l'entendement. À moins que ce ne fut l'esprit de Wilf qui montrait des signes de dérèglement, provoqués par l'abus de prodiges So Kin. Il avait imposé si souvent à son corps et à son cerveau de jouer avec les lois de la nature, la vitesse et le temps…

Pendant un instant, il réfléchit à une solution née de ces pouvoirs… Mais non, il ne voyait ce qu'aurait pu pour lui le So Kin en un moment pareil. Il doutait même que Lucas eut pu s'en servir pour ralentir sa propre chute. Le froid qui régnait dans l'abîme n'était pas naturel, il semblait anesthésier toute les facultés…

Combien de temps s'écoula-t-il ? Une minute ?… Une heure ?…

Wilf se forçait à demeurer serein. Il avait fait son choix. Il était enfin libre. Pas de regrets à avoir… se dit-il.

Puis les Dragons apparurent. Trois énormes silhouettes, toutes en puissance et en majesté.

Avant d'avoir pu comprendre ce qui se passait, le roi se retrouva à califourchon sur l'une des créatures.

Comment ont-ils pu… !

Mais le dragon le ramenait déjà à tire d'ailes vers le haut.

Et Lucas ? s'inquiéta-t-il.

Alors, sur le dos d'une autre monture volante, il vit une silhouette humaine se pencher vers lui.

— Ils ont dû emprunter un autre passage pour nous rejoindre ! lui lança alors Lucas, également sauvé par les dragons.

L'espace d'un instant, un sourire béat vint se poser sur leurs deux visages. Mais tout était encore à faire…

Wilf repensa immédiatement à Mazhel, et ordonna à sa monture de regagner les Passes de Deloss. La bête gigantesque traversa le rideau de morceaux de cuivre et se mit bientôt à planer au-dessus du pont. La lumière née du So Kin avait disparu. Et Mazhel également, comme le comprit Wilf avec déception.

— Tant pis, souffla-t-il à Lucas, toujours à sa suite. Allons délivrer Jâo. Mais avant ça…

Le monarque contemplait d'un œil mauvais les cuves de Deloss, et les milliers de tablettes de gènes.

— Ces choses pourraient peut-être servir, le mit en garde Lucas. Je ne crois pas qu'elles soient mauvaises en elles-mêmes…

Wilf eut une moue de dégoût.

— Regarde ces globes argentés… Ils y font pousser des Seldiuks et des Elfyes… Ils y ont créé la plupart des races qui peuplent aujourd'hui le continent, pour en faire leurs esclaves ! Qui sait si le tout premier être humain n'est pas sorti de cette… chose ? ajouta-t-il en pointant du doigt l'un des œufs-lunes. Non, je ne peux le supporter… Pendant que je vais chercher Jâo, détruis tout !

Sans attendre de réponse, Wilf dirigea sa monture volante vers la sortie de la grande salle. Il prêta à peine attention aux dragons qui commençaient à ravager les Passes, anéantissant ainsi toute l'histoire du peuple orosian.

Quelques minutes plus tard, le monarque était en compagnie de Jâo. Le dragon avait fondu les parois de la cellule de ce dernier, semblable une grosse bulle bleue. Se retrouvant à l'air libre, l'Orosian à l'armure dorée ne put s'empêcher d'éteindre son sauveur.

— Regagnons vite l'extérieur, conseilla-t-il de sa belle voix grave. Guajo et les autres ont besoin d'aide !

Tous deux regagnèrent les Passes pour retrouver Lucas, et Jâo enfourcha à son tour un dragon. Puis les créatures prirent leur envol pour regagner la surface par le passage qu'elles avaient découvert. Sur le chemin, Jâo raconta aux deux jeunes gens comment il avait remporté son duel contre Fyd, dans le Sultanat de Thulé, abolissant ainsi la domination des prêtres trollesques sur ces territoires. Wilf se souvenait de l'épisode, remontant à la dernière fois qu'il avait vu l'Orosian. Depuis, ce dernier avait conduit une grande guerre à Sylvedorel, menant les Elfyes Libérateurs à l'assaut des Ravisseurs. Avec l'aide de Guajo, il avait ainsi été en mesure de délivrer Zarune. Mais les Elfyes ennemis n'avaient pu être convaincus de se rendre, et il avait fallu tous les massacrer…

À ces paroles, Wilf eut une pensée pour Siècle, la jeune Elfye qui avait été son amie avant de le trahir. Il supposa qu'elle avait dû périr avec les autres… *Quelle horreur ! Rien que pour l'esclavagisme de l'esprit qu'ils ont fait subir aux Elfyes, les Orosians méritent ce qui leur arrive aujourd'hui !* pensa le jeune roi avec colère.

— C'est ainsi que j'ai établi un royaume libre à Sylvedorel, concluait Jâo. Les Elfyes ont absolument tenu à ce que j'accepte de les gouverner… Mais, hélas, je devais faire de fréquentes visites ici pour organiser la rébellion, et j'ai fini par être arrêté.

Wilf acquiesça distraitement et porta son regard à l'horizon. Les dragons venaient de retrouver le ciel, jaillissant des entrailles de la cité. Tout autour, la bataille continuait de faire rage.

En l'absence de Wilf, la plupart des bâtiments orosians avaient été rasés, mais au moins un tiers des dragons manquait à l'appel.

Zarune et Guajo luttaient toujours âprement pour bloquer l'utilisation des engins de guerre. Cependant, il était évident qu'ils n'étaient pas assez de deux. Après un signe à Wilf et Lucas, Jâo partit donc rejoindre ses deux congénères.

Toujours sous contrôle des Orosians, Djulura et Oreste persévéraient à lutter contre leur propre camp. Ymryl, à qui sa force mentale permettait apparemment de résister au So Kin des ennemis, semblait faire son possible pour limiter leurs dégâts.

Profitant du soutien apporté par Jâo, Zarune fit alors voler son dragon en direction de Wilf et Lucas, les rejoignant pour un instant.

— Il faut tenir bon… haleta-t-elle.

Wilf fit la moue, tandis que Lucas souriait bêtement à la belle orosiane.

— Je ne voudrais pas encore paraître pessimiste, commença le jeune roi, mais…

— Nous allons bientôt recevoir des renforts, le coupa Zarune. J'ai contacté les Sœurs par télépathie, pour qu'elles viennent nous soutenir. Après tout, c'est dans ce but précis que j'avais créé la Sororité ! Celles du monastère de l'ordre à Mossiev sont en route, et ne devraient plus tarder…

Wilf arrondit les yeux.

— Mais comment vont-elles rejoindre l'Étoile du Csar ? s'étonna-t-il.

Toutefois, la curiosité du jeune homme ne dura qu'une courte seconde. Car avant que Zarune n'ait eut le loisir de lui répondre, une tâche grisâtre apparaissait sur la ligne d'horizon.

Plissant les yeux, Wilf parvint à voir qu'il s'agissait précisément des Sœurs Magiciennes mentionnées par l'Orosiane. Plus d'une centaine, elles portaient la traditionnelle robe grise à capuche de l'ordre. Certaines étaient armées d'éventails de guerre, d'autres d'épées.

Mais le plus surprenant était l'aura lumineuse, entre le blanc et le bleu, qui formait comme des ailes dans le dos de chacune d'entre elles. Elles avaient sculpté leur So Kin pour lui donner cette forme, à n'en pas douter... C'était donc ainsi qu'elles avaient pu s'élever jusqu'à la cité volante des Orosians ! comprit Wilf.

— Depuis le départ, confirma la voix douce de Zarune, je leur avais enseigné cette discipline, en prévision du jour où elles monteraient à l'assaut de Uitesh't... Elles ont dû attendre des siècles, mais le jour est enfin arrivé !

Wilf hocha la tête avec satisfaction. Le regard songeur, posé sur ces appendices d'énergie mystique qui faisaient ressembler les Sœurs à des anges, il se souvint des paroles d'une chanson d'Oreste. Celle que le Ménestrel lui avait chantée lors de leur toute première rencontre, et qui disait*: j'ai vu les Sœurs Magiciennes en manteaux de lumière, leurs grandes ailes déployées...* Le jeune roi sourit. La victoire s'offrait à lui.

En effet, les Sœurs vinrent porter secours à Guajo et Jâo, leur permettant de puiser dans leurs forces So Kin pour bloquer les machines de défense. Bientôt, les Dragons Etoilés furent donc de nouveau en sécurité.

D'autres nonnes parvinrent à délivrer Djulura et Oreste de l'emprise des Orosians, leur rendant enfin leur raison. Ymryl, libéré de cette tâche, put alors donner toute la mesure de ses talents guerriers. Et Wilf comprit qu'il n'aurait jamais pu le vaincre, s'ils avaient dû s'affronter en duel… Même à présent qu'il avait perdu une partie de ses pouvoirs surnaturels, le prince restait riche d'une expérience des batailles vieille de quatre cents ans… Le jeune monarque le vit de ses yeux disloquer des formations entières de gardes ennemis, se servant autant de son glaive que des capacités de sa monture.

Au milieu des Seldiuks qui s'enfuyaient et de la débâcle générale, les derniers princes célestes se mirent alors à courir au travers des ruines… Wilf les observait de haut, tenter en vain d'éviter les traits mortels vomis par les dragons qui leur donnaient la chasse. Mais le roi ne s'amusait plus de ce spectacle autant qu'au départ…

Sa haine était enfin froide, à présent, comme il réalisait qu'il venait d'anéantir une civilisation entière. Sans lui faire regretter ses actes une seule seconde, cette soudaine prise de conscience lui inspirait toutefois une certaine gravité. Dans un silence pudique, il continua de mener sa monture d'un bout à l'autre du champ de bataille, les yeux rivés sur chaque détail du sol.

Après une longue attente, Wilf aperçut finalement ce qu'il cherchait. À la tête d'un dernier petit bataillon de Seldiuks, Mazhel tâchait de repousser une poignée de Dragons Etoilés. De nombreuses traces de sang maculaient sa tunique, mais il ne semblait pas encore gravement blessé. Wilf amorça une descente en piqué.

Lorsqu'il fut certain que Mazhel l'avait remarqué, il lui lança :

— Tu sais maintenant que tu te trompais, tout à l'heure. Uitesh't ne se relèvera jamais de cette bataille... Les Dragons ont porté la destruction partout, même dans les Passes de Deloss !

Une expression de rage et de désespoir, proche de la folie, crispa les traits du pharaon.

— Chien d'humain ! cracha-t-il. Lâche ! Viens m'affronter l'arme à la main, si tu as un peu d'honneur !

Les lèvres de Wilf dessinèrent un rictus de loup.

— De l'honneur ? Comme lorsque tu as fait supplicier le petit Sarod en place publique ? Comme lorsque tu affames mon peuple et le tues à petit feu ?... Il n'y aura pas de duel, Mazhel. Contente-toi simplement de mourir, que le monde soit enfin débarrassé de ta présence !

À peine achevée sa diatribe, le jeune roi fit fondre son dragon sur l'Orosian.

L'animal fabuleux se cabra avant de toucher le sol, s'immobilisant à quelques centimètres de

Mazhel. Sa gueule immense s'ouvrit et des flots de lumière en jaillirent.

Le pharaon hurla en se tordant de douleur, tandis que l'énergie pure dissolvait ses chairs superficielles. Demeuré debout, il semblait paralysé, mais agité de spasmes. Le système nerveux dévoré par l'attaque du dragon, il tremblait en gémissant, alors même que son visage se décomposait sous les yeux de Wilf.

Ce dernier, luttant contre une nausée face à ce spectacle répugnant, pointa son arme vers le cœur de l'Orosian.

Et l'y enfonça profondément, faisant taire à jamais celui qui avait voulu être pharaon. Le corps de Mazhel s'effondra, agité de soubresauts même par-delà la mort, et Wilf détourna le regard.

Autour de lui, les Dragons Etoilés achevaient leur besogne. Dans quelques heures, il ne resterait plus que cendres et poussière de la fière cité… Décapitée, la Théocratie allait certainement tomber dans la semaine… Les Orosians étaient définitivement vaincus.

Dernière partie
LE ROI-MAGICIEN

CHAPITRE 1

Plusieurs semaines s'étaient écoulées depuis la grande bataille de Uitesh't. Conformément aux prédictions de Wilf, la chute des Orosians avait entraîné celle de la Théocratie. Les Lanciers Saints, à présent orphelins, n'avaient pas été capables de réagir efficacement face aux Barricades qui se multipliaient de nouveau. Bien vite, ils avaient déposé les armes. Les peuples du continent étaient enfin libres…

Et Wilf Ier, Roi du Cantique, plus écrasé que jamais par les responsabilités. Il avait fallu signer traité sur traité avec toutes ces nations exsangues, chacune si pressée de trouver abri sous l'aile de la Monarchie. Régler aussi mille problèmes diplomatiques : l'euphorie qui avait suivi cette victoire sur la tyrannie n'avait pas précédé de beaucoup le retour des mesquineries habituelles.

Depuis quelques jours, le jeune roi avait pris ses quartiers dans le palais de Mossiev, en attendant que la citadelle de Fael soit reconstruite. À ce moment précis, il était assis dans une posture méditative, les mains étendues sur les accoudoirs de bronze du trône des Csars.

Enfin seul…

Après des siècles de patience, Ceux de l'Étoile ont finalement gagné, songeait-il, revoyant en pensée son sacre sur cette plage de la Terre d'Arion. Ce jour lui semblait déjà appartenir à une autre vie…

Parallèlement aux travaux qui devaient redonner son aspect originel à la cité de Fael, Wilf faisait également redresser les fameuses tours de Syljinn, rasées par les Seldiuks au moment de sa naissance. Il comptait ainsi offrir à ceux qui l'avaient soutenu le symbole d'une monarchie à la puissance retrouvée.

Il ferma les yeux et sentit de nouveau ce poids incommensurable sur ses épaules. Comme souvent, il repensa avec envie aux six mois passés dans le Worsh. *Partir à la chasse avec Un-Croc et Plume-Tonnerre…* rêva-t-il.

Inutile. S'il pouvait seulement connaître un peu de paix dans les prochains jours, ce serait beaucoup… La plupart des accords entre les différents peuples étaient maintenant signés. Il avait même envoyé un messager aux Baârniens de l'Ouest, leur proposant de tirer un trait sur le passé : si la nation mercenaire acceptait de devenir l'alliée de la Monarchie, cette dernière oublierait sa complicité avec la Théocratie… Les anciens aristocrates de Crombelech ou d'Eldor, quant à eux, avaient souvent péri durant les combats, ou bien avaient été lynchés par leur propre peuple... Leurs successeurs, ayant contemplé l'horreur de la tyrannie théocratique, se montraient tous favorables à la Monarchie. Avec Jâo, enfin, installé à Sylvedorel et devenu Premier Sénateur de la poignée d'Orosians survivants, les relations étaient bien sûr parfaitement amicales.

Oui... Nous avons bien travaillé, admit Wilf en soupirant. *La Monarchie n'aura plus, avant longtemps, d'ennemi à l'intérieur... Mais il demeure une menace, pourtant. La plus terrible de toutes...* Crispant ses doigts sur les accoudoirs de métal, Wilf riva son regard sur les vitraux qui donnaient vers l'Est.

Quelque part, là-bas, à la frontière... le Roi-Démon massait ses troupes. Et les Hordes se faisaient de plus en plus discrètes au cœur du continent, comme si Fir-Dukein avaient rappelé à lui toutes ses créatures en prévision de l'assaut final. Ymryl lui-même avait mis Wilf en garde : son ancien maître ne leur laisserait pas le temps de consolider leurs défenses...

Le jeune monarque fronça les sourcils sans s'en apercevoir. Le fait que le prince d'Irvan-Sul ait rejoint son camp le troublait toujours. Ymryl semblait sincère, pourtant. Lui et Djulura avaient même rejoint le Kentalas et ses patrouilleurs frontaliers, parmi lesquels ils menaient des raids et des missions de reconnaissance en territoire ennemi. Grâce à leurs efforts, les informations remontaient régulièrement jusqu'à Wilf, qui pouvait ainsi juger l'évolution des forces du Roi-Démon.

À ses côtés, étaient restés Lucas, Guajo, Oreste et un certain nombre de Templiers. Quant aux Tu-Hadji, ils n'avaient pas tardé à se manifester. Après l'avoir sans doute cru mort lors de la bataille de Mossiev, le peuple nomade avait repris espoir… et lui avait envoyé deux messagers.

Il s'agissait de Pej et Jih'lod, bien entendu, qui étaient accouru dès la chute de la Théocratie, lorsque la rumeur du retour du Roi-Magicien s'était répandue. Les deux géants étaient porteurs de bonnes nouvelles : par leur voix, le peuple de Tu-Hadj faisait savoir à Wilf qu'il était prêt à lui accorder un soutien sans limite dans la guerre qui l'opposerait à Fir-Dukein. L'heure était venue, avait dit Jih'lod, de soigner enfin la Pierre de Tu-Hadj.

Mais Wilf se sentait parfois écrasé par l'amitié même… Tous, sans exception, semblaient compter sur lui pour les protéger du Roi-Démon. Les mener à une nouvelle victoire, comme celle qu'il avait remportée en écrasant les Orosians. Les mener… à un nouvel âge d'or.

Ce qui inquiétait le plus le jeune souverain, c'était le sommeil dans lequel s'étaient plongé les Dragons Etoilés dès leur retour de la cité orosiane. Leur mission accomplie, il leur fallait se reposer, retrouver les forces qu'ils avaient dépensées en déchaînant leur pouvoir sur l'Étoile du Csar. Mais Wilf ignorait, hélas, combien de temps les créatures auraient besoin de dormir…

Sans leur concours, il craignait de ne pas pouvoir tenir tête bien longtemps aux armées d'Irvan-Sul.

Tandis qu'il était plongé dans ces méditations, une silhouette silencieuse se glissa dans la salle du trône. Le nouveau venu, en robe blanche et manteau gris, s'approcha lentement du dais impérial. Wilf ne leva la tête qu'au dernier moment.

— Lucas, murmura-t-il, un écho fraternel subsistant dans son ton fatigué.

— Il est tard, affirma le spirite. Tu devrais dormir un peu… Je sais que tu n'en as pas beaucoup eu l'occasion, ces derniers temps.

Les lèvres du souverain s'étirèrent dans un sourire.

— C'est vrai, concéda-t-il. Et toi, encore moitié moins… mon lige. (Il avait mis un peu d'ironie affectueuse sur ce dernier mot, comme si le lien qui les unissait tous deux se moquait bien des titres ronflants.)

Une étincelle de lucidité passa dans les yeux du jeune roi, tandis qu'il se remémorait un sujet de préoccupation.

— Zarune t'a-t-elle fait part de sa décision en ce qui concerne la Sororité ? demanda-t-il alors.

Lucas acquiesça.

La belle Orosiane, qui s'était installée avec eux et leurs proches dans le palais de Mossiev, s'était montrée très déçue par les dérives de l'ordre qu'elle avait fondé. Les massacres perpétrés par les Sœurs Magiciennes, les arrestations massives, n'étaient pas du tout de son goût, et il avait même été question de dissoudre la Sororité.

— Finalement, elle a choisi de donner une dernière chance aux Sœurs, expliqua Lucas. À condition qu'elles deviennent des guides sur la voie du So Kin, et non plus des chasseresses. J'étais justement avec elle à l'instant, et nous en avons longuement discuté.

Wilf acquiesça en tentant de fermer son esprit. De toutes ses forces, il voulait refouler le douloureux sentiment de jalousie qui l'avait hérissé lorsqu'il s'était imaginé Lucas et Zarune conversant des heures durant, face à une cheminée… Les flammes jetant des ors dans les cheveux de l'orosiane tandis qu'elle souriait et rougissait à l'esprit et au charme de l'ancien moine…

Wilf avait vraiment essayé de ne pas y penser, mais, l'espace d'une seconde, il avait senti la colère et l'amertume enfler en lui. Et Lucas, trop sensible au murmure des âmes pour ne pas s'en être aperçu, n'avait rien osé dire.

— Fort bien, déclara Wilf pour meubler ce silence gêné. C'était sans doute la meilleure solution. Les Sœurs Magiciennes pourront nous être utiles lors du conflit qui se profile à l'horizon…

Ce fut au tour de Lucas d'acquiescer, les yeux baissés. Il passait chaque jour plus de temps en compagnie de Zarune, et il ne pouvait ignorer la frustration que cela engendrait chez son vieil ami…

— Je vais me retirer, murmura-t-il enfin. Toi aussi, tu devrais…

— En profiter pour dormir un peu, acheva Wilf à sa place. Je sais, ajouta-t-il avec un sourire retrouvé.

« Mais j'ai encore quelques sujets de réflexion…

Parodiant en souriant le geste d'un souverain qui congédie un serviteur, Wilf fit signe à Lucas de se retirer. Mais celui-ci, après seulement quelques pas, rebroussa chemin et revint tranquillement se poster face au jeune roi.

Wilf leva le regard vers son compagnon, et haussa des sourcils interrogateurs.

— Nous nous sommes toujours entraidés, souffla Lucas. Pourquoi est-ce que cela changerait… majesté ?

« Dis-moi ce qui te préoccupe. Deux têtes valent mieux qu'une, surtout si elles sont aussi épuisées que les nôtres…

Wilf sourit de nouveau, et toute trace d'amertume avait cette fois disparu de son regard.

— Merci, dit-il sincèrement, avant de commencer à exposer au spirite les soucis - d'ordre militaire - qui le tracassaient.

Parmi ces derniers, arrivait en bonne place le réseau de souterrains creusés par les Hommes-Taupes et leurs esclaves.

Holm avait détaillé par le menu l'étendue de ses boyaux omniprésents, qui permettaient aux Hordes de se déplacer si facilement aux quatre coins du continent.

— À l'heure actuelle, c'est le calme avant la tempête, déclarait le jeune roi. Mais une fois les combats engagés… nous risquerions de voir des troupes de Fir-Dukein nous prendre à revers. Elles pourraient attaquer *n'importe où…*

— Je croyais que tu avais envoyé Holm et Jih'lod régler ce problème ?

Wilf acquiesça, l'air sombre. Il avait effectivement permis à son père adoptif de prendre la tête des troupes chargées de condamner les galeries. Le vieux Holm avait passé la moitié de sa vie en prison, mais il demeurait un soldat... Un soldat qui méritait bien sa revanche, s'était dit le monarque à force de devoir supporter les supplications du vétéran. Promu officier, et visiblement rajeuni de dix ans par le fait de retrouver l'uniforme, ce dernier avait ainsi pu mettre son expérience des souterrains au service des peuples libres.

Accompagné de Jih'lod - qui avait absolument tenu à escorter son ancien compagnon de cellule - il devait conduire une petite armée, constituée d'autant de mineurs que de soldats. Leur mission était de neutraliser les moyens qui pourraient permettre aux créatures d'Irvan-Sul de prendre l'armée royale à revers. Les souterrains qui s'étendaient sous le continent devaient donc être bouchés, d'une manière ou d'une autre.

Dans leurs derniers rapports, Holm et Jih'lod expliquaient comment des dizaines d'entrée avaient déjà été scellées par leurs soins, à travers tout le continent. La méthode était simple : les militaires descendaient dans les tunnels, souvent accompagnés de volontaires Tu-Hadji, et cette armée mixte débusquait les nids d'Hommes-Taupes pour les massacrer. Ensuite, il ne leur restait qu'à remonter pour admirer le travail des sapeurs. Ces derniers, parfois secondés par les quelques magiciens arionites qui avaient survécu à la Théocratie, provoquaient des éboulements qui bouchaient à jamais la sortie des souterrains. Holm, qui connaissait de mémoire tous les endroits où débouchaient les tunnels des Hordes, estimait aux dernières nouvelles qu'il devait leur rester une centaine de trous à combler de cette manière.

Dans les lettres de son père adoptif, Wilf sentait à quel point cette guerre nécessaire pouvait s'avérer boueuse et rampante… Combien les soldats devaient souffrir pour leur assurer une sécurité future… Il les imaginait suffoquer au milieu du gaz empoisonné fourni par les alchimistes des Mille-Colombes, cette fumée instable qui tuait parfois autant d'humains que d'Hommes-Taupes… Pourtant, il aurait de tout cœur souhaité se trouver à leurs côtés, plutôt qu'ici à s'occuper d'une politique toujours plus complexe.

Lucas le sentait, bien sûr, et bientôt la conversation dériva vers leurs états d'âme respectifs. Ils se gardèrent bien d'évoquer Zarune, et se contentèrent de discuter comme autrefois. Jusqu'au petit matin, ils se perdirent en méditations sur l'avenir, seuls dans la grande salle du trône des anciens Csars.

Lorsque les premiers rayons du soleil vinrent lui caresser la nuque, Lucas eut un petit sourire surpris.

— Déjà l'aube… murmura-t-il. Voilà bien notre chance…

Wilf acquiesça.

— On dirait qu'il est trop tard pour dormir, soupira-t-il, se levant avec raideur.

Dormir… Ce mot sonnait étrangement à ses oreilles. Il ne pouvait s'empêcher de penser aux Dragons et à leur sommeil profond…

Il frissonna. Une seule question le hantait sans cesse, même lorsqu'il parvenait à chasser toutes les autres : les Dragons Etoilés se réveilleraient-ils à temps ?

* * *

La clarté lunaire faisait luire la lame serpentine du Prince-Démon. Il l'avait levé, fière et menaçante, au-dessus de sa tête. Pour le moment, les Qansatshs n'osaient pas approcher.

Djulura était à ses côtés, dans sa cotte d'argent qui accrochait tout autant les rayons de lune. Un sourire paisible était posé sur les lèvres de la belle Arionite, mais son regard était exalté par la perspective de la bataille. Il en allait toujours ainsi, depuis qu'elle avait mis son enfant au monde, quelques semaines plus tôt. Son amant aurait préféré qu'elle se repose, mais la duchesse combattait les créatures d'Irvan-Sul avec une fougue redoublée. Comme s'il était devenu urgent d'offrir un monde sûr et bon à la génération suivante… Un monde débarrassé de la menace ténébreuse.

Les kentalasiens qui accompagnaient ce soir le jeune couple en exploration les observaient du coin de l'œil. En moins d'un mois de raids et d'escarmouches, Ymryl et Djulura étaient déjà devenus de véritables légendes au sein des patrouilleurs frontaliers… Combattant dos à dos, dansant sans peur avec la mort, le couple de guerriers fascinait et inspirait le courage. Lorsque tous les autres tombaient, on racontait qu'ils ne faisaient pas retraite : ils achevaient la mission, ne laissant s'enfuir aucun serviteur de Fir-Dukein. Puis ils regagnaient leur bastion kentalasien… seuls. Cela était arrivé souvent.

Les cordes des arcs claquèrent, et plusieurs Qansatshs s'écroulèrent. Ymryl en profita pour charger les survivants, l'épée haute, sans attendre que ses archers aient tiré leurs poignards pour le suivre.

Il se jeta dans la mêlée, sa cape noire tourbillonnant autour de lui. Les Qansatshs, ces créatures aux bras velus et à la crête de plumes qui avaient autrefois été sous ses ordres, refluèrent dans un mouvement de panique.

Mais Djulura leur coupait déjà toute retraite. Rapide et agile comme un poisson de torrent, dans son armure d'écailles argentées, elle s'était élancée à lestes enjambées pour les prendre en tenaille.

Les lames s'abattirent sans relâche, sous la pleine lune. De longues traînées de sang sombre jaillirent dans l'air, tandis que les créatures faisaient siffler leurs griffes dans un ultime effort de défense.

Mais le prince se battait comme un démon, et sa dame comme une diablesse. La cruauté de leurs coups n'avait d'égal que l'abjection des êtres qu'ils combattaient. Pourtant, une seule image hantait l'esprit des deux amants : celle d'un nourrisson en langes blancs... Un nourrisson aux doigts minuscules et aux sourires merveilleux...

C'était l'unique pensée qu'ils avaient en tête, alors même que les créatures maudites s'écroulaient en mugissant autour d'eux : cet enfant qu'ils avaient laissé au fort, et pour qui ils devaient bâtir un avenir meilleur.

Ymryl ne cessait de se revoir, quelques semaines plus tôt, lorsqu'il avait tenu son fils à bout de bras pour la première fois. Cela avait été le moment le plus magnifique, le plus douloureusement important, de toute sa longue existence.

Sa lame ondulée trancha une dernière tête, presque machinalement. C'était déjà terminé.

Le guerrier tourna le regard vers sa bien-aimée, qui achevait les créatures mourantes - rien ne pouvait faire parler les Qansatshs, ils avaient déjà tout essayé - et lui trouva un air pensif. Il savait qu'elle vivait encore mal la séparation d'avec ses amis. Si les deux amants avaient tenu à se rapprocher ainsi du front, c'était surtout par pudeur à l'égard de Lucas... Mais cela n'empêchait pas leur éloignement de peser sur les épaules de la diseuse.

Elle les retrouvera tous bien assez tôt... se dit le prince. *Car, lorsque que le roi et ses suivants nous rejoindront sur le front, ce sera le signe que la guerre aura vraiment commencé...*

CHAPITRE 2

Wilf faisait les cent pas dans la grande cour du palais mossievite. Celle-là même où avaient péri Cruel-Voit et la Csarine, cinq ans plus tôt.

L'endroit était bien choisi, pour les sombres pensées que le jeune roi avait à ruminer. Il allait et venait, d'humeur maussade, chassant d'un regard les serviteurs qui osaient s'approcher de lui. La pluie fine qui tombait par intermittence, et qu'il jugeait d'ordinaire rafraîchissante, le rendait aujourd'hui morose.

Soudain immobile, il soupira. Il se sentait déchiré, rongé par les soucis, la culpabilité, l'amertume. Son cœur était partagé, chaque jour davantage, entre l'amitié profonde qu'il éprouvait pour Lucas et la rivalité nouvelle qui les opposait.

Ce sentiment n'était pas neuf, d'ailleurs… Maintenant qu'il y pensait sérieusement, les choses avaient changé entre Lucas et lui dès leur retour des abysses. Subtilement, sans prêter à conséquence… Mais il n'en était pas moins vrai que l'évolution dans l'attitude de l'ancien moine avait parfois irrité Wilf.

Lucas était devenu si sûr de lui, si maître de son destin… Le novice tourmenté avait cédé la place à un être sage et épanoui. Tandis que Wilf, de son côté, amorçait une lente descente aux enfers avec la découverte progressive de ses origines…

Cet échange des rôles avait été perceptible en filigrane, et plus désagréable que le jeune roi n'avait bien voulu se l'avouer à l'époque. Aujourd'hui, son désarroi lui faisait juger cette période sous un autre jour.

La rivalité avait été bien réelle, et durait de longue date. D'un plan purement personnel, elle était devenue politique, Lucas s'arrangeant toujours pour faire adopter ses propres décisions à son cadet… Cela avait agacé Wilf de plus en plus, mais l'amitié avait néanmoins subsisté… Jusqu'à présent.

Jusqu'à ce que Zarune, l'Orosiane rebelle qui semblait tenir leur cœur comme leur destinée entre ses doigts fuselés, ne fasse irruption dans leur vie.

Wilf soupira derechef. Il savait combien sa réaction était puérile, ridicule. Zarune était envoûtante, mais son charme n'était pas naturel… C'était tout ce qu'elle symbolisait, la lutte et l'idéal, qui rivait ainsi leur désir. Pas sa personne…

Le roi essayait vainement de se convaincre. Mais il ne cessait d'être poursuivi par l'image tendre et lumineuse de l'Orosiane.

Et il l'imaginait alors en compagnie de Lucas… Lucas si sûr de son charme, Lucas plus beau et plus serein que lui. La rage voilait son esprit sans qu'il ne puisse rien y faire.

Il n'a pas mis longtemps à oublier sa bien-aimée Djulura, pestait Wilf intérieurement. *Et il se moque bien de se que je ressens…*

Tout en nourrissant ces pensées, le jeune monarque se savait injuste. En effet, rien ne prouvait pour l'instant que Lucas tentât de séduire Zarune. Rien ne prouvait qu'il soit parvenu à oublier Djulura, quand bien même le trouble que lui inspirait l'Orosiane était évident.

Mais Wilf avait du mal à raisonner sainement, dès lors qu'il abordait ce sujet. Les séances d'entraînement au So Kin avec Lucas et Zarune lui étaient insupportables. Tandis qu'ils tentaient de réveiller le pouvoir figé en lui, les deux spirites étaient unis dans une complicité détestable. Wilf avait parfois l'impression de n'être qu'un sujet d'expérience entre leurs mains.

Damné Lucas… Pourquoi faut-il qu'elle te préfère à moi ?… Et toi, maudit, avec tes sourires et tes gestes galants… Tu ne fais rien pour la repousser ! Espères-tu me ravir son cœur ? Ce n'est pourtant pas ma faute, si tu n'as pas su conserver l'amour de ta duchesse !

Wilf serrait les poings, maintenant. Un sentiment de culpabilité terrible s'ajoutait à sa frustration. Culpabilité envers son vieil ami, qui n'avait certainement pas mérité tant de rancœur… Culpabilité envers son peuple tout entier, aussi…

Car Wilf savait bien ce qu'il aurait dû être en train de faire, à l'heure actuelle. Il aurait dû parcourir les nations voisines, en quête d'alliés pour la guerre à venir. Il aurait dû se trouver à Orkoum ou dans les Shyll'finas, occupé à négocier des traités qui pourraient sauver le continent de Fir-Dukein…

En effet, si les Dragons avaient suffi pour vaincre le bastion des Orosians, ils étaient à présent plongés dans un profond sommeil. Et… il ne s'agissait pas cette fois de combattre une simple cité, mais bien un royaume entier de créatures ténébreuses ! Sans unir toutes les forces du monde connu, il y avait donc peu d'espoir de victoire…

Malgré ce constat, Wilf ne pouvait supporter l'idée de s'absenter plusieurs mois. Laisser ainsi la place, le champ libre à Lucas pour qu'il lui vole définitivement l'attention de Zarune… Cette simple pensée le mettait hors de lui.

Saisissant un pot de terre qui devait sans doute accueillir des fleurs à la belle saison, il le projeta de toutes forces en direction du vitrail le plus proche.

Celui-ci explosa sous le choc, entraînant dans sa chute toute une partie de la verrière qui fermait le nord de la cour. Sous les regards inquiets des serviteurs qui passaient par-là, un pan entier de la serre d'hiver se brisa donc en petits morceaux colorés.

Ce fut ce qui sauva la vie de Wilf.

Ce geste de colère inconsidéré, qui lui avait paru puéril au moment même où le pot de terre cuite quittait ses doigts, révéla toute son utilité lorsque le jeune roi aperçut les tireurs embusqués.

Ils étaient quatre, sans doute vêtus de noir. C'était difficile à dire, en raison du sortilège qui rendait floue leur silhouette, et les aidait à se dissimuler.

Des étincelles noires crépitaient au bout du carreau qu'ils avaient glissé dans leur arbalète.

Ils semblaient s'apprêter à tirer, à travers le vitrail, opaque de ce côté de la cour. Mais leur cachette s'était trouvée réduite à néant, et une fraction de seconde passa ainsi, dans la paralysie et la surprise mutuelle.

Quatre projectiles magiques... Wilf se jeta à terre sans réfléchir davantage. Puis il roula sur lui-même, avant de bondir à l'abri d'une statue.

Plusieurs carreaux avaient sifflé à ses oreilles pendant la manœuvre ; le dernier vint se ficher dans le sein de la statue, représentant une ancienne Csarine.

Toujours accroupi derrière le socle, Wilf entendit la pierre se fissurer, puis un morceau de marbre lourd comme une enclume s'effondra à un centimètre de lui. Il n'osa imaginer les dégâts qu'un tel projectile aurait occasionnés à un corps humain. *Le mien, en l'occurrence...* nota-t-il avec un bref soupir.

Qui pouvait avoir envoyé ces tueurs ? se demandait déjà le souverain. Ils faisaient usage de la magie : y avait-il des traîtres parmi les Arionites ? *Non, impossible...*

Wilf se souvint alors des leçons d'Andréas, et des Dogmes magiques sensés avoir disparu... L'un d'eux était précisément célèbre pour former des assassins experts en magie : le Joyau d'Ébène.

Se pouvait-il que cet ordre ait subsisté en secret ? Conservé une partie de ses traditions magiques ?

Un souffle, plus léger que celui d'un enfant, attira néanmoins l'attention de Wilf dans son dos. Une forme se mouvait, couleur de sol et de marbre brisé.

Sans bien la discerner, le souverain devina un sort de dissimulation, et tira l'Épée des Étoiles.

Il frappa : le sang de l'assassin, lui, avait une couleur normale…

Wilf réalisa alors qu'il avait réagi avec la rapidité du So Kin. Deux autres silhouettes presque translucides s'avançaient vers lui, les lames de leur poignard luisant d'énergie empoisonnée. Mais le jeune homme bougea trop vite pour qu'elles puissent se défendre, et elles connurent le même sort que l'autre assassin.

À la vitesse de l'éclair, Wilf gagna ensuite les débris de la serre, où il se retrouva dans le dos des quatre arbalétriers embusqués. Ces derniers avaient à peine eu le temps de bouger, depuis leur premier tir.

L'un d'eux dut tout de même bénéficier d'une sorte d'intuition, car il amorça le mouvement de se retourner.

La Lame des Étoiles s'enfonça dans sa nuque avant qu'il ait pu comprendre ce qui lui arrivait.

Les trois autres tressaillirent alors. Wilf en tua deux pendant qu'ils tentaient de se faufiler hors de la serre. L'ancien apprenti tueur qu'il était admira au passage la manière dont ils auraient pu disparaître sous ses yeux, s'il n'avait pas bénéficié des pouvoirs du So Kin. D'un bond, l'un des assassins s'était accroché à une poutre, sur laquelle il avait commencé à ramper, se fondant avec son environnement à la manière d'un gros insecte. L'autre avait essayé de se glisser par l'interstice entre deux paravent de bois, démontrant des capacités de contorsion surprenantes.

Le troisième, quant à lui, échappa au courroux de Wilf. Il avait fait appel à sa magie pour jeter un sortilège aveuglant, profitant de la fraction de seconde que le roi occupait à occire ses deux compagnons. Soudain, Wilf fut donc frappé par un violent éclair blanc.

Lorsqu'il rouvrit les yeux, il n'y avait plus aucune trace de l'assassin. Le monarque se pencha sur les corps étendus à ses pieds. Ils avaient perdu leur apparence trouble, le sortilège disparaissant avec la mort de celui qui l'avait conjuré. Les trois hommes étaient vêtus de vêtements de voyages, dans des teintes sombres.

Dans la cour, les autres étaient à peu près identiques. Tous paraissaient âgés d'au moins une quarantaine d'années.

Un groupe de soldats royaux accourut, mais Wilf leur fit signe de garder le silence. Tendant l'oreille, il essaya vainement de repérer le tueur qu'il avait laissé s'échapper.

Puis, face à ses sujets qui l'observaient avec des yeux ronds d'étonnement, il s'écria :

— Je réclame un duel ! Un duel à l'ancienne mode, au nom de l'honneur des Dogmes !

Andréas avait abordé ce point lorsqu'il avait enseigné l'histoire de la magie à son élève récalcitrant… Aujourd'hui, le jeune homme était satisfait d'avoir conservé ce souvenir. Si le tueur appartenait bien au Joyau d'Ébène, il ne pourrait refuser la provocation. Même s'ils n'étaient plus pratiqués depuis des siècles, les duels entre magiciens étaient quelque chose de sacré aux yeux de tous ceux qui manipulaient la Skah.

— Montre-toi ! répéta Wilf.

Mais rien ne bougea dans la cour. Il fallut attendre plusieurs minutes avant qu'une silhouette daigne faire son apparition, surgissant comme par magie dans l'ombre d'un arbre.

Wilf et ses soldats détaillèrent des pieds à la tête le nouveau venu. C'était un homme plutôt petit, d'apparence raffinée, avec une barbiche blanche. Son pourpoint de cuir noir était semblable à celui des cadavres qui gisaient dans la cour. Il semblait en revanche plus vieux qu'eux : Wilf lui donna la soixantaine.

— Pourquoi accepterais-je un duel d'honneur ? demanda l'homme, son poignard à lame noire toujours en main. À quel moment le Dogme de l'Épée a-t-il respecté cette vertu ?

Wilf soupira. L'assassin l'entraînait sur une pente ennuyeuse… Lui-même n'avait jamais eu d'intérêt pour ces vieilles histoires antérieures à sa naissance.

— Nous savons que tu es la réincarnation d'Arion, poursuivit le vieux tueur. Il fallait que tu payes pour la Grande Folie... Pour la chute des mages !

Le roi haussa les sourcils.

— Cela remonte à plus de quatre siècles ! s'exclama-t-il, incrédule. Le Joyau d'Ébène a la rancune tenace, à ce que je vois... (À la réaction de son interlocuteur, il vit immédiatement qu'il avait visé juste.) C'est vraiment pour ça que vous vouliez m'assassiner ?

— Pour ça, et pour la trahison de Cruel-Voit, vibra la voix du tueur.

Cette fois, Wilf fut pris au dépourvu. Mais il commençait à comprendre...

— Qui êtes-vous ? demanda-t-il, les yeux plissés par la réflexion.

Le vieil assassin prit une inspiration solennelle avant de déclarer :

— Nous sommes les Magisters. Le Cercle Intérieur de la Congrégation...

Le souverain étouffa un juron.

— Les Maîtres-Tueurs ! souffla-t-il. Les Maîtres-Tueurs sont donc les héritiers du Joyau d'Ébène... C'était cela, le fameux Cercle Intérieur : le grade auquel commençait l'apprentissage de la magie !

Le vieillard acquiesça avec sobriété. Wilf l'observait, pas dupe, et suivait son regard d'oiseau de proie qui se posait sur chacun des soldats présents dans la cour. *Il grave leur visage dans sa mémoire,* réalisa Wilf. *Il songe qu'il lui faudra tous les tuer, après ce qu'ils venaient d'entendre...*

Le jeune roi émit un nouveau soupir, et haussa les épaules dédaigneusement.

— Tu as raison, vieil homme... commença-t-il. Les duels d'honneur ne sont pas mon fort...

Puis, dans un mouvement que nul ne pouvait surprendre tant le So Kin le rendait rapide, il jeta son épée comme un javelot.

La Lame des Étoiles traversa le Magister en plein cœur.

Ce dernier, tué sur le coup, s'écroula à genoux. Dans un ultime réflexe, ses mains s'étaient serrées autour de l'arme plantée dans sa poitrine. Wilf la dégagea d'un geste sec.

Sous le regard incrédule des soldats - dont la plupart étaient pourtant familiers des talents surnaturels de leur maître - il essuya le sang qui maculait son épée sur la manche du maître-tueur. Un petit coup de pied méprisant dans la dépouille du vieil homme vint définitivement clore à ses yeux le sujet du Joyau d'Ébène. *Un duel? Et puis quoi, encore? Je suis de bien trop mau-*

vaise humeur, aujourd'hui, pour m'amuser avec un vieux fou...

— Débarrassez-vous des cadavres... ordonna presque distraitement le souverain. Inutile d'inquiéter tout le palais pour rien.

* * *

Le lendemain, alors que ces événements avaient déjà quitté la mémoire du jeune roi, un nouvel incident se produisit.

Ymryl franchit les portes de Mossiev au triple galop, sans s'être annoncé auparavant. Entendant une agitation inhabituelle aux grilles du palais, Wilf jeta un regard par la fenêtre et vit son ancien ennemi sauter à bas de son cheval. La monture, visiblement épuisée, manquait s'écrouler de fatigue.

Le prince Ymryl était seul. Aucune trace de Djulura ou de leur bébé. Il poussa alors les grilles pour s'introduire dans le palais, sourd aux protestations des gardes. Lorsque ces derniers firent mine de tirer leur épée, un seul de ses regards sembla les en dissuader. Wilf aimait autant ça.

Descendant les escaliers, vaguement inquiet, il rejoignit au pas de course le guerrier à l'armure d'argent. Il le trouva à mi-chemin de l'allée de graviers blancs qui menait au palais.

Aussitôt, le roi comprit qu'un drame s'était produit. Dès qu'il vit la silhouette raide du prince, son visage exsangue, il sut que celui-ci n'apportait pas de bonnes nouvelles.

Ses yeux étaient rougis et son expression bouleversée, aux limites de la folie. Dans sa main gauche, serrée contre son cœur, il tenait un morceau de linge blanc, tout taché de sang. *Un lange ?...* se demanda Wilf avec horreur.

Ymryl s'immobilisa et fixa le souverain sans un mot. Il semblait totalement hagard. Ses cheveux, sales, pendaient le long de son visage douloureux.

— Les Qanforloks... dit-il enfin, la voix rauque. Ils nous ont attaqués dans notre refuge...

— Votre fils... ? demanda Wilf, le cœur serré.

Le prince hocha la tête comme pour dire non.

— Ils l'ont tué, Wilf... Ils ont tué notre enfant sous mes yeux...

Le guerrier vacillait et semblait au bord de l'évanouissement. Wilf se douta qu'il avait dû chevaucher sans dormir depuis le Kentalas.

— Et... Djulura ? interrogea-t-il encore, au bord des larmes.

Ymryl demeura silencieux, le regard dans le vague.

— Je ne sais pas... dit-il au bout d'un moment. Elle est partie.

— Comment ça, partie ? fit Wilf.

Ymryl haussa les épaules.

— Disparue. Elle n'a rien voulu écouter. Elle était comme folle… Je ne sais pas où elle est maintenant. Je l'ai cherchée dans les environs du fort, mais en vain. Elle est peut-être… peut-être morte : elle était gravement blessée au visage quand nous nous sommes séparés.

Le prince se mit alors à trembler, fixant toujours Wilf de son regard plein d'une douleur abyssale.

Alors, mu par une compassion telle qu'il n'aurait jamais pu imaginer en ressentir un jour envers son vieil adversaire, Wilf le saisit par les épaules et le serra contre lui.

Le guerrier s'effondra pitoyablement, se laissant aller de tout son poids, et se mit à pleurer comme un enfant.

— Je ne savais pas où aller… murmura-t-il piteusement dans l'oreille du roi. Un massacre… C'était un véritable massacre. Fir-Dukein ne nous a laissé aucune chance…

« Les suppôts d'Irvan-Sul étaient une centaine, menés par le général Olmok en personne. Quand je pense à quel point il était à ma botte, autrefois… Ils sont arrivés par surprise, employant la magie. Je n'ai rien pu faire, Wilf… hoqueta-t-il en sanglotant.

Le jeune souverain était transi de rage et de chagrin. À cet instant, la menace représentée par le Roi-Démon prenait enfin toute sa réalité, toute son horreur…

Wilf comprit avec amertume qu'il avait agi par orgueil, en s'attaquant d'abord à la Théocratie. Il aurait dû réserver le pouvoir des Dragons à Fir-Dukein… Il n'aurait pas dû se laisser aveugler par sa haine de Mazhel…

— Nous retrouverons Djulura si elle est toujours en vie, promit-il au guerrier qui se lamentait dans ses bras. Nous vengerons votre fils, Ymryl, tu as ma parole.

CHAPITRE 3

— Je ne vois que des avenirs sombres…

La diseuse avait murmuré, sa voix s'affaiblissant jusqu'aux limites de l'audible. Djulura leva son regard vers Astarté, et lui demanda de répéter.

— Hélas, je ne vois pour toi que des avenirs sombres… dit la corpulente Arionite, à peine plus fort.

Djulura ne montra aucune réaction.

— Tu es à un carrefour de ta destinée, ajouta Astarté pour atténuer ses précédents propos.

— Mais toutes les directions mènent au même endroit… la coupa lentement la duchesse. Je sais. C'est ce que je vois également.

Autour des deux femmes, la cité de Fael était déserte. Les ouvriers qui travaillaient à sa restauration avaient monté leurs baraquements à l'écart, sans doute par peur des fantômes. Le vent du large venait fouetter le visage de Djulura et de sa vieille amie. Elles étaient obligées de tenir fermement leur manteau pour ne pas qu'il s'envole.

Astarté était venue sans délai, répondant à l'appel de sa duchesse. À l'instant, c'était d'un air pénétré qu'elle avait accepté de lui lire son avenir. La terreur sourde et le chagrin marquaient maintenant ses traits, habituellement sereins.

De toute évidence, elle tâchait de ne pas regarder sa suzeraine en face. Le visage défiguré de Djulura l'aurait fait tressaillir.

Comprenant le trouble de la vieille femme, la duchesse consentit à rabattre une poignée de cheveux sur son œil crevé et la balafre qui lui ouvrait la pommette. Le vent réduisit aussitôt cet effort à néant.

— Nous ne nous reverrons plus, ma petite fille... dit alors Astarté, la voix chargée d'émotion.

Djulura pinça les lèvres, intriguée. Cela faisait des années que la diseuse ne s'était pas adressé à elle aussi familièrement. Pas depuis le temps de son apprentissage de la divination, en fait...

— Je suis malade, avoua son interlocutrice. Vieille et malade... Je pars pour mon dernier voyage.

Elle baissa de nouveau les yeux.

— Mais toi... j'aimerais que tu luttes, ma fille. En souvenir de nous, de ces années où j'étais la seule à savoir que tu ne te nommais pas Caïus...

Djulura ne répondit rien. L'expression de son visage toujours aussi dure, elle se contenta de congédier la diseuse.

Au dernier moment, elle sembla amorcer le geste de tendre la main vers sa vieille tutrice. Peut-être pour la serrer contre elle, une dernière fois. Mais elle s'interrompit en chemin, et Astarté ne remarqua rien. Sa silhouette disparut bientôt parmi les décombres de la ville.

En silence, Djulura marcha ensuite jusqu'à la jetée. Elle la parcourut jusqu'au bout. La mer était démontée.

L'écume bouillonnait, l'air avait goût d'algues et de sel. *C'est le moment pour verser une dernière larme,* se dit Djulura. Mais elle n'y parvint pas. Tout en elle était sec et mort.

Il lui tardait de tout oublier… Pourtant, elle savait qu'elle avait encore quelqu'un à voir. L'inconnu qui lui avait proposé cet étrange marché, à Mossiev, quelque jours plus tôt… Mais il était en retard.

Les minutes passèrent. Lassée, Djulura décida que celui qu'elle attendait ne viendrait plus. Elle ferma son œil valide.

Mais alors qu'elle s'apprêtait à se jeter dans les flots, résolue à en finir avec la vie, quelqu'un fit grincer le bois de la jetée derrière elle. Elle se retourna, vaguement curieuse.

C'était une silhouette - homme ou femme, Djulura n'aurait su le dire - enveloppée dans une cape noire.

Son rendez-vous.

La personne se mouvait avec lenteur, de façon asymétrique, comme si elle était blessée ou mutilée.

— Un instant… croassa-t-elle, dans une rauque supplication. Avez-vous réfléchi à ce que je vous ai proposé à Mossiev ?

Djulura hocha la tête.

— La fin de la souffrance… murmura-t-elle. L'anesthésie de la mémoire… Mais je ne suis pas intéressée. D'ailleurs, vous-même, qu'auriez-vous à y gagner ?

Le personnage boitillant prit une inspiration sifflante.

— En acceptant mon cadeau, vous empêcheriez tout le savoir de mon Dogme d'être perdu… C'est tout ce que je vous demande… De le faire vivre, perdurer, à travers vous.

Il tendit la main, ainsi qu'il l'avait fait lors de leur première rencontre. Entre ses doigts maigres, luisait une obsidienne laiteuse.

— Mais si j'accepte, répliqua la duchesse, vous savez que je me servirai de cette sapience pour aider le Roi-Magicien. Je mettrai le Dogme à son service… Vous ne souhaitez donc plus vous venger de lui ?

Un léger tremblement, ou bien un spasme, parcourut le corps couvert d'une cape noire, sans que Djulura puisse déterminer si cela avait un rapport avec leur conversation.

— Nous avons essayé de nous venger… dit l'inconnu. Et échoué. Ce temps est révolu, maintenant. Tout ce qui compte, c'est que le Dogme ne disparaisse pas avec moi.

— Votre offre est tentante… admit Djulura. Encore une question, cependant : pourquoi moi ?

La forme sous la cape émit un ricanement chuintant.

— L'âme humaine, belle Djulura… Voilà pourquoi. Vous êtes libérée de ce fardeau, comme les meilleurs d'entre nous. Le destin est parvenu à vous arracher jusqu'aux derniers lambeaux de votre âme… Faisant de vous une des seules personnes capables de recevoir ce présent.

Djulura frissonna, légèrement écœurée en dépit de son détachement. Puis elle acquiesça.

Une minute plus tard, l'obsidienne avait changé de main. C'était le corps de l'inconnu qui s'était écrasé sur les rochers, noyant enfin ses souffrances dans le suicide.

Djulura resta un instant à contempler la pierre laiteuse dans sa main. Elle se sentait liée, comme si elle avait échangé son sang avec l'inconnu mystérieux, scellant quelque pacte diabolique.

Elle regardait l'obsidienne, et l'obsidienne la regardait.

* * *

À Mossiev, plus les heures passaient, et plus Wilf avait l'impression de devenir fou. Le jour où Ymryl était revenu vers lui, si bouleversé, il lui avait promis d'agir contre le Roi-Démon. Il s'était promis, *à lui-même,* d'aller quérir des alliés en prévision de la guerre prochaine...

Mais il ne pouvait pas. Il demeurait prisonnier de ce palais, enchaîné à une folie qui le rongeait chaque jour davantage. Son désir enfiévré pour Zarune le hantait à un point qu'il n'aurait même pas pu imaginer quelques mois plus tôt. La moindre de ses émotions en était devenue incontrôlable, excessive. Sa mauvaise humeur perpétuelle avait éloigné tous ceux qui auraient pu l'aider. Rares étaient ses conseillers qui osaient encore l'approcher.

Lorsque son regard se posait sur l'Orosiane, il en ressentait une ivresse délicieuse, mais aussi une vive douleur. Jamais une femme ne lui avait causé de tels transports, auparavant. Seulement... Zarune était-elle une femme, ou bien une divinité ? Wilf ne s'était jamais montré particulièrement rougissant avec les dames, avant elle. *S'il ne s'agissait que d'une femme,* ne cessait-il de se répéter, *les choses seraient simples.* Hélas,

Zarune ne se comportait jamais avec lui comme une personne de chair et de sang. Elle se cantonnait au rôle de tutrice sur la voie du So Kin, ou encore le guidait dans leurs idéaux communs.

Pourtant... elle était différente, avec Lucas. Comme n'avait pu manquer de le constater le jeune roi, non sans amertume... Les moments que les deux spirites passaient ensemble semblaient moins formels, moins froids. Wilf était persuadé que la belle Orosiane se confiait sans complexe à l'ancien moine...

Et ils le laissaient seul, livré à ses émotions sauvages, abandonné à son désir qui lui était comme une torture. Ils faisaient semblant de ne rien remarquer de la passion cruelle qui l'habitait.

Peut-être ai-je contemplé trop d'horreurs au cours de cette vie... méditait cyniquement le jeune homme. *Peut-être cet amour n'est-il qu'un leurre, qu'un moyen parmi d'autres de devenir fou ?... Peut-être un esprit malade trouve-t-il ainsi des stratagèmes pour tenter d'échapper à la réalité... Pour sombrer...*

Et dire que je devrais être roi...

La culpabilité était devenue insupportable. Surtout depuis cette horrible idée, qui avait germé dans son esprit quelques jours plus tôt.

Il y avait eu un incident... Les Worshs, apprenant « qu'Aile-de-Corbeau » régnait maintenant sur le continent, et qu'il réunissait ses forces pour affronter celui qu'ils nommaient le Mangeur d'Oiseaux, avaient décidé de s'allier à lui. En signe d'amitié, les Furies avaient envoyé des nuées d'oiseaux vers les cités humaines.

Mais les frontaliers n'avaient rien compris. Ils avaient pris le vol majestueux pour une agression, associant ces aigles et ces hérons aux terribles barbares qui pillaient leurs villages tous les hivers… Motivé par la peur, ils avaient sorti leurs arcs et abattu les oiseaux par dizaines, provoquant ainsi la colère du peuple worsh.

À présent, Wilf savait qu'il devait négocier. Il savait aussi que s'il envoyait quelqu'un d'autre le faire à sa place, le malheureux serait probablement massacré par les barbares. Le roi connaissait bien les coutumes des Worshs, et l'attachement qu'ils avaient pour leurs oiseaux sacrés…

Pourtant, une tentation curieuse l'avait pris : celle de confier cette mission à Lucas. Le paisible Lucas, avec tout son talent de diplomate, saurait certainement calmer la fureur des barbares… Et le spirite était effectivement l'émissaire le plus doué qu'on puisse espérer : le prétexte serait suffisant pour que personne ne voie le mal dans la décision de Wilf…

La seule chose qui avait retenu le roi, pour l'instant, c'était la certitude de sa malignité à ce propos. Il n'ignorait pas à quel point sa raison était troublée, son amitié entachée. Si jamais il envoyait Lucas là-bas, lui-même saurait bien que c'était dans l'espoir secret qu'il se fasse tuer. Et il n'était pas encore prêt à vivre avec ce fardeau.

Pourtant, chaque fois qu'il observait Zarune en la présence du spirite, comprenant combien elle était attirée par lui, sentant que l'Orosiane immortelle n'était face à Lucas qu'une simple femme… La tentation lui revenait. Mais il était toujours parvenu à la repousser.

Jusqu'à ce matin ensoleillé, du moins. Ce matin où il commit l'irréparable.

D'abjecte, l'idée de confier « le problème worsh » à Lucas lui avait peu à peu paru plus naturelle. Il ne s'agissait pas de tendre un piège à son plus vieil ami, bien sûr… Wilf avait presque réussi à se persuader lui-même qu'il n'y avait finalement rien de mal à déléguer cette mission à un conseiller de confiance.

Pourtant, son estomac s'était serré avec malaise lorsqu'il avait vu le spirite faire ses bagages. Et, pire encore, il lui avait semblé entrevoir la compréhension de ses intentions dans le dernier regard que Lucas lui avait adressé.

Plus tard, l'observant quitter le palais depuis les remparts, il réalisa qu'il n'avait pas rêvé. Lucas le connaissait trop bien ; ils étaient comme frères depuis trop longtemps. Le roi pouvait peut-être se mentir à lui-même, mais certainement pas à Lucas...

Prenant conscience de cela, Wilf avait éprouvé un vif remords, et il avait été tenté de rattraper son camarade avant qu'il ne quitte la ville.

Mais Zarune était apparue alors, venant le rejoindre en haut des remparts. Sans doute voulait-elle également observer Lucas pendant qu'il s'éloignait... La voyant s'approcher de lui, Wilf fut soudain incapable de bouger et de penser. Il savait, s'il n'agissait pas immédiatement, qu'il serait ensuite trop tard pour arrêter Lucas...

Il ne fit rien.

Durant les premières semaines d'absence de Lucas, Wilf vécut un véritable cauchemar. Sans cesse, il imaginait son compagnon mis à mort par des combattants Furies, son cadavre traîné dans le sable rouge du désert...

Il ne se passait pas une nuit sans qu'il se réveille couvert de sueur, dévoré par la culpabilité. D'un autre côté, il ne se passait pas un matin sans qu'il répugne malgré tout à envoyer du secours à Lucas... tant il était obsédé par les heures qu'il pouvait passer seul avec Zarune, en l'absence du spirite.

Et pourtant, l'Orosiane se montrait toujours aussi distante... Même si le roi passait beaucoup de temps en sa compagnie, pour ramener à la vie son So Kin, il n'était jamais parvenu à installer un véritable climat de confiance. Il lui semblait que Zarune pouvait lire la noirceur de ce qu'il avait fait dans son regard. Lui-même, au lieu de se montrer charmant et séduisant comme il l'aurait voulu, ne pouvait penser qu'à Lucas. Son ombre planait entre eux, rendant impossible toute complicité.

Wilf tournait donc tous ses efforts vers le So Kin. Zarune lui avait expliqué qu'il conserverait sans doute ses facultés physiques surnaturelles et sa température corporelle élevée, mais qu'il pourrait dans le même temps ouvrir le circuit de ses énergies pour les rendre utilisables. Elle avait raison. Peu à peu, le pouvoir de l'âme intérieure se débloquait en Wilf, recommençait à s'écouler selon un flux cyclique et régulier. C'était le *cercle parfait*, dont lui avait parlé Lucas autrefois.

Bien entendu, il lui faudrait encore des années avant de le maîtriser parfaitement, et d'en faire don à l'humanité tout entière… Mais le problème de la cristallisation du So Kin était bel et bien en passe d'être résolu.

Le jeune roi avait au moins cette satisfaction… Car pour le reste, tout allait de mal en pis. Il lui semblait que Zarune lui en voulait profondément d'avoir ainsi éloigné Lucas.

Aucune présence ne pouvait le consoler de cette situation, ni celle de Pej ni celle de Guajo. L'ancien domestique, qui avait décelé depuis longtemps le trouble qui habitait son souverain, tentait pourtant de lui venir en aide. Pour alléger son amertume, il rappelait régulièrement à Wilf que les Orosians étaient des êtres millénaires, qui n'avaient rien à voir avec les humains.

— Il n'y a pas de bonheur possible, dans cet amour, ne cessait-il de répéter. Un humain et une Orosiane ne sont pas fait pour partager ce genre de sentiment…

— Sauf s'il s'agit de Lucas ! objectait alors Wilf, plein de rancœur.

Et Guajo de lui expliquer que Lucas n'était pas tout à fait humain, qu'il s'agissait d'un être hybride, capable de placer les choses sur un plan purement mystique… au-delà de la compréhension d'un garçon comme Wilf.

— Il faut que tu saches, par exemple, que nous autres Orosians méprisons l'amour physique, que nous tenons pour un acte barbare. C'est la raison pour laquelle les prêtres des différentes religions étaient soumis à la chasteté, afin de se trouver plus proches de nos conceptions… Depuis des siècles, nous n'avions recours qu'aux Cuves de Deloss pour nous reproduire.

« Sans doute cela sera-t-il amené à changer, à présent que Uitesh't n'est plus. Mais cette évolution prendra du temps… Et un jeune homme comme toi, débordant de vie et de vigueur, ne saurait se contenter d'une passion platonique, n'est-ce pas ?

À ces mots, Wilf avait souri amèrement. Son désir n'était nullement émoussé par les discours de l'Orosian. Mais il appréciait les efforts de Guajo pour refroidir la fièvre insensée qui l'habitait.

Rien, cependant, ne le soulagea autant que le retour inespéré de Lucas.

Le spirite franchit les portes de la ville par un après-midi nuageux, apparemment épuisé mais, contre toute attente, sain et sauf. Il revenait simplement, après avoir accompli la mission confiée par son roi.

Il était parvenu à apaiser les Worshs, et à regagner leur confiance.

À la joie de revoir son vieux compagnon vivant, s'ajoutait pour Wilf le sentiment de lever enfin la chape de culpabilité qui l'avait tué à petit feu. Il savait que si les Worshs avaient tué l'ancien moine, lui-même n'aurait jamais pu s'en relever. Sa conscience et ses remords l'auraient rendu fou.

Dans le regard du spirite, lorsqu'il le serra dans ses bras, il lut la compassion… et le pardon.

Je sais que tu as voulu te débarrasser de moi... Mais je sais que tu ne le souhaitais pas réellement. Et nous n'en parlerons jamais, semblait dire son sourire énigmatique.

Le jeune roi comprit alors que rien ne saurait avoir plus de valeur qu'une amitié de cette profondeur.

Même lorsque Zarune étreignit Lucas à son tour, lui disant tout bas combien il lui avait manqué, il s'efforça de n'en ressentir qu'un léger pincement au cœur. Même lorsqu'il surprit dans les yeux de l'Orosiane cette douceur et cette euphorie qu'il avait essayé en vain d'attirer sur sa personne... Il baissa les yeux, se concentrant sur l'idée que Lucas était son ami.

Mais ils ont l'air si heureux... réalisa-t-il en observant la façon dont Zarune et Lucas parvenaient en cet instant à être seuls au monde, en dépit de la foule nombreuse qui avait accouru pour accueillir le spirite. *Jamais je ne pourrais supporter de les voir ainsi...* Et, avant qu'il n'ait pu y réfléchir davantage, ces paroles avaient franchi ses lèvres :

— Je vais partir, s'entendit-il déclarer. Maintenant que tu es de retour, Lucas, je vais pouvoir te laisser les rênes du royaume. Pour ma part, je dois aller quérir d'autres alliés. Je crois que cela va être... un long voyage.

Chapitre 4

Les armées d'Irvan-Sul achevaient de se rassembler au pied de la Forteresse-Démon. Au-dessus de cette masse grouillante, la lourde silhouette de Fir-Dukein se découpait en clair-obscur. Cette fois, il n'y aurait plus de délai accordé aux peuples libres.

Le Roi-Démon n'avait qu'un dernier détail à régler. Il espérait encore rallier le jeune Wilf à sa cause, remplaçant ainsi Ymryl le traître… Mais il n'était pas prêt à faire preuve d'une grande patience. Wilf plierait vite, ou bien il mourrait avec tous les autres…

À moitié préoccupé par ces pensées, à moitié par les manœuvres que ses généraux imposaient aux troupes pour les maintenir en éveil, le maître des ténèbres songea qu'il pouvait être fier de son œuvre.

À ses côtés, un fidèle Qanforlok veillait au bon déroulement des opérations. Ce puissant général, âgé de plusieurs siècles et membre de la caste du Souffle, tremblait de peur et d'excitation en sa présence…

Fir-Dukein observait les Commandeurs de chaque caste, qui prenaient la tête de leur bataillon avec fierté. Ils étaient prêts pour la dernière guerre. Ils la souhaitaient ardemment. *Bientôt, mes mignons... Bientôt...* pensa le Roi-Démon.

Le matin même, il avait appris qu'un régiment composé de Tu-Hadji et d'humains avait provoqué volontairement l'éruption d'un volcan, au centre du continent. La lave avait envahi les galeries des Hommes-Taupes, condamnant ainsi le dernier grand point névralgique du réseau souterrain qu'il avait mis des décennies à creuser. Mais peu importait... Avec ou sans ces tunnels, il remporterait la guerre.

Il éclata d'un rire sinistre.

Il avait préparé ce moment depuis deux mille ans...

* * *

Sans se douter une seconde des projets que Fir-Dukein nourrissait à son égard, Wilf fixait béatement les motifs d'une mosaïque trollesque. Le pacha Mohadd, son vieux camarade, lui parlait... mais il ne l'écoutait pas. Il avait respiré trop de fumée *Golash*, et ne parvenait plus à extraire son esprit des brumes dans lesquelles il se trouvait plongé.

Cela faisait des mois, à présent, qu'il avait quitté Mossiev. Sous l'effet de la drogue, diverses scènes de sa longue odyssée lui revenaient en mémoire, prenant la forme de brèves images floues.

Il avait visité le lointain peuple Enu, qui vivait dans les Monts des Confins... Là-bas, il avait pu vérifier ce que les Lanciers prisonniers lui avaient déjà appris après la chute de la Théocratie. C'était bien dans les montagnes que ces anciens Clarencistes avaient fondé leur monastère voué à l'entraînement de troupes d'élite. Pendant vingt ans, ils avaient guerroyé contre les farouches Enus, s'aguerrissant à leur contact jusqu'à acquérir l'expérience qu'on leur connaissait. Le peuple de l'Empire n'avait jamais rien su de cette campagne secrète, tout entière financée par l'Eglise Grise. La raison de ces batailles tragiques : s'accaparer les riches gisements d'or des Confins, qui plus tard seraient utiles à Mazhel pour s'offrir les services des Baârniens. Wilf s'était senti dégoûté... Entendant ces propos de la bouche même de ceux qui en avaient été les victimes, il avait alors eu honte de sa nature d'occidental. Il avait promis aux Enus qu'ils n'auraient plus jamais à subir un tel impérialisme... Et ces derniers lui avaient accordé leur confiance, jurant de le soutenir dans sa lutte contre le Roi-Démon.

À un autre moment, Wilf s'était trouvé dans les îles luxuriantes de l'Archipel Shyll'finas... Il se souvenait de la manière dont leurs nombreux rois l'avaient reçu... L'un d'entre l'avait marqué particulièrement : un homme obèse, dont le ventre faisait comme un globe luisant à la lumière des flambeaux. Sourcils touffus, lèvres grasses et incurvées dans un sourire carnassier... Un pagne et une cape de fourrure ocellée pour tous vêtements... si l'on exceptait bien sûr les tonnes d'or dont il était couvert. Des bagues jusqu'à cette lourde chaîne à larges maillons, avec son énorme médaillon représentant un animal fabuleux que Wilf n'avait pas identifié... Des domestiques et des danseurs nus, portant des masques noirs et grimaçants... le corps enduit de peinture, dorée pour les femmes et argentée pour les hommes... Des gardes du corps aux allures de bourreaux, carapacés dans ces armures en bois laqué si typiques des Shyll'finas, dont les épaulettes reprenaient la forme des toits de leurs pagodes... Avisant par la fenêtre un mammouth qui transportait quelque lourde charge à travers la cour du palais d'Orkoum, Wilf se rappela soudain les éléphants utilisés par le peuple insulaire. Il les avait trouvés si majestueux... Mais il avait encore préféré le court voyage effectué dans un char tiré par des grues, sur l'île Shyll'finas dont ces oiseaux étaient le symbole.

D'autres images affluèrent. Il y avait eu… oui, cette Vieille Voix rencontrée au large, alors qu'il gagnait l'Archipel à bord de son galion faelien. *Elle va nous attaquer !* s'était exclamé un imbécile. Mais Pej, qui partageait l'exil du jeune roi et se tenait à ses côtés, avait empêché le matelot de commettre une bévue. Les harpons avaient été écartés… Et la baleine s'était éloignée, tranquille… Wilf ne s'était pas vexé de son indifférence : la créature marine avait d'autres sujets de préoccupation que le va-et-vient d'un monarque… Il connaissait ces êtres et la raison de leurs migrations mystérieuses. Considérant l'équipage qui contemplait ce spectacle avec ignorance, il avait murmuré : *Moi, je sais ce que tu cherches, toujours en quête… Je sais que tu lis dans les étoiles… espérant une autre réponse, après les Dragons. Peut-être as-tu raison… Fais bonne route, Vieille Voix…*

Curieusement, cette simple rencontre l'avait rasséréné, plus encore que l'amitié de Pej. Elle lui avait fait mieux comprendre la nature de son combat, tout en relativisant l'importance de sa personne. Et c'était sans doute de cela qu'il avait besoin…

Sa vue se faisant peu à peu moins trouble, il distingua bientôt les deux silhouettes assises en face de lui. Il s'agissait de son compagnon Tu-

Hadji et du Trollesque Mohadd. À les observer ainsi dans le décor d'Orkoum, Wilf aurait pu se croire revenu trois ans en arrière, à l'époque où il était esclave des Thuléens.

Cette pensée le fit sourire. Tant de bouleversements avaient eu lieu depuis... Soudain, son sourire s'effaça comme par enchantement. Malgré lui, il venait de repenser à Zarune et Lucas, qui devaient couler des jours heureux dans le palais des Csars... *Qu'ils aillent au diable...*

Wilf avait parfois de leurs nouvelles par voie télépathique, mais leurs messages s'étaient fait moins fréquents à mesure que son absence s'éternisait. Il tachait de songer à eux le moins possible.

De nouveau, son regard se posa sur le pacha. Il savait que Mohadd userait de son influence pour garantir aux humains le soutien des Trollesques. Ce n'était pas uniquement par amitié envers Wilf, d'ailleurs... En effet, depuis la chute des Orosians, les habitants de la cité-oasis d'Orkoum avaient vu s'éteindre l'énergie qui animait leurs soleils souterrains. Sachant qu'il s'agissait là d'une forme particulière de So Kin, le jeune roi leur avait promis qu'il enverrait sans tarder des Sœurs Magiciennes chargées de remettre les artefacts en marche.

Le marché était satisfaisant, et les Thuléens seraient des alliés puissants contre les forces d'Irvan-Sul. D'autant que, privés de leurs soleils, beaucoup avaient retrouvé l'existence rude des crevasses, et avec elle la pugnacité qui leur avait parfois fait défaut.

— Te voilà de nouveau parmi nous ? fit soudain la voix raffinée de Mohadd. La Golash ne te réussit pas beaucoup, on dirait ! se moqua-t-il gentiment.

Wilf lui rendit son sourire.

— C'est vrai, admit-il, la bouche pâteuse. Mais elle me plonge dans mes souvenirs plutôt que dans l'avenir… Et cela me repose.

Le Trollesque fronça ses yeux pourpres, l'air intrigué :

— Tes souvenirs sont donc si plaisants ? Ce n'est pas ce que j'aurais cru.

Le jeune souverain hocha négativement la tête.

— Non, Mohadd, pas si plaisants, en effet… Mais… avec cette guerre qui nous attend… j'ai bien peur que le futur ne soit pire encore.

* * *

Avachi sur son lit, Wilf méditait les conversations de la soirée lorsque l'ombre s'étendit sur lui.

Il ne la vit pas tout de suite, mais ressentit immédiatement le froid glacial qui l'accompagnait. Frissonnant sans comprendre, il mit cette sensation sur le compte du climat de la banquise, et resserra autour de lui sa cape de fourrure.

Puis la voix résonna, terrifiante.

Ton temps s'achève, jeune Wilf...

L'intéressé sursauta, réprimant un juron de surprise. Mal à l'aise, il se demanda un instant si la raison n'était pas en train de le quitter définitivement. Mais il était maintenant familier de la communication psychique... Il se retint donc d'appeler Pej à son secours, comme il en avait tout d'abord eut le réflexe.

Lorsque la voix se fit de nouveau entendre dans son esprit, il comprit qu'il n'avait pas rêvé.

Ton temps en tant que roi, en tous cas. Car, à mon service, tu pourrais encore connaître la gloire pendant bien longtemps...

Avec un nœud d'angoisse se formant dans ses entrailles, Wilf commençait à imaginer qui pouvait s'adresser ainsi à lui. Il craignait de comprendre...

Je serai un bon maître, reprit la voix ténébreuse, *comme je l'ai été pour ce traître d'Ymryl.*

— Fir-Dukein ! cracha le jeune roi, entre effroi et dégoût. Sors immédiatement de mon esprit !

Le Roi-Démon se mit alors à rire, et Wilf regretta d'avoir provoqué cette hilarité. Ce son rauque percuta sa conscience en lui laissant l'impression d'être déchirée par des griffes.

On ne me chasse pas aussi facilement, mortel... D'ailleurs, je sais que tu ne le souhaites pas vraiment...

Wilf renifla avec dédain. Rien de ce que pouvait lui proposer Fir-Dukein ne pouvait avoir de valeur à ses yeux.

Tu es bien sûr ?... Pas même la vengeance ? Je sens ta rancœur, jeune Wilf. Envers Lucas... Envers Zarune... Ne voudrais-tu pas les voir t'implorer ?

— Non ! Non ! murmura Wilf, le souffle court. Ce sont mes amis...

Mais il se sentait déjà vaciller. Une partie de lui-même était consciente du fait que le Roi-Démon profitait de son dépit amoureux pour le tromper... Mais une autre partie était comme écrasée, subjuguée, par la noirceur et le pouvoir du seigneur des ténèbres.

Son ressentiment n'avait cessé de croître, malgré ses efforts, et Fir-Dukein savait très bien le retourner à son avantage.

Wilf se surprit à hésiter. Sérieusement. *Les voir t'implorer...*

Non, c'était ridicule. À moins que...

À ce moment précis, alors que Wilf était aux prises avec un sentiment de doute vertigineux, le contact fut brutalement rompu.

Le jeune roi pris subitement son crâne entre ses mains, poussant un cri de douleur.

Quelques instants passèrent, puis une voix beaucoup plus douce se fit entendre :

Wilf ? Que se passe-t-il ? J'ai eu un mal fou à établir la liaison mentale...

Reconnaissant instantanément ce ton serein, Wilf soupira de soulagement.

— Lucas ! chuchota-t-il avec gratitude. Je... J'étais... Ce n'est rien, bredouilla-t-il finalement.

Je lui ai échappé de peu, songea-t-il en pensant au Roi-Démon. *Si Lucas n'avait pas choisi ce moment précis pour me joindre, je ne sais si...* Il se figea, une autre pensée lui traversant soudain l'esprit : la coïncidence l'étonnait un peu. Était-ce un simple hasard, ou bien Lucas et Zarune l'espionnaient-ils ? *Non,* se dit-il, *je ne peux pas continuer à les soupçonner de tout...* Mais le simple fait d'avoir nourri ce doute le faisait frémir : cela prouvait bien à quel point il était facile à Fir-Dukein d'entretenir les germes de sa haine... Qui pouvait dire s'il saurait résister aux tentations du Roi-Démon, la fois suivante ?

Pour l'instant, en tous cas, il était sauvé, et il répondit à Lucas :

— N'aie pas d'inquiétude, mon ami. Alors... quelles nouvelles de Mossiev ? Des choses importantes ?

Oui et non, déclara la voix mentale du spirite. *Les forces d'Irvan-Sul continuent de se masser à la frontière... C'est un peu curieux : je me demande bien ce qu'elles attendent pour donner l'assaut.*

D'autre part, j'ai pensé que tu devais être mis au courant de certaines rumeurs qui sont remontées jusqu'à nos informateurs... Il s'agirait d'une recrudescence des maîtres-tueurs. Ils ne s'en sont encore pris à personne en particulier mais, bizarrement, ils sont depuis quelque temps en train de se rassembler. Il semblerait qu'ils aient un nouveau chef, un certain « Œil-d'Ombre ». Je suppose que c'est l'un des Magisters du Cercle Intérieur ; ils n'étaient peut-être pas tous présents le jour où ils t'ont attaqué.

— Œil-d'Ombre... répéta Wilf, pensif. Eh bien, je suppose que je ne risque rien, ici... C'est vraiment le bout du monde.

À peine avait-il fini de prononcer ces mots, qu'une série de coups se firent entendre à sa porte. Le roi tressaillit malgré lui, avant de sourire de sa réaction.

— Je dois aller ouvrir, déclara-t-il à l'intention de Lucas. Autre chose ?

Non... Rien de capital, je crois, répondit la voix mentale.

Wilf acquiesça et se dirigea vers la porte.

— Alors à bientôt, Lucas... murmura-t-il. Je serai de retour à Mossiev dans moins d'un mois.

Sentant la présence psychique du spirite disparaître, Wilf avança la main vers la poignée de la porte. Mais un pressentiment étrange l'arrêta au dernier moment.

Il réfléchit très vite : il avait d'abord cru qu'il s'agissait de Pej, alerté par le cri de douleur qu'il avait poussé, lorsque Lucas avait interrompu brutalement sa conversation télépathique avec le Roi-Démon... Mais Pej n'aurait pas frappé ; il se serait précipité dans la pièce, lance à la main. Pej aurait accouru bien plus vite que cela, d'ailleurs : ses quartiers étaient situés dans la pièce d'à côté. Quelque chose n'était pas normal...

On frappa à nouveau.

— Qui est là ? demanda Wilf, le ton ferme.

— C'est moi, Djulura... chuchota une voix féminine derrière la porte.

Wilf jura de surprise, et ouvrit d'un geste brusque. *Corbeaux et putains, il me semble bien reconnaître cette voix...*

C'était bien elle. La duchesse était méconnaissable, mais nul doute qu'il s'agissait de sa vieille amie, se tenant miraculeusement face à lui.

Sans même songer à la faire entrer, il ne put que la dévisager bouche bée, pendant un long moment.

Ses vêtements étaient sombres et passe-partout, avec un large capuchon qui plongeait sa figure dans l'ombre. La diseuse, autrefois sculpturale, semblait considérablement amaigrie. Wilf pâlit en avisant une mèche de cheveux qui s'échappait de sa capuche : même sa blondeur éclatante paraissait à présent plus terne, comme si Djulura avait vieilli de nombreuses années.

D'un geste hésitant, la faelienne fit alors glisser son capuchon sur ses épaules, et Wilf ne put retenir un mouvement de recul. Blême, les joues creuses, son visage n'était plus que la caricature de sa beauté passée. Une large cicatrice lui courait de la mâchoire au front, s'arrêtant au niveau de l'œil pour reprendre de l'autre côté.

L'œil... Le jeune homme n'avait pas réalisé immédiatement.

Djulura était borgne, à présent : son œil gauche avait été remplacé par une pierre d'un noir laiteux. *Une obsidienne...* évalua Wilf. Mais son éclat était étrange, comme si ses imperfections naturelles étaient mouvantes... Inexplicablement fasciné, le roi dut faire un effort pour détacher son regard de la pierre.

— Corbeaux et… commença-t-il dans un murmure rauque.

— Je t'en prie ! le coupa Djulura.

Le son de sa voix avait subtilement changé, ou tout au moins ses intonations. Celles-ci n'avaient plus rien d'onctueuses, et entendre la diseuse s'exprimer ainsi rappelait à Wilf l'époque où elle avait vécu sous le déguisement du duc Caïus, ses paroles enlaidies par l'écho d'un masque de métal…

Elle le contourna pour pénétrer dans sa chambre, sous son regard de plus en plus circonspect.

— Djulura, que t'arrive-t-il ? demanda-t-il sans chercher à dissimuler son inquiétude. Comment es-tu venue jusqu'ici ? Et… bon sang, où est passé Pej ?

La duchesse fixa son suzerain sans rien dire. Froid et toujours aussi troublant, son regard…

Enfin, au bout d'une interminable minute, elle lâcha :

— Je suis là pour te prêter allégeance, Roi-Magicien. Pas en mon nom, ce qui est déjà fait depuis longtemps. Mais au nom de mon Dogme… le Joyau d'Ébène.

Abasourdi mais aussi vaguement incrédule, Wilf faillit l'interrompre. Elle ne le laissa pas faire :

— Cette obsidienne que tu vois dans mon orbite oculaire est un réceptacle magique. Elle contient tout le savoir, toute l'expérience acquise au fil des siècles par la Congrégation des maîtres-tueurs. Cette connaissance est mienne, aujourd'hui. Et je la mets à ton service... comme cela était jusqu'au temps d'Arion.

Wilf secoua la tête :

— Mais... comment cette pierre est-elle arrivée en ta possession ? s'étonna-t-il.

— Ne va pas croire que cela fut gratuit. Mais il se trouve que je l'ai payée avec certaines choses dont j'étais précisément désireuse de me débarrasser...

« Mon humanité, ma sensibilité et mes souvenirs, précisa-t-elle. J'ai conservé ma mémoire, en réalité, mais elle me fait l'effet d'avoir appartenu à quelqu'un autre...

Wilf fit signe qu'il ne comprenait toujours pas.

— Tu as laissé un Magister s'échapper, à Mossiev, expliqua-t-elle. L'un des assassins que tu croyais avoir tué... Il est venu me trouver, malgré ses blessures, car j'étais exactement la personne qu'il cherchait.

« Rassure-toi, cependant : il n'a pas survécu bien longtemps. Il souffrait trop, de son échec comme des blessures que tu lui avais infligées... Il s'est donné la mort après m'avoir transmis le flambeau.

Le jeune monarque se contenta de hocher la tête, toujours estomaqué. Djulura enchaîna sans marquer de pause :

— J'ai sacrifié à la tradition des maîtres-tueurs, en adoptant un nom de guerre. On m'appelle Œil-d'Ombre, à présent. Peut-être as-tu entendu parler de moi ?

Acquiescement hagard de la part de Wilf.

— Je suis venue en chevauchant les ombres, ainsi que l'enseigne le Joyau d'Ébène. C'est aussi grâce à elles, à leurs murmures, que je t'ai retrouvé. Elles m'ont… (Pour la première fois, la duchesse parut hésiter.) Elles m'ont appris que tu t'étais tourné vers l'obscurité. Ou tout au moins que tu t'apprêtais à le faire…

« J'ai donc accouru aussi vite que j'ai pu. J'espère être arrivée à temps pour te convaincre de renoncer au mal, Wilf… Je l'espère : pour moi, et pour toi.

La menace ne faisait pas de doute. En vérité, le souverain n'avait jamais connu Djulura aussi glaciale.

— Où est Pej ? demanda-t-il à nouveau. Si tu lui as fait le moindre mal…

— Il dort, l'interrompit la diseuse. À poings fermés… *Racine de dzeng*, précisa-t-elle. Si jamais je dois te combattre, j'aurai bien assez à faire sans qu'il ne s'en mêle…

Wilf plissa les yeux, suspendant son souffle. Il conserva le silence un moment, les lèvres serrées, tandis que Djulura ne cessait de le fixer.

— J'ai hésité... avoua-t-il enfin. L'idée de rejoindre les forces du mal peut s'avérer tentante. Tu me connais bien, duchesse ; tu m'as connu avant même que j'apprenne à travestir ma nature. Tu sais toute la colère que je porte en moi...

La diseuse acquiesça lentement.

— Comme Arion, poursuivit le jeune roi. Souvent, je me suis demandé si je n'étais pas destiné à finir mes jours de la même manière que lui. En causant de terribles dommages à ce monde, en faisant couler des rivières de sang et de douleur... Peut-être... que je suis *programmé* pour ça...

Djulura ne bougea pas, mais Wilf sentit un frémissement dans son bras. Celui qui était posé sur la poignée de son épée.

— Il serait tellement plus simple de succomber à cette colère, dit-il entre ses dents. Tout m'est prétexte à cela... Comme cet amour que je m'invente envers Zarune... Djulura, j'ai voulu envoyer Lucas à la mort ! Tu te rends compte ? La vérité, c'est que mon cœur n'a jamais connu que la colère...

« Et toi, tu viens ici me faire la morale... Qu'est-ce qui te fait croire que ce sera suffisant ? (Sa voix enflait, se chargeant peu à peu de fureur.) Tu as peut-être changé, mais je te reconnais bien : Djulura, ma directrice de conscience ! Tu as toujours eu peur de moi, n'est pas ? Du mal que je pourrais décider de faire…

L'air était devenu électrique entre eux deux. Ils s'observaient comme des ennemis mortels. Puis, à l'étonnement de Wilf, la duchesse posa une main sur lui avec douceur. Toujours tendu, le jeune homme observa ces doigts immobiles sur son épaule.

— Ouvre les yeux, lui dit Djulura, et sa voix avait presque retrouvé ses intonations d'autrefois. Les yeux, et le cœur… C'est quelque chose que je ne peux plus faire, mais qui est encore à ta portée.

« Tu as raison de dire que je te connais… fit-elle, pensive. Tu te souviens de notre première rencontre ? Tu étais enchaîné, prisonnier de mes soldats, et tu croyais que je n'étais que la diseuse de Caïus. Pour ma part, j'avais redouté cet instant, mais je compris alors que mes craintes n'étaient pas fondées… Contrairement à ce que tu peux penser, j'ai toujours souhaité t'accorder ma confiance.

« Pendant des années, j'ai veillé sur toi. Ces derniers mois encore, lors de tes voyages aux quatre coins du monde : mes maîtres-tueurs t'ont protégé contre les assassins Qanforloks lancés à tes trousses. Ils ont eu fort à faire, d'ailleurs, car ces membres trop zélés de la caste du Dard possèdent des ressources étonnantes. Mais nous faisions rempart, jour après jour, et je n'étais moi-même jamais bien loin…

« Je ne vais pas t'exhorter plus longtemps à demeurer du bon côté. Je vais t'entendre prendre la bonne décision. Ou bien je devrais te tuer. (Elle prit une inspiration.) Mais je ne crois pas que nous en arriverons là.

Wilf laissa s'afficher un rictus de loup sur ses lèvres.

— Le Roi-Démon n'a rien à m'apporter, décréta-t-il. Cette certitude est ancrée en moi, malgré ma rancœur et la passion frustrée que je voue à Zarune. Je vacille, mon amie, mais je ne tombe pas. Tu devrais le savoir…

Il se tut et lut dans le regard de la duchesse qu'elle le croyait sur parole. Lui-même, à ce moment précis, était empli de conviction. Il se doutait cependant qu'*Œil-d'Ombre* resterait vigilant à son égard, et il lui en rendait grâce…

Il hocha résolument la tête avant de conclure.

— J'espère que Pej sera en état de voyager dès demain matin. Il est temps pour nous de regagner notre royaume. Et de livrer la dernière bataille.

CHAPITRE 5

La nature tout entière paraissait avoir compris combien l'heure était grave. Au-dessus de la frontière entre le Royaume du Cantique et l'Irvan-Sul, surplombant les deux armées, des colonies de nuages noirs s'étaient massées. Un vent glacial sifflait entre les troupes, semblant transporter avec lui de sombres présages.

De part et d'autre, les montures renâclaient et montraient des signes d'impatience. Aux destriers qui piaffaient dans les rangs des peuples libres, faisaient face des oiseaux-diables et de redoutables créatures sauriennes.

Juché sur son grand étalon blanc, Wilf tremblait de tout son corps. Angoisse et excitation…

Un mois auparavant… il était encore dans les territoires gelés de Thulé. Tout avait été si vite… Par trois fois, le long de son voyage de retour, le Roi-Démon avait essayé de le faire plier. Wilf avait repoussé ces tentations télépathiques grâce à la présence de Pej et Djulura, dont l'amitié et la vigilance l'avaient considérablement aidé. Il se demanderait jusqu'à la fin de ses jours si, seul, il n'aurait pas fini par succomber…

Lors de sa dernière tentative pour le rallier à sa cause, Fir-Dukein était entré dans une rage folle. Wilf avait cru que son esprit allait être réduit en lambeaux par cette fureur incontrôlable. Mais il avait tenu bon. Il avait compris, cependant, que cet ultime refus marquait le véritable début de la guerre. Dans les heures suivantes, les forces du Roi-Démon se mettraient en marche.

Il ne s'était pas trompé. Ses propres troupes étaient arrivées juste à temps pour les contrer, à la frontière. Pour le moment, il n'y avait pas eu de combat : les deux armées se contentaient de s'observer.

Une heure auparavant... il avait gagné ce champ de bataille, découvrant l'ampleur des forces en présence.

Bref conseil militaire avec son état-major... Renouvellement des promesses d'alliance de la part des troupes étrangères... Quelques cérémonies... Devant une assemblée de nobles, représentant les Provinces du royaume, Wilf avait enfin déclaré ses dernières volontés. Au cas où il devrait payer de sa vie cet affrontement... avait-il précisé.

Rappelant pour commencer qu'il ne se connaissait aucun héritier, il avait donc désigné Lucas pour lui succéder. Aux murmures surpris - très peu se montrèrent ouvertement indignés - qui s'étaient élevés parmi les aristocrates, il avait rétorqué que le spirite était pour lui comme un frère, depuis de longues années. Il connaissait bien la politique du royaume et possédait toutes les qualités requises pour faire un excellent souverain. *Bien meilleur que moi,* n'avait pu s'empêcher de penser le jeune homme, avec un sourire aussi discret qu'ambigu.

Et maintenant… Maintenant il se trouvait face à son destin. Face à la bataille vers laquelle tout l'avait conduit, depuis les ruelles de Youbengrad. S'il échouait maintenant, plus rien n'aurait de sens, rien de ce qu'il avait pu accomplir ou endurer auparavant. Sa victoire sur les Orosians, ses sacrifices… tout serait balayé par la folie maléfique de Fir-Dukein.

Hélas, les Dragons Etoilés dormaient toujours profondément. Il fallait se rendre à l'évidence : les peuples libres devraient se passer de leur concours…

Wilf avait déjà connu trop de guerres pour ressentir véritablement de la peur, quand bien même les proportions de cette bataille étaient gigantesques. Du moins, il ne craignait pas pour sa propre personne. Mais l'ombre vivante du Roi-Démon, décelable dans les lignes arrières de ses troupes, lui figeait les sangs lorsqu'il imaginait tout le mal qu'il pourrait exercer sur l'humanité, en cas de victoire. Le jeune monarque ne voulait pas voir tous ses efforts réduits à néant. Il était prêt, bien entendu, à donner sa vie pour que cela n'arrive pas.

Donner sa vie... Stupidement, mécaniquement. Voilà une conception dont l'ancien Wilf se serait bien moqué ! Après tout, qu'est-ce qu'il l'obligeait à se sacrifier ainsi ?

Il s'apprêtait à le faire, pourtant. Sans même pouvoir choisir ! Il n'était plus libre... *Corbeau et putains, je ne m'appartiens plus...* médita-t-il entre amertume d'aujourd'hui et ironie d'autrefois. Mais, il le savait, le plus difficile ne serait pas de mourir. Depuis longtemps maintenant, le plus difficile avait été de vivre, dans cette existence programmée, écrasée par des responsabilités colossales. Le devoir, le destin du monde... *Pas de place pour Wilf dans les préoccupations du Roi-Magicien...* Il lui en arrivait de douter de son identité. Il soupira : quoi qu'il se passe à présent, ce serait pour lui la fin d'une époque, et il en ressentait un profond soulagement.

Les armées s'ébranlèrent bientôt. Le cœur de Wilf battait assez lentement, comme s'il parvenait à observer la situation de manière détachée.

Parmi ses généraux, beaucoup se plaisaient à considérer que leur camp constituait les forces du Bien... Mais le roi n'était pas cet avis. Il avait beaucoup voyagé, et connaissait les hommes mieux que son jeune âge ne pouvait le laisser supposer. Ces troupes qu'il commandait, elles ne figuraient pour lui que l'ensemble des forces luttant contre le néant. La survie contre l'extinction. Mais si l'union des peuples motivait à ce point le cœur des soldats, alors il ne pouvait rien reprocher à cette illusion... Ses guerriers allaient avoir besoin d'inspiration.

La bataille s'engagea. Wilf n'avait jamais eu sous son commandement d'armée aussi impressionnante. Il se sentait bien loin des combats : en vérité, le rôle de général ne lui avait jamais été agréable. Mais il était trop tôt, beaucoup trop tôt, pour plonger au cœur du chaos.

Sentiment d'irréalité... Un moment d'absence... Wilf repensait à cette étoile à six branches, vue en rêve des années plus tôt, alors qu'il était épuisé et affamé. Il s'en souvenait parfaitement.

Mentalement, il passa en revue les six factions que lui avait montrées ce songe étrange. Aujourd'hui, son sens lui apparaissait, tellement plus clair... Six puissances qui s'étaient affrontées des siècles durant, jusqu'à cet instant décisif, ce nœud historique.

La Monarchie du Cantique, avec ses Rois-Magiciens et leurs ambitions humanistes... Ils avaient toujours nourri l'espoir de créer un âge d'or, une ère de paix et de liberté. *Voilà enfin notre heure de vérité,* songea le dernier de leur lignée.

Les Tu-Hadji, qui n'avaient d'autre but que de lutter contre le Roi-Démon et guérir la Skah de sa souillure. *Précieux alliés...*

Les Sœurs Magiciennes, qui avaient déjà accompli une part de leur destinée en aidant à vaincre les Orosians. Elles connaissaient les secrets du So Kin, ce maillon essentiel dans l'évolution de la race humaine. *Peut-être auront-elles un rôle à jouer dans l'avenir. Si nous sortons victorieux de cette guerre.*

Les Orosians, leurs ennemis mortels, dont il ne restait presque plus de représentants aujourd'hui. *J'espère que vos âmes brûlent en enfer...* adressa Wilf à la mémoire de Mazhel et des siens.

Le Dogme du Joyau d'Ébène, frère maudit de Ceux de l'Étoile. Maîtres-tueurs sous l'autorité d'Œil-d'Ombre, leur tout récent chef... *À nouveau fidèles au Roi-Magicien, comme ils n'auraient jamais dû cesser de l'être...*

Enfin, l'ennemi. Le seul véritable ennemi : celui avec lequel aucun compromis n'était possible. Irvan-Sul et ses maléfices. *Vaincre ou mourir...*

Le choc entre les deux armées avait été brutal. De toute évidence, aucun des deux camps n'avait l'intention de ménager ses forces. Wilf se dressa sur ses étriers pour mieux voir.

Les créatures d'Irvan-Sul étaient décidément redoutables. Qu'il s'agisse des Grogneurs ou des Hommes-Taupes, les serviteurs du Roi-Démon se ruaient à l'assaut sans la moindre considération pour leur propre sécurité. Mais ce n'était rien à côté des Qansatshs, des Cyclopes et des Qanforloks. Ces derniers n'hésitaient pas à faire usage de la Skah souillée, même s'il ne s'agissait encore que d'un échauffement. Bientôt, songea Wilf, ils déchaîneraient toute leur puissance, et les mages arionites auraient bien du mal à les contenir…

Les choses se déroulèrent ainsi qu'il devait en être. La bataille se poursuivit des heures durant, avec son lot de péripéties et de coups de théâtre… Pas de trahison, cependant, pas à ce stade définitif de la lutte… Et cela représentait bien le seul détail sortant de l'ordinaire. Wilf, toujours parmi les lignes arrières, dirigeait la défense de ses troupes avec une expérience consommée. Les diverses sollicitations l'empêchaient de céder à la lassitude.

Pourtant, il avait déjà vu ces scènes de combat si souvent… *Vingt ans…* jura-t-il intérieurement. *Quand je pense que je n'ai que vingt ans…*

Bientôt, tout de même, il sentit qu'il était temps pour lui de participer physiquement à la bataille.

Sa haine et son désir de victoire se ranimèrent un peu. Il devait l'avouer : à la guerre, il ne se trouvait nulle part aussi bien qu'au cœur même de la boucherie. L'angoisse des conséquences s'y noyait dans l'horreur immédiate. C'était un repos paradoxal, mais auquel on pouvait prendre goût.

Wilf inspira… et traversa le champ de bataille comme un éclair. Il n'était plus utile, pour lui, de se battre de manière conventionnelle. Ses pouvoirs de So Kin - qui s'étaient encore amplifiés depuis les séances d'apprentissage avec Zarune - rendaient l'escrime obsolète.

Le jeune roi se contentait de parcourir les rangs ennemis, se déplaçant à une vitesse qui défiait l'imagination. Son corps, dont la Lame des Étoiles n'était plus qu'une extension, se faisait une arme invulnérable et fulgurante.

À un moment, sur un simple coup de tête, il fit une percée de trente mètres dans l'armée adverse. Si son but avait été de se couvrir de gloire, il aurait été fort déçu. Le jeune roi, en effet, en fut quitte pour une belle surprise : provoquant l'étonnement général, de nombreux Worshs et Tu-Hadji étaient parvenus à s'engouffrer dans son sillage. Leur héroïsme frisait l'inconscience. Mais Wilf savait bien qu'ils n'étaient pas fous.

Les Worshs, qui avaient attaqué l'Irvan-Sul par le détroit de Kronn, n'avaient fait la jonction avec les troupes royales que quelques heures auparavant. Les soldats réguliers semblaient se méfier d'eux presque autant que des Qanforloks. Wilf priait pour que les Furies continuent de faire la différence entre alliés et adversaires, malgré leur transe guerrière. Quant aux Tu-Hadji, fidèles à eux-mêmes, ils entretenaient sans mal leur réputation de meilleurs guerriers du monde.

Mais il y avait tellement de braves sur ce champ de bataille... Aucun ne pouvait totalement voler la vedette aux autres. Jâo menait la poignée d'Orosians survivants, chacun capable de réduire un village en cendres par la seule force de leur volonté. L'armée elfyque combattait également sous ses ordres. Les maîtres-tueurs du Joyau d'Ébène, bien que peu coutumiers des batailles rangées, formaient une unité cruellement efficace, obéissant au doigt et à l'œil à Djulura. *Œil-d'Ombre...* se corrigea Wilf. Les Sœurs Magiciennes n'épargnaient pas non plus leurs efforts, protégées du contact direct par une ligne de farouches Enus.

Le gros des troupes, constitué des armées de Provinces et des légions Shyll'finas, se composait de toutes sortes de régiments, de la cavalerie la plus lourde à l'infanterie la plus légère. Les immenses pirates Trollesques étaient également présents en nombre, dominant la mêlée et faisant des adversaires de choix pour les Cyclopes d'Irvan-Sul.

Fréquemment, Wilf prenait position dans les points les plus élevés de la plaine, pour voir où en étaient ses lieutenants. Les tâches avaient été réparties selon les capacités de chacun. Lucas, Zarune et Guajo se consacraient aux attaques psychiques contre les généraux Qanforloks, tandis que Jih'lod et Holm - maintenant inséparables - leur servaient de gardes du corps. Oreste et Hesmérine de Blancastel - qui avait vécu cachée depuis la bataille de Mossiev, où son père avait trouvé la mort - s'occupaient de superviser l'ensemble des mouvements de troupes. Ymryl et Pej, enfin, rivalisaient d'audace pour accompagner Wilf dans ses spirales sanguinaires. Si le Prince-Démon fendait la marée vivante avec presque autant de facilité que le jeune souverain, Pej devait faire appel à toutes ses ressources pour ne pas perdre de vue les deux diables...

Le soleil atteignit bientôt son zénith, et l'ardeur des combattants diminua un peu. La plupart souffraient sous leurs épaisses armures.

Fir-Dukein profita de ce moment pour imiter Wilf, et se joindre à la mêlée. Ses troupes lui ouvrirent un passage, et il n'eut qu'à décimer une unité de Greyhalders avant de se retrouver face au Roi-Magicien.

Ce dernier lui fit face sans trembler, galvanisé qu'il était par la bataille. Jih'lod et Holm avaient rejoint Ymryl et Pej à ses côtés.

Wilf leva son épée vers le géant de ténèbres, mais tout à coup il se sentit englué dans un air opaque et âcre. Un sortilège venait de claquer comme la foudre, une lumière noire se répandant sur le roi et ses compagnons, l'espace d'un instant. Fir-Dukein éclata d'un rire lugubre.

Le jeune souverain toussait dans l'air vicié. Il ne distinguait plus ses lieutenants. Se tâtant le visage avec les mains, il se rendit compte que du sang avait giclé par ses narines. Sous le choc, il avait même perdu son épée, qu'il s'affairait maintenant à retrouver en tâtonnant parmi les cendres.

Lorsque la fumée se dissipa enfin, Wilf aperçut les formes inanimées de ses amis. Holm et Jih'lod étaient à peine identifiables, leurs corps calcinés dégageant encore une vapeur piquante. Quant à Pej, il était brûlé sur le tout le côté droit. À part Wilf, seul Ymryl semblait avoir résisté au sortilège destructeur.

Un sourire saurien se dessina sur les lèvres du Roi-Démon, et le jeune monarque comprit qu'il allait recommencer.

Cette fois, rien ne garantissait qu'il survive à sa magie noire.

Constatant qu'il était trop loin pour charger Fir-Dukein avant qu'il ne lance sa nouvelle salve, il se jeta en avant. Les mains sur la tête et le visage dans la cendre, il espérait que le sort passerait au-dessus de lui.

Mais Ymryl devait juger cette précaution insuffisante, car il vint se poster devant Wilf, faisant rempart de son corps. Le roi leva les yeux juste à temps pour le voir se faire foudroyer à sa place par l'éclair sombre.

Le Prince-Démon brûla comme une torche. Mais il continua de marcher sur son ancien maître. L'épée haute, il parvint à son niveau et frappa.

Le coup ricocha, hélas. Fir-Dukein s'apprêtait visiblement à achever l'arrogant, mais un mouvement subit détourna son attention. Au moment fatidique, un frelon furieux était venu le piquer de son épée. Il s'agissait d'Œil-d'Ombre, bien qu'en cet instant précis il méritât peut-être d'être encore appelé Djulura.

La lame de la diseuse pénétra dans le flanc du Roi-Démon, et celui-ci poussa un cri de rage.

De nouveau, un éclair claqua dans l'air déjà saturé de sorcellerie. L'intensité de l'énergie brûla cette fois les yeux de Wilf, pour qui tout devint brusquement noir. Il ne vit donc pas Djulura et Ymryl succomber aux flammes obscures.

Il ne les vit pas tomber en cendres, unis dans la mort, comme ils n'avaient pas pu l'être dans la vie.

Lui-même se releva en chancelant. Il était aveugle.

Maintenant seulement, dégrisé par la circonstance, il comprenait la force à laquelle il avait affaire. Lorsque le Roi-Démon l'avait frappé par télépathie, quelques jours plus tôt, il n'avait pas pris la pleine mesure de sa puissance, de la force de sa volonté maléfique. C'était le cas à présent.

Il voulut battre en retraite, mais ses facultés de So Kin semblaient réduites à néant. Il tremblait de tous ses membres.

Se sentant soudain poussé maladroitement et entraîné vers l'arrière, il devina que Pej avait - une fois de plus - volé à son secours. Le géant Tu-Hadji devait pourtant être à bout de forces, car Wilf le sentit s'écrouler quelques dix mètres plus loin.

Il espéra un instant que le Roi-Démon s'était désintéressé d'eux deux. Bien entendu, il n'en était pas question. Wilf entendit un pas lourd se poser juste à côté de lui. Même sans la voir, il pouvait percevoir l'ombre immense qui le surplombait à présent.

Regarde comme les Voix ! lui souffla alors Lucas en pensée, venant providentiellement à son secours. Le jeune roi se souvint que les êtres marins possédaient un sens encore plus fiable que la vue, entièrement basé sur le So Kin et les champs magnétiques. Il tenta de se concentrer, sans grand espoir.

La vue - en quelque sorte - lui revint. De toute évidence, Fir-Dukein ne semblait pas pressé d'en finir, puisqu'il était occupé à massacrer de ses griffes les Templiers qui accouraient à la rescousse de leur roi.

Tout autour, les Elfyes se servaient de leur magie particulière pour faire pousser des arbres à une vitesse prodigieuse. Les créatures d'Irvan-Sul pénétraient dans cette forêt improvisée pour rejoindre leur maître... mais on ne les en voyait jamais ressortir. Un peu plus loin, Oreste et Hesmérine ferraillaient contre une horde de Grogneurs fanatiques. Guajo dut bientôt voler à leur secours.

Wilf ramassa son épée et frappa. Il eut le temps de donner deux coups de taille, aussi puissants que ses forces actuelles le lui permettaient, avant que Fir-Dukein ne le repousse de ses griffes.

Mais le jeune roi revint aussitôt à la charge. Peu à peu, il recouvrait sa vue normale. Le So Kin restaurait ses forces, lui permettant de lutter contre la fatigue et les blessures.

La voix de Fir-Dukein s'éleva alors, terriblement sourde, comme s'il avait tenu à ce que seul Wilf puisse l'entendre.

— Ton armée est en train de se faire décimer, déclara-t-il. Tu n'as plus le choix, jeune Wilf : il te faut faire appel à la Skah. Imagine les ravages que tu pourrais causer sur tes ennemis, en utilisant le pouvoir de la Hargne ! Imagine le mal que tu pourrais me faire, *à moi !*

Wilf hocha négativement la tête et frappa de plus belle.

— Tu détiens ce pouvoir, insistait le Roi-Démon. Sers-t'en pour annihiler la menace qui pèse sur les tiens ! Donne à la Skah toute sa puissance !

« Tu peux me vaincre, grâce à elle...

Avec étonnement, Wilf comprit qu'il disait vrai. Le seigneur des ténèbres accordait donc plus d'importance au règne de la Hargne qu'à sa propre survie...

— Je ne serai pas l'artisan de la Souillure ! s'écria malgré lui le jeune homme, et pour la première fois, il sut que son choix était définitif.

À ce moment précis, comme si sa résolution avait marqué une étape symbolique, les Dragons firent leur apparition. Enfin, ils étaient là, presque une centaine dans le ciel, envahissant l'ombre pour la teinter d'argent.

Ils observaient le champ de bataille comme des aigles regarderaient une souris. La caste Qanforlok de l'Aile envoya ses oiseaux-diables à leur rencontre, mais ceux-ci furent anéantis avant d'avoir pu les approcher.

Wilf reprit espoir. Les dragons allaient leur garantir la victoire... Déjà, ils commençaient à semer la mort et la désolation parmi les rangs ennemis, comme ils l'avaient fait à l'encontre des Orosians.

Avec un barrissement mécontent, le Roi-Démon battit des ailes et s'éleva dans les airs. Il demeura quelques instants en suspension au-dessus Wilf, l'air contrarié. Puis il amorça un vol dans la direction opposée aux dragons, et le jeune souverain comprit que c'était le moment d'agir.

Bondissant jusqu'à son ennemi, grâce à un exploit physique rendu possible par le So Kin, il agrippa un bras du seigneur d'Irvan-Sul. Celui-ci ne chercha même pas à se débattre. Il se contenta de prendre de la vitesse.

Wilf ne fit rien pour l'arrêter. De toute façon, dans cette position, il ne pouvait atteindre son épée. Mais surtout, il devinait où Fir-Dukein les conduisait...

Ils laissèrent le champ de bataille derrière eux, et le paysage se mit à défiler de plus en plus vite. Ce n'étaient pas ses ailes membraneuses qui permettaient au Roi-Démon de se déplacer aussi rapidement, et Wilf se douta que de la magie était à l'œuvre.

Lorsqu'ils eurent atteint leur destination, le jeune monarque vit qu'il ne s'était pas trompé. Ils s'étaient posés non loin d'un monolithe de pierre grise, qui disparaissait sous un lichen noir et gluant.

La Pierre de Tu-Hadj…

Fir-Dukein devait avoir senti qu'il ne pourrait vaincre les Dragons Etoilés facilement. Il avait donc choisi de rejoindre son sanctuaire, l'endroit où il serait le plus fort. Tout près de la source de la Souillure.

Délaissant Wilf comme s'il s'agissait d'un élément négligeable, n'esquissant même pas un mouvement pour se débarrasser de lui, le Roi-Démon marcha vers le monolithe.

Wilf se mit alors à courir, espérant le prendre de vitesse. Réalisant soudain le danger, Fir-Dukein lui donna la chasse.

Mais il était trop tard… Le jeune roi bondit en avant et se jeta sur la pierre. Son terrible adversaire tomba sur lui, le perforant de ses griffes, mais il ne s'en aperçut même pas.

Dès qu'il avait touché la pierre, il avait perdu la conscience de son corps.

Il se sentit transporté en chaque endroit de l'univers, sans bouger d'un cheveu. Investi d'une perception totale, qui dépassait de loin toutes les expériences qu'il avait pu éprouver en matière de Skah.

L'espace d'un instant éternel, il devint chaque homme et chaque femme de cette planète. Chaque oiseau dans le ciel et chaque poisson dans la mer. Chaque feuille de chaque arbre. Et tous se joignaient à lui dans sa tâche. Les instructions déposées en lui par le Premier s'exécutaient d'elles-mêmes. Il tissait à l'envers la chape de matière empoisonnée qui recouvrait la pierre.

Et, avant qu'il n'ait pu le réaliser, tout était terminé. La Pierre de Tu-Hadj était guérie.

Ouvrant les paupières, il constata que plus aucune souillure ne maculait le monolithe. Et lui se sentait plus fort que jamais.

Avec un geste ferme, il se dégagea de l'étreinte de Fir-Dukein. Il passa sa main sur les plaies béantes qui s'ouvraient sur son flanc : elles se refermèrent instantanément.

Le Roi-Démon fit mine de se jeter sur lui, mais retint son mouvement au dernier moment.

— C'est fini, murmura Wilf avec un sourire. Ton pouvoir n'est plus. Et tu le sais.

Il souriait, car il savait que ses paroles étaient vraies. C'en était terminé de la Hargne…

Fir-Dukein hurla tandis qu'il en prenait conscience. Un hurlement d'agonie. Sans la Hargne, il n'était plus rien. Il n'avait même plus le pouvoir d'exister.

Wilf savait qu'il allait donc disparaître avec la magie noire qui l'avait maintenu en vie. Son sourire s'élargit, plus paisible que depuis bien des années.

Il regarda le Roi-Démon se tordre de douleur, puis tomber en poussière. Sans même qu'il n'ait eu besoin de le toucher.

Plus loin, sur le champ de bataille, les Tu-Hadji fêtaient à leur manière le retour de leurs pouvoirs magiques…

ÉPILOGUE

Silence. Solitude. C'est bien ainsi...

Après la bataille, les peuples libres se sont congratulés. Jamais on n'avait obtenu de victoire aussi essentielle, aussi prometteuse. On a fait des funérailles aux morts. Les combattants célèbres comme les anonymes ont été largement loués.

Wilf n'a jamais rejoint les survivants de son armée.

À Lucas, qui lui parla en esprit, il déclara ceci :

— Pas d'hypocrisie, mon vieux camarade. Nous avons toujours su lequel de nous deux serait roi... Moi, j'ai trop de sang sur les mains ; j'ai sans doute été utile, mais mon temps est terminé. L'âge d'or qui se prépare a besoin d'un homme comme toi.

« N'oublie jamais le souffle des peuples, et fais en sorte de servir l'idéal des Rois-Magiciens. Je sais que tu en es capable, d'autant que Zarune régnera certainement à tes côtés.

Aux objections de son compagnon, il avait ajouté :

— On me croit mort : tu seras couronné sans tarder, selon mes dernières volontés. Tu sais que je ne suis pas fait pour cette vie-là. Souviens-toi : je suis un garçon des bas-fonds de Youbengrad... je n'ai été vraiment heureux que dans le Worsh, et dans tous les endroits où le danger était présent. Vous allez tous me manquer, c'est vrai. Mais... une existence paisible me tuerait.

Finalement, Lucas a capitulé face à ses arguments. Il est effectivement monté sur le trône, et Zarune est devenue sa reine. Ouvrant aux peuples une ère d'évolution spirituelle et de magie, ils ont été un couple de monarques éclairés.

Oreste a choisi de les aider dans leur tâche, imité par Guajo et Hesmérine, et tous trois ont vite été considérés comme indispensables à la couronne.

Pej n'a plus jamais pu se battre, après cette bataille. Mais il n'en avait plus besoin. Il a finalement suivi les traces de son aïeul et est devenu guérisseur *konol*, malgré des séquelles qui l'avaient laissé boiteux et tremblant. Il a vécu extrêmement vieux, et a été connu comme un grand sage parmi les Tu-Hadji. Peut-être a-t-il été heureux, mais certains disent qu'il ne s'est jamais remis de la perte de son ami Wilf.

Quant à ce dernier... de nombreuses rumeurs ont couru sur son compte. On a parfois douté de sa mort. On a dit qu'il vivait dans le désert du Worsh, sous le nom d'Aile-de-Corbeau. Qu'il était retourné à Youbengrad, où il enseignait la profession de maître-tueur. On a raconté toutes sortes de choses. Mais peut-être que cela importe peu.

En vérité, nul ne le revit jamais.

MNÉMOS
L'Aventure imaginaire

Pour recevoir notre catalogue et être tenu informé régulièrement de nos parutions, envoyez vos nom et coordonnées si possible par e-mail, ou par courrier à l'une des adresses suivantes :

info@mnemos.com
Site : www.mnemos.com

Éditions Mnémos
32, boulevard de Ménilmontant
75020 Paris

ICARES FANTASY

Laurent KLOETZER

Mémoire Vagabonde *est la réédition révisée par l'auteur de son premier roman, paru chez Mnémos en 1997 et lauréat du prix Julia Verlanger en 1998. Né en 1975, également auteur de la* Voie du Cygne, *Laurent Kloetzer joue sur l'ambiguïté du roman dans le roman, déployant une fantasy romantique et libertine, à la croisée du polar ésotérique et du roman de cape et d'épée.*

Mémoire Vagabonde

Jaël est un séducteur cynique et libertin, épéiste de talent, et auteur des célèbres *Mémoires Vagabondes*. Du moins en est-il persuadé, jusqu'à ce que sa vie bascule à l'issue d'un duel l'opposant à Cassiel Ferssen, un jeune aristocrate décidé à venger l'honneur de sa sœur. Il se retrouve alors entraîné au plus profond des méandres de la cité ensorcelée de Dvern, errant entre songe et réalité.

Que dissimule le masque de Jaël de Kerdhan ? Quel drame s'est déroulé entre deux enfants, trente ans auparavant, dans la riche demeure de la famille Ferssen ? Déchiré entre la personnalité cynique et séduisante de son double et celle que lui révèlent les puissants princes de Dvern, Jael part à la recherche des clés de son identité…

(19 € — ISBN : 2-911618-68-8)

ICARES FANTASY

Thomas DAY

Batailles sanglantes, magie spectaculaire, prises de châteaux forts... Au croisement de l'ép pée guerrière et de la tragédie shakespearienne, Rêves de guerre *rend hommage à Mich Moorcock et à son héros mythique, Elric le Nécromancien. Thomas Day, né en 1971, est l'a teur d'un recueil,* Sympathies for the devil, *où il allie les différents genres de l'imaginai*

Rêves de guerre

Né de la discipline magique du rêve de guerre, N'Kahn Hadessa est le maître d'arn des seigneurs de Haäsgard depuis plus de dix mille ans. Presque une éternité dur laquelle, de bataille en bataille, le démon a forgé l'équilibre du Monde Connu et ap à côtoyer les hommes. Au point d'engendrer un fils avec une mortelle.

C'est ce fils, Faë, appelé à devenir le dernier magicien du rêve de guerre, qu'il lui fa présent retrouver et ramener à la capitale de Languerrilh, où les attend l'impitoyable p cesse Lyrhène, pour que survive la civilisation mise en péril par l'invasion des Toxi nomades au sang brun. Mais Faë, à peine sorti de l'adolescence, ne l'entend pas de c oreille... Reste un monde à traverser pour un père et un fils que tout sépare, un mo de haines et de violence où le chaos menace.

(21,50 € — ISBN 2-911618-69-6)

ICARES FANTASY

Laurent KLOETZER

Laurent Kloetzer, auteur du roman de fantasy très remarqué Mémoire Vagabonde *(Prix Julia Verlanger 1998), propose une nouvelle aventure dans cette Renaissance imaginaire et intimiste qui fait le charme de ses récits. La maîtrise de l'intrigue et du style atteint une efficacité redoutable dans un roman à énigme haletant qui flirte avec les polars ésotériques d'Eco et Perez Reverte.*

La Voie du Cygne

Pour Jeophras Denio, rien n'est impossible ! Tout le monde sait qu'il est le meilleur inventeur de la ville. Si seulement son engin volant arrivait à fonctionner...

Mais quelle machine, quelle équation pourrait l'aider à conjurer le malheur de sa fille Carline ? Elle a été jetée en prison à la suite d'une réception au palais. Pour elle, c'est la potence, s'il ne parvient pas à l'innocenter du meurtre de Nerio de Lethys.

Endosser le rôle d'un détective n'est pas une mince affaire, même avec l'aide d'un garçon débrouillard comme Alexis. Mais Jeophras ne pensait pas se faire piéger dans un tel engrenage... Dvern est une cité d'intrigues où les puissants jouent à des jeux dangereux. Lequel d'entre eux convoite le pouvoir ? Qui, à la cour, fomente ce complot ? Une séduisante comtesse, un maître d'armes, le prince en personne ?

Jeophras ferait bien de se méfier, s'il ne veut pas tomber au fond du labyrinthe. Derrière cette affaire se cache un mystérieux secret, vieux de dix-huit ans... Mais pour le découvrir il vous faudra pratiquer le jeu de l'oie. Suivez donc Jeophras sur la Voie du Cygne...

(17 € — ISBN 2-911618-51-3)

ICARES

Johan HELIOT

Un univers décalé et unique, où se croisent créatures magiques et personnages historiques, c
s'entrechoquent les époques... Entre l'imaginaire inquiétant de Rosny Aîné et le sens épiq
d'Orson-Scott Card, Reconquérants *est le deuxième roman de l'inclassable Johan Heliot, ap*
La Lune seule le sait.

Reconquérants

An quarante-quatre avant Jésus-Christ. Une galère transportant des dizaines de colo
romains s'échoue sur les rivages du continent américain, après une longue dérive au g
des caprices de l'océan Atlantique... Isolés de tout contact avec l'Europe, les descendar
de ces colons ont fondé Libertas, capitale de la république du Nouveau Monde, sa
jamais perdre espoir de revoir la Rome éternelle.
Quinze siècles plus tard, un jeune citoyen du nom de Geron est enrôlé de force da
la légion de Libertas. Sous les ordres du cynique légat Cneus Salveris, cinquante navi
de guerre partent à la reconquête de l'Europe. Une surprise les attend, à la lisière de
Méditerranée : un gigantesque vortex barre l'accès du continent. Geron et ses comp
gnons découvriront-ils ce que dissimulent les portes de l'Ancien Monde ?

(18,50 € — ISBN 2-911618-70-X)

ICARES

Johan HELIOT

Johan Heliot est né en 1970, il a publié plusieurs nouvelles au sein de diverses revues et anthologies. Considéré comme un des auteurs les plus prometteurs de la jeune génération francophone, son écriture lumineuse et son imagination prolifique trouvent leur pleine expression dans ce premier roman, aux frontières du steampunk et du space-opera.

La Lune seule le sait

Printemps 1889. Un vaisseau hybride de chair et de métal fait irruption dans le ciel de Paris, stupéfiant la foule venue célébrer la clôture de l'Exposition Universelle. L'humanité entre en contact avec les extraterrestres Ishkiss et découvre une technologie qui surpasse tout ce que les esprits les plus audacieux ont pu rêver jusque-là...
Dix ans plus tard, l'Europe s'est transformée grâce à l'alliance rendue possible entre la vie et la métallurgie. Pourtant la révolte gronde, menée par les artistes et les écrivains exilés en Amérique. La science fabuleuse apportée par les créatures d'outre-espace est devenue un redoutable instrument d'oppression entre les mains de l'Empereur français. Les droits des peuples sont bafoués, les opposants déportés grâce à la nef ishkiss vers le nouveau bagne que Louis Napoléon vient d'inaugurer dans les entrailles de la Lune... L'Enfer de Dante.
Quels sont les véritables desseins des alliés du maître de l'Empire ? La réponse offre la clé de l'éternité ; un seul homme sur Terre est peut-être capable de l'entrevoir. Celui dont les rêves à présent dépassés ont à longueur de pages fasciné les semblables...

(17 € — ISBN 2-911618-64-5)

Achevé d'imprimer en mai 2002
par **France Quercy (46001 Cahors)**
N° d'impression : 212561

Dépôt légal : juin 2002
Imprimé en France